Peter Bognanni

Mein Leben oder ein Haufen unvollkommener Momente

Peter Bognanni

MEIN LEBEN

ODER

EIN HAUFEN UNVOLLKOMMENER MOMENTE

Aus dem Englischen
von Anja Hansen-Schmidt

Carl Hanser Verlag

Die Originalausgabe erschien 2017 unter dem Titel
Things I'm Seeing Without You bei Dial Books for Young Readers,
an imprint of Penguin Young Readers Group,
a division of Penguin Random House LLC.

Das Zitat auf S. 86/87 stammt aus:
Gustave Flaubert, *Die Briefe an Louise Colet. Mit allen erhaltenen Briefen und Tagebuchnotizen von Louise Colet an Gustave Flaubert.* Aus dem Französischen und mit Anmerkungen von Cornelia Hasting, Zürich 1995.

1. Auflage 2018

ISBN 978-3-446-25863-1

Umschlag: Felicitas Horstschäfer, www.felicitas-horstschaefer.de
Motiv: © robertsrob / www.123RF.com
Satz im Verlag
Druck und Bindung: GGP Media GmbH, Pößneck
Printed in Germany

FSC www.fsc.org
MIX
Papier aus verantwortungsvollen Quellen
FSC® C014496

Für Kathy Bognanni

1

An dem Morgen, nachdem ich die Schule geschmissen hatte, wachte ich noch vor Sonnenaufgang im leeren Haus meines Vaters auf und dachte über den langsamen Tod des Universums nach. Das Gästezimmer roch nach Old Spice und schwermütigen Männern in der Midlife-Crisis, und ich habe den Verdacht, dass das einer der Gründe für meine Grübeleien über die vollständige Auslöschung des Kosmos war. Ein anderer Grund, dem ich die Schuld daran gebe: Physik – das Unterrichtsfach, nicht die Naturwissenschaft. Physik war eines der letzten Fächer, für die ich zu lernen versucht hatte, bevor ich den Entschluss fasste, aus dem Internat zu verschwinden, und in einer wagemutigen Flucht fünf Stunden lang durch die Ackerlandschaft Iowas raste.

Ich fuhr den ganzen Weg ohne Pause durch und hörte dabei zu, wie sich ein christlicher Radiosender mit Rockmusik mischte, was ungefähr so klang: »Unser Gott ist ein großartiger Gotttttt« und »Ooooh dieser Gestank. Riecht ihr diesen Gestank? Ihr seid umgeben vom Gestank des Todes!« Ich konnte bloß Dünger riechen. Und während die brachliegenden Felder und wirbelnden Rotoren der Windräder an meinem Fenster vorbeizogen, versuchte ich, nicht zu viel darüber nachzudenken, wie es so weit hatte kommen können. Und ich bemühte mich noch mehr, nicht an diesen einen Menschen zu denken, der etwas so Unbegreifliches getan hatte. Den ich so sehr geliebt hatte und den es in meinem Leben nicht länger gab.

Aber zurück zum Universum.

Die Wissenschaft scheint sich nicht wirklich darüber einig zu sein, wie alles enden wird, und das bereitete mir in diesen Stunden vor Tagesanbruch ziemlich Sorgen. Wenn das Allerschlimmste irgendwann eintreten sollte – und das ist ja immer der Fall –, würde ich gern ein paar Einzelheiten wissen. Aber die gängigen Theorien sind zu verschieden, um eine große Hilfe zu sein.

Manche Leute meinen, der Big Bang wird einfach umgekehrt noch mal stattfinden. So wie: BANG – aus allem wird plötzlich nichts! Und jetzt viel Spaß damit, ihr Trottel! Andere Leuten glauben, der Weltraum wird einfach irgendwann dunkel und kalt und die Sterne erlöschen wie auf einem interstellaren Geburtstagskuchen. Und wieder andere meinen, die Zeit selbst wird irgendwann an ihr Ende kommen, wie die Uhr eines alten Mannes, die man vergessen hat aufzuziehen.

Wenn ich mich entscheiden müsste, würde ich vermutlich die letzte Möglichkeit wählen. Nicht weil sie besonders lustig klingt. Aber ich glaube, dass ich ganz gut damit klarkäme, wenn alles irgendwie erstarrt, so wie die letzte Einstellung in einem Film aus den Achtzigern – vorausgesetzt, ich dürfte mir den richtigen Moment aussuchen.

Zum Beispiel könnte ich von einem Felsen springen und im Flug wie ein majestätischer Pegasus verharren. Oder ich könnte mitten in einem Schluckauf für immer in einer völlig abgedrehten, peinlichen Grimasse erstarren. Oder vielleicht könnte ich auch einfach sämtliche Leute um mich versammeln, die ich in den letzten Monaten enttäuscht habe, und mich bei allen aufrichtig entschuldigen, bevor alles stillsteht. Ich könnte es durch ein Megafon rufen: ICH BIN TESS FOWLER, UND ICH HABE SCHLIMME FEHLER BEGANGEN! DAS TUT MIR SEHR LEID! UND JETZT VIEL SPASS IM NICHTS!

Und mit ein bisschen Überredung würde ich mich vielleicht auch für einen ewigen Orgasmus entscheiden.

Ein *Long Bang* sozusagen.

Entscheidend ist: Ich will es selbst in der Hand haben. Ich will wissen, wann es passiert, und ich will mir meine letzte Tat selbst aussuchen können, wenn es so weit ist. Denn in letzter Zeit hatte ich ziemlich oft das Gefühl, keine Kontrolle mehr über mein Leben zu haben.

Wie sich herausstellte, hilft es da nur wenig, die Schule hinzuschmeißen. Allerdings ist es auffallend einfach. Alles, was du tun musst, ist, eines Morgens aufzuwachen und zu erkennen, dass du in sämtlichen Fächern auf ganzer Linie versagt, dass du die meisten Leute, die einmal deine Freunde waren, vergrault hast und dass du dich seit mehr als einem Monat nicht mehr wie ein funktionierendes menschliches Wesen fühlst.

An diesem Punkt empfehle ich, den letzten Notfall-Joint aus der Mickey-Maus-Pflasterdose deiner Mitbewohnerin zu klauen, damit zu der Bundesstraße zu spazieren, die am Eingang der von Quäkern gegründeten Bildungseinrichtung namens »Freundschaftsakademie« vorbeiführt, und sich beim Kiffen von einem Ort zu verabschieden, der sich für kurze Zeit fast wie ein Zuhause angefühlt hat. Dann schlage ich vor, in deinen Ford Festiva zu steigen und wie ein flüchtiger Verbrecher mit Volldampf das Weite zu suchen.

Ich beschloss, meine Mitbewohnerin Emma nicht zu wecken. Sie hatte wieder mal ihren Freund in unser Zimmer geschmuggelt und war mit ihm zu einer pornografischen Brezel verschlungen, die sich jeder Vorstellungskraft widersetzte. Ohne Witz, die beiden sahen aus wie diese seltsam verschachtelten Treppen in einem Escher-Gemälde, nur nackt und mit mehr Körperbehaarung.

Also ließ ich ihr, anstatt mich zu verabschieden, lieber die fünfundzwanzig Dollar da, die ich ihr noch schuldete, und den Rest von meinem Orangen-Ingwer-Körperspray, das sie sowieso immer heimlich benutzt hat. Dann verließ ich das Zimmer und zog die Tür für immer hinter mir zu.

Es klingt vielleicht hart, aber in den sieben Monaten, in denen wir zusammenwohnten, haben wir kein einziges Mal offen und ehrlich miteinander geredet. Oder uns gestritten. Okay, ich habe ihr beigestanden, als sie ihre Tage nicht bekommen hat, und wir haben gemeinsam *Teen Mom* auf YouTube angeschaut und dabei geheult. Aber wir waren keine besten Freundinnen. Ich werde ganz sicher nie ihre Trauzeugin sein und auf ihrer Hochzeit eine tränenreiche Rede halten. Und ich werde ihr vermutlich auch keine Niere spenden. Jedenfalls nicht meine Lieblingsniere.

Trotzdem, in den letzten Monaten haben wir einen halben Meter voneinander entfernt in einem Zimmer von der Größe einer Gefängniszelle geschlafen. Wir haben uns eine Duschablage geteilt. Wir haben uns gegenseitig die Haare gehalten, wenn wir zu viel Malibu getrunken hatten und unsere Kotze nach Sonnenmilch roch. Das verbindet schon irgendwie.

Ich entschied mich auch dagegen, Elaine vom psychologischen Dienst Bescheid zu sagen, wofür sie mich früher oder später noch am Arsch kriegen würden. Elaine ist die Frau, die mit mir während des letzten Monats über meinen »Trauerprozess« gesprochen hat. Sie ist wahrscheinlich sogar ganz nett, und ihre Umarmungen sind nicht zu verachten. Aber wenn ich die Fotos von ihrem Hund in Halloweenkostümen sehe, tut sie mir einfach nur schrecklich leid. Es ist, als ob die Probleme von Mädchen wie mir ihr die Fähigkeit geraubt hätten, ein echtes Leben zu führen. Und das Einzige, was sie jetzt noch kann, ist, sich Sorgen zu machen und mit ihrem Spaniel Gassi zu gehen.

Aber ich hätte einfach keinen weiteren ihrer Anrufe ertragen können, in denen sie so schmerzhaft ernste Fragen stellt und gleichzeitig ziemlich offensichtlich herauszufinden versucht, ob ich vorhabe, mich umzubringen. Tja, jetzt bin ich weg, Elaine, du brauchst dir darüber also keine Sorgen mehr zu machen. Und ich erlaube dir auch, deswegen erleichtert zu sein. Gönn dir doch einen zweiten Drink bei der wöchentlichen Happy Hour für die Schulangestellten. Du hast es dir verdient.

Vermutlich sollte ich an dieser Stelle erwähnen, dass ich gerade im Haus meines Vaters untergekrochen bin und keine konkreten Pläne habe, es so bald wieder zu verlassen. Das Haus ist eine heruntergekommene Dreizimmerbude in Minneapolis, wo er lebt, seit seine Ehe mit meiner Mutter sich aufgedröselt hat wie ein alter Wollpulli. Und es gibt zwei Gründe, warum ich wieder hier wohne.

Erstens liegt das Haus nur eine halbe Tagesfahrt von meiner Hippieschule in Iowa entfernt, was mir ein geeigneter Zeitraum schien, um allein in einem Auto zu sitzen. Zweitens hält sich meine Mutter gerade zu einem längeren »Retreat« in Indien auf, wo sie gemeinsam mit ihrem neuen Freund Lars etwas praktiziert, was sich Ashtanga Yoga nennt und was ich mir lieber nicht bildhaft vorstellen möchte.

Ich bin also zur Junggesellenbude meines Vaters gefahren, wo er in meinem früheren Zimmer ein Bestattungsinstitut betreibt.

Ja, richtig gelesen.

Seit einigen Jahren versucht mein Vater, neue Ideen für das Geschäft mit dem Tod zu entwickeln. Er macht das, obwohl er eigentlich keine Ausbildung in diesem Bereich hat und trotz der anhaltenden fehlenden Unterstützung von eigentlich allen Leuten, die er so kennt.

In der Garage stapeln sich immer noch halb fertige Kisten von seinem ersten Versuch mit »handgefertigten Totenschreinen«. Mittlerweile versucht er, als Bestattungsplaner sein Geld zu verdienen, weshalb in meinem alten Zimmer überall Broschüren herumliegen mit der Aufforderung: *Planen Sie die Party Ihres Lebens!* (Womit in Wahrheit der TOD gemeint ist – Überraschung!)

Das ist leider typisch für ihn und auch ein entscheidender Grund, warum wir kaum noch miteinander reden. Genauer gesagt liegt es vor allem daran, dass er meine Collegeersparnisse ausgegeben hat, um damit eins seiner »Projekte« zu finanzieren. Eine mobile Wellnessoase, mit der er die halb nackten Körper älterer Menschen in ihren Hauseinfahrten verwöhnen wollte. Tolle Idee, Dad. Komisch, dass das kein Erfolg geworden ist!

Natürlich wollte er das Geld *sofort* zurückzahlen! Aber irgendwie hat er sich letztendlich dann nur noch mehr Geld von meiner Mutter geliehen – allerdings ohne sie zu fragen. Und trotzdem habe ich ihn gestern Abend in einem schwachen Moment angerufen. Oder vielleicht war ich auch einfach bloß verzweifelt. Oder vielleicht auch nur, um ihn wegen meines zerstörten Lebens fairerweise schon mal vorzuwarnen.

Wie auch immer – als ich ihn dann endlich erreichte, erwischte ich ihn an einem Strand in Nantucket. Im Hintergrund war ein Krachen zu hören, das wie explodierende Feuerwerksraketen klang.

»Duncan Fowler!«, brüllte er über ein lang gezogenes Böller-Heulen hinweg.

»Dad?«

»Hallo? Hier spricht DUNCAN FOWLER!«

»DAD. HIER IST TESS!«

Das Heulen verstummte.

»Tess«, sagte er. »Was ist passiert?«

Ich konnte ihm die Frage nicht verdenken. Er bekam immer nur dann einen Anruf von mir, wenn irgendetwas schrecklich schieflief.

»Nichts«, log ich. »Nichts ist passiert.«

Eine ohrenbetäubende Explosion drängte sich in die Leitung.

»Was?«, fragte er.

»NICHTS IST PASSIERT!«, schrie ich. »ALLES BESTENS!«

Stille.

»Dad, was zum Teufel ist da los? Das klingt ja wie ein Bombenangriff.«

»Um ehrlich zu sein«, er seufzte, »passt es gerade nicht so gut.«

Ich konnte mich nicht erinnern, wann es ihm jemals gepasst hätte.

»Ich muss dir was sagen. Ich mach's auch kurz.« Ich holte tief Luft und vergewisserte mich, dass es am anderen Ende der Leitung nicht wieder krachte. »Ich schmeiße hin«, erklärte ich. »Die Schule. Ich hör auf und komme nach Hause, vermutlich für immer. Ich hoffe, das ist okay für dich.«

Ich hatte erwartet, dass er erstaunt nach Luft schnappte oder wenigstens seufzte. Doch das Einzige, was ich hörte, war ein Knistern.

»Dad?«

»Tut mir leid«, sagte er. »Ich hab dich gerade nicht verstanden. Hast du was gesagt?«

Ich schloss die Augen und fluchte stumm.

»Entschuldige, Tess. Die Zeremonie läuft nicht gerade gut. Die Raketen sind zu früh losgegangen und die Leute flippen gerade ein bisschen aus.«

»Warte mal – Raketen? Wovon redest du?«

»Sie sollten um zwölf Uhr abgefeuert werden, aber es ist erst halb zwölf. Ich weiß nicht genau, warum das so wichtig ist, aber offenbar wurde Zebulon kurz nach Mitternacht geboren –«

»Wer ist Zebulon?«

»Ein Barsoi!«, antwortete mein Vater. »Ein russischer Windhund. Wunderschönes Tier. Also, früher einmal. Vor dem Krematorium. Er gehörte einem berühmten Science-Fiction-Schriftsteller. Deswegen die Raketen. Und der Name Zebulon, vermute ich mal. Gerade wird seine Asche in die Luft geschossen. Es ist wirklich sehr –«

Ein weiteres Feuerwerksstakkato.

»Warte mal – du organisierst Beerdigungen für Hunde?«

»Eigentlich sollte es eine *Lebensfeier* werden, aber ja. Das ist ein Markt mit ungeheuer viel Potenzial. Ich bin im Moment jedenfalls ziemlich beschäftigt. Und du hast doch sicher bald Prüfungen, oder? Wie laufen die an deiner Schule ab? Musst du einer Kuh beim Kalben helfen?«

Einen Moment lang erwog ich, ihm die Wahrheit zu sagen. Ich war drauf und dran, ihm zu sagen, dass ich nicht länger irgendwelchen Blödsinn auf der teuren Privatschule lernen würde, auf die mich meine Mutter geschickt hatte, damit ich »mich selbst verwirklichen« und »Gemeinschaft erfahren« konnte. Ich war drauf und dran, ihm zu sagen, dass ich stattdessen bei ihm zu Hause hockte, die traurigen Reste aus seinem Junggesellen-Kühlschrank aufaß und gleich in meinem alten Zimmer zu Bett gehen würde, das mittlerweile wie eine Mischung aus dem Büro eines Buchhalters und der Mansarde einer Prostituierten aussah. Aber in dem Moment hörte ich Rufe aus einer weit entfernten Menge.

»Oh Mist«, meinte mein Vater. »Das sieht nicht gut aus. Der Rauch wird zurück zum Strand geweht. Ich muss die älteren Herrschaften in Sicherheit bringen. Wir reden später weiter, okay, Tessie?« Und dann war er einfach weg.

Ich schloss die Augen und legte mich aufs Bett.

Es war immer noch die schmale Matratze, die für eine kleinere Tess gekauft worden war. Eine kleinere Tess, die bis weit in die sechste Klasse ins Bett pinkelte und sich mit fünfzehn noch vor der Dunkelheit fürchtete, bis sie dann Beruhigungstabletten und laute Gitarren entdeckte. Seit fast einem Jahr hatte ich darin nicht mehr geschlafen. Mittlerweile waren die Federn völlig hinüber, und die Matratze hing in der Mitte durch wie eine Hängematte. Trotzdem versuchte ich, im Büro des Todes etwas Schlaf zu finden.

Es war nur viel zu leise. Ich war an das Internat gewöhnt und vermisste beim Einschlafen die lauten Rufe, die durch das Wohnheim hallten, und das Rascheln und Knarzen von Emma und ihrem Freund, die versuchten, möglichst rücksichtsvoll im gegenüberliegenden Bett zu vögeln. Ich brauchte die Geräusche anderer Menschen, egal welche. Sie erinnerten mich daran, dass ich nicht ganz allein war.

Deshalb dauerte mein Versuch, mit geschlossenen Augen dazuliegen, auch nicht lange an. Und anstatt mir einen Tee zu kochen oder zu meditieren, stand ich auf und schickte eine lange Nachricht an den Facebook-Account eines Menschen, den es nicht mehr gab.

Der Name dieser abwesenden Person ist Jonah.

Und sein Account liegt brach, weil er nicht mehr lebt.

Trotz dieses Nicht-am-Leben-Seins schickte ich ihm eine Nachricht. Ich berichtete ihm, wie ich versuchte, in einem Zimmer voller gespenstisch fröhlicher Todesbroschüren einzuschlafen. Ich erzählte ihm von einer neuen iPhone-App, die Sternbilder erkannte, wenn man die Kamera auf den Nachthimmel richtete. Ich erzählte ihm, wie sehr ich seine spätabendlichen Nachrichten vermisste, seine langen E-Mails und sein Lachen auf meiner Mailbox. Und ich erzählte ihm, dass ich zu Hause war, aber dass es sich nicht mehr wie ein Zuhause anfühlte.

Ich schrieb ihm auch, dass alles, was mit mir gerade passierte, ganz allein seine Schuld war.

Dass nichts davon passiert wäre, wenn ich ihn nicht getroffen und mich gegen besseres Wissen in ihn verliebt hätte. Dann würde ich bestimmt nicht die gleichen Klamotten tragen wie gestern schon. Ich würde nicht auf meiner durchgelegenen Matratze aus der sechsten Klasse liegen, unfähig, mich zu rühren. Ich wäre keine Schulabbrecherin. Und ich müsste mich nicht so bemühen, diesen abgrundtiefen Liebeskummer zu unterdrücken, der mich jedes Mal zu überwältigen drohte, wenn ich sein Profilbild sah.

Dann wartete ich zwei Stunden auf eine Antwort, die, wie ich genau wusste, nie kommen würde.

Und das führt mich schließlich zu dem, was heute Morgen passiert ist, und zu der Geschichte, die ich eigentlich erzählen wollte, bevor ich anfing, von anderen dem Tode geweihten Dingen zu berichten, wie dem Universum oder Zebulon, dem Raketenhund.

Ich würde deshalb ganz gern einen neuen Anlauf nehmen, wenn das okay ist. Mein Englischlehrer, Mr Barthold, hat mir mal gesagt, ich müsste mich »ganz der Kreativität hingeben«, wenn es darum gehe, einen Text zu entwerfen, und dass »die tiefere Wahrheit manchmal recht schwer zu greifen ist«.

Ich hab's notiert, Mr B. Obwohl Sie ein verbitterter Mann sind, der sich an einen einzigen veröffentlichten Roman klammert wie an eine Teilnehmer-Urkunde, klangen Ihre Worte aufrichtig. Deshalb halte ich mich an Ihren Rat und gebe mich ganz der Kreativität hin. Okay?

Fantastisch.

Dann mal los.

2

Ich saß in Unterwäsche auf den Holzdielen des Gästezimmers, als mir plötzlich klar wurde, dass ich unbedingt hinunter zum See musste. Also, zuerst musste ich mich natürlich anziehen. Aber dann musste ich sofort raus und zum See. Ich war seit ungefähr einer Stunde wach und klickte immer wieder auf den Reload-Button in meinem Browser, darauf wartend, wie gewohnt eine Nachricht aus dem Nichts zu erhalten. Schließlich stand ich auf und zog mich an. Dann schlüpfte ich mit meinem Computer unter dem Arm auf die frühmorgendlichen Straßen von Minneapolis.

Die Stadt lag wie ausgestorben da. Es war noch zu früh, selbst für die Bewohner des Mittleren Westens. Und so wanderte ich mitten auf der Straße zu dem kleinen See unten am Fuß des Hügels, wo reiche Leute eine Million Dollar zahlen, um auf das Wasser starren zu können. Und während ich so herumlief, versuchte ich, mir gegenüber ganz aufrichtig zu sein, was die jüngste Entwicklung meiner Trauer betraf.

Um ehrlich zu sein, hatte ich bisher noch niemanden verloren, der mir nahestand. Zumindest niemanden in meinem Alter. Ich hatte also keine Ahnung, wie sich so etwas unter normalen Umständen anfühlen sollte, ganz zu schweigen von den »ganz und gar nicht« normalen Umständen in meinem Fall. Sagen wir mal so: Es gab da nämlich einige Faktoren, die die Sache verkomplizierten. Und zwar vor allem die Tatsache, dass Jonah und ich uns nur ein einziges Mal getroffen haben.

Für etwa fünf Stunden.

Hatte ich das noch nicht erwähnt?

»Dein Internet-Freund!« hat Emma ihn mal genannt. »Beziehung 2.0.«

Und da hatte sie schon irgendwie recht. Wir hatten fast nur über das Ding, das gerade unter meinem Arm klemmte, Kontakt gehabt. E-Mail. Facebook. Chat-Nachrichten. Usw. Und nun, da Jonah nicht mehr da war, fühlte es sich an, als würde etwas fehlen und gleichzeitig auch wieder nicht. Es stimmt schon, eigentlich sind wir nie wirklich zusammen gewesen. Nur ein einziges Mal hat er mich mit seinen verführerischen grau-blauen Augen durch einen Raum hinweg angesehen und angelächelt – mit seinem schiefen Schneidezahn, der ihn immer ein bisschen verwegen aussehen ließ. Aber da war etwas gewesen zwischen uns, definitiv.

Etwas, das ich nicht mehr zurückholen konnte.

In den letzten zwei Wochen hatte ich ihm tatsächlich mehr Nachrichten geschickt als jemals zuvor. Obwohl ich genau wusste, dass er nicht mehr antworten konnte, schaute ich fünfzig Mal am Tag in meinen Posteingang. Klick. Neu laden. Klick. Neu laden. Ich war mir sicher, dass er mir irgendwann schreiben und sagen würde, dass das alles nur ein Scherz gewesen sei. *Ich bin nicht tot. Ich lebe! Ich wollte dir nur einen Streich spielen! Haha!*

Aber er antwortete nicht, und ich fing langsam an, ein bisschen Angst vor mir zu bekommen.

Und in diesen letzten Minuten der Morgendämmerung wurde mir schließlich klar, was ich zu tun hatte: Ich musste meinen Zweitausend-Dollar-Laptop in den Tiefen des Sees versenken.

Früher einmal, vor langer Zeit, bevor ich wusste, was Depressionen sind, bin ich mal mit Langlauf-Skiern über diesen See gefahren. Die Erinnerung daran ist verschwommen, aber es muss richtig schön gewesen sein. Ich bin nachts im Schein von Kerzen, die in ausgehöhlten Eisblöcken schimmerten, über die schneebedeckte Oberfläche geglitten. Damals waren meine Eltern noch zusammen, sie liefen neben mir und haben mir geholfen. An der Ziellinie warteten zu Pyramiden aufgestapelte Eisblocks wie die Grabmäler gefrorener Pharaonen.

Natürlich ist der See jetzt, zu dieser Jahreszeit, längst komplett aufgetaut, aber es war die Erinnerung an diese gefrorene Oberfläche, die mich dorthin zog. Wenn der Winter kam, würde mein Computer unter einem riesigen Grabhügel aus Eis beigesetzt sein, meine gesamte Kommunikation mit Jonah sicher darin verwahrt.

Während ich zum See hinunterlief, konnte ich allerdings nicht aufhören, daran zu denken, dass ich, wenn alles anders gelaufen wäre, jetzt mit ihm zusammen sein könnte. Das ganze Frühjahr über hatten wir ein zweites Treffen geplant. Jeden Tag hatten wir uns deswegen geschrieben, uns Stellenanzeigen zugeschickt, fest entschlossen, einen gemeinsamen Ferienjob zu finden.

Egal wo, egal was. Je absurder, desto besser. Jonah meinte, das wäre eine gute Geschichte für unsere Enkel später. Und ein abenteuerlicher neuer Anfang für unsere Beziehung. Und so erstellten wir eine Liste und kreuzten überall Ja an. Ein Clown-Workshop in Alaska? Na klar. Ein Malkurs in einem Frauengefängnis in Oklahoma? Warum nicht? Ein Sommersemester auf einem Schulschiff am Bosporus? Schon angemeldet!

Jedes Mal, wenn einer von uns einen Sommerjob für Jugendliche entdeckte – egal wie seltsam er war –, schickten wir uns die Infos zu. Es wurde zu einer Art Code – ein Ausdruck unseres Wunsches, uns endlich als reale Menschen zu begegnen. So zusammen zu sein wie alle anderen Pärchen auch.

Ich schrieb zum Beispiel: *Auf einer Skala von eins bis zehn – was hältst du von der Besamung von Lachseiern?*

Worauf Jonah antwortete: *Neun! Wer soll sie sonst besamen, wenn nicht wir?*

Dann, eine Stunde später, schrieb er: *Köche gesucht für ein Nudisten-Camp in Spokane. Lust auf Wiener Würstchen?*

Nach einer Weile fiel mir jedoch auf, dass ich die Einzige war, die noch Jobangebote schickte.

Was hältst du von naturnahem Gemüseanbau? Wir zwischen lauter Kohlköpfen?

Oder einfach nur: *Rodeoclowns?*

Aber es kam nichts zurück.

Nicht mal das Emoji, das er so mochte, mit dem Lächeln und der herausgestreckten Zunge. Das, von dem ich immer dachte, es würde bedeuten: »Du bist süß und lustig und schlau, und hab ich dir eigentlich schon gesagt, wie süß du bist?« Aber mittlerweile vermute ich, dass es bedeuten sollte: »Ich kommuniziere nicht wirklich mit dir, Tess Fowler. Dieses blöde Grinsegesicht ist nur ein beschissener Ersatz für echten Kontakt.«

Ich überquerte den Hügelkamm und spürte, wie der Boden unter meinen Füßen zunehmend abfiel. Das gegenüberliegende Seeufer kam in Sicht. Es war noch nicht richtig hell, aber die Wolken begannen langsam buttergelb zu schimmern. Und ganz gegen meinen Willen begann ich Jonah von alldem zu erzählen.

Ich sah den kleinen blinkenden Cursor im Chatfenster vor mir. Und dann folgte – ein Wort nach dem anderen – der Text.

Ich: *Dinge, die ich ohne dich sehe …*

Das war ein Spiel, das wir gelegentlich gespielt hatten, bei dem wir aus unseren Zimmerfenstern schauten – fast einen halben Kontinent voneinander entfernt – und uns gegenseitig beschrieben, was wir sahen. Wenn wir es parallel machten, sagte Jonah, könnten wir dadurch in zwei Welten gleichzeitig sein. Er konnte manchmal echt kitschig sein.

Ich: *Dampf steigt vom Asphalt auf. Bewegungsmelder lassen Lampen an- und ausgehen wie kleine blinkende Blitze.*

Ich: *Kaninchen. Kaninchenbabys? Wie kann man ein Kaninchenbaby von einem kleinen ausgewachsenen Kaninchen unterscheiden? Werden kleine Kaninchen in der Kaninchenwelt manchmal für Babys gehalten? Ist das demütigend für sie?*

Einige Male haben wir versucht, dieses Spiel per Videochat zu spielen, und unsere Laptopkameras aus dem Fenster gehalten, damit wir sehen konnten, was der andere sah. Aber das war nicht das Gleiche. Es war immer besser mit Worten. Wenn wir uns gegenseitig die Welt übersetzten.

Ich: *Automatische Sprinkleranlagen. Brunnen. Ein paar abgedeckte Pools in den Gärten.*

Am Fuß des Hügels überquerte ich die Straße und betrat den Pfad, der um den See herum führte.

Ich: *Der See. Als Kind ist er mir immer so groß vorgekommen. Jetzt sieht er eher aus wie eine Pfütze. Ein überdimensionierter Swimmingpool mit Fischen drin. Heute ist das Wasser ganz klar. Ein einsames Ruderboot mit einer Frau ist darauf unterwegs. Sucht sie nach einem Moment des Friedens, bevor ein neuer beschissener Tag beginnt? Trainiert sie für etwas? Wer sind Sie, Frau im Ruderboot? Warum mühen Sie sich so ab? Übrigens, Sie haben echt krasse Oberarme.*

In den ersten Tagen nach Jonahs Tod spürte ich sofort, dass sich etwas verändert hatte. Irgendwann während unserer Beziehung – ich weiß nicht mehr genau, wann – fühlte sich das Leben nur noch dann echt an, wenn ich ihm davon schrieb. Wenn ich ihm von Dingen erzählte, wurde ich zu einer besseren, lustigeren Tess. Das Leben ließ sich auf diese Weise besser in den Griff bekommen. Mein Verstand ließ sich auf diese Weise besser in den Griff bekommen. Und nun, ohne ihn, fühlten sich meine Tage an, als wäre ihnen etwas geraubt worden. Mir war klar, dass ich einen Weg finden musste, um dieses Gefühl zurückzubekommen, sonst würde alles ganz, ganz furchtbar werden.

Ich: *Die Stufen des Holzstegs. Die grünen Algen auf dem Wasser. Die Ruderin, die durch eine verspiegelte Sonnenbrille zu mir schaut. Der kühle Morgenwind, der auffrischt. Und dann bahnt sich das Licht der Sonne endlich seinen Weg über den Horizont.*

Der Himmel und das Wasser färben sich langsam blau. Der Computer fühlt sich in meinen Händen glatt und metallisch an. Ich hole weit aus. Die Ruderin beobachtet mich verwirrt; eine Hand an die Stirn gelegt, blinzelt sie wie ein Späher gegen das Sonnenlicht.

Eine Kräuselwelle bahnt sich ihren Weg über die Oberfläche des Sees. Mein Computer fliegt durch die Luft wie ein eckiges Frisbee, dann landet er spritzend im Wasser und versinkt in den sumpfigen Tiefen. Nur wenige Luftbläschen steigen auf. Meine Schuhe, wie sie über den Steg rennen. Der Moment, in dem ich springe, über das Wasser, das wie ein Marmorboden unter mir glänzt.

Ein Ruf von der Ruderin. Das kalte Wasser ist trüb, wenn meine Augen geöffnet sind, und völlig dunkel, wenn sie geschlossen sind. Meine Arme, die in Zeitlupe durch das Wasser pflügen. Das Seegras an meinen Schienbeinen. Dann die blendende weiße Sonne, als ich strampelnd durch die Oberfläche breche, mit einem so lauten Schrei, dass es sich anfühlt, als würden meine Lungen explodieren.

Das ist es.

Was ich ohne dich sehe.

3

Das einzige Mal, als wir uns persönlich begegnet sind, trug Jonah einen ungleichmäßigen Bart, der die Oberlippe verdeckte, sodass sein Gesichtsausdruck nur schwer zu entschlüsseln war. Er sah dadurch ziemlich jungenhaft aus – ein Kind, das Erwachsensein spielte –, als wir uns letzten Herbst bei einer Studentenparty kennengelernt haben. Auf der Veranda eines heruntergekommenen Farmhauses, direkt neben meiner Schule, inklusive Hühnerstall und rostigem Kornspeicher.

Die Studenten, die die Party schmissen, waren irgendwelche reichen Kids, die hier das ach so »ursprüngliche« Leben auf dem Land zelebrierten – bis hin zum Kauen von Tabak und Knabbern von Sonnenblumenkernen. Im Grunde ziemlich ähnlich wie das, was wir an meiner behämmerten Privatschule betrieben, aber uns war wenigstens bewusst, wie lächerlich wir uns verhielten. Diese Typen hier nahmen die Sache dagegen furchtbar ernst. Sie trugen blaue Arbeitsoveralls und Bandanas und unterhielten sich mit ehrfürchtigen Stimmen über Bienenhaltung.

Und trotzdem schlich ich mich aus dem Wohnheim und ging zu der Party. Warum? Weil ich einsam war und Bier trinken wollte, ohne dafür zu bezahlen. Einer meiner Klassenkameraden, ein Typ namens Satchel, hatte mir im Kunstunterricht davon erzählt. »Es gibt sogar Apfel-Fischen!«, hatte er derart begeistert verkündet, als spräche er davon, mit einem Fallschirm über Stonehenge abzuspringen. Jetzt mal ernsthaft: Kann sich jemand, der älter als acht ist, wirklich darauf freuen, seinen Kopf in eine Wanne mit kaltem Wasser zu stecken?

Die Antwort erhielt ich prompt bei meinem Eintreffen. So ziemlich das Erste, was ich sah, war nämlich eine Schar bärtiger Jungs, die ihre Gesichter in eine alte Waschschüssel tunkten. Offenbar war auch Alkohol im Spiel – ein Schnaps vor oder nach jedem Tauchgang, so ganz kapierte ich das nicht. Also marschierte ich an ihnen vorbei in Richtung Bierfass und verbrachte die nächste Stunde mit dem Befüllen und Entleeren meines roten Plastikbechers.

»Weißt du, was das für ein Bier ist?«, fragte mich irgendwann ein Mädchen in der Schlange.

»Ein kostenloses«, sagte ich zu ihr.

Jonah begegnete ich, als ich gerade die Phase des Leicht-angeschickert-Seins hinter mir ließ und die unsicheren Tiefen völliger Betrunkenheit ansteuerte. Unter anderen Umständen wäre unser Zusammentreffen auch nur schwer vorstellbar gewesen. Seit ich im Herbst ans Internat gekommen war, litt ich unter einer Art Sozialphobie. Die Highschool in New York (die ich im Jahr zuvor besucht hatte, als ich noch bei Mom lebte) war auch kein Zuckerschlecken gewesen, aber ich hatte wenigstens ein paar Freunde gehabt. Schritt für Schritt hatte ich dort gelernt, meine »wahre« Persönlichkeit in kleinen, ungefährlichen Dosen preiszugeben, die die Leute nicht abschreckten. Doch seit ich hier an der Schule war, zog ich mich immer mehr zurück und führte häufig stumme Gespräche in meinem Kopf, anstatt mit anderen zu reden. Ich lächelte weniger. Manchmal hatte ich deswegen nach dem Unterricht regelrechte Spannungskopfschmerzen. Das war alles sehr merkwürdig und ich konnte es mir auch nicht wirklich erklären, und das einzige Heilmittel dagegen schien der von mir neu entdeckte Konsum von Alkohol zu sein.

Ich stand also auf der Veranda des Bauernhauses und verspürte ein unbestimmtes Maß an Scham und Sehnsucht in meinem Bauch, als ich einen der bärtigen Jungs neben der Wanne für das Apfel-Fischen herumlungern sah. Mit einem seltsamen kleinen Lächeln auf den Lippen musterte er die angebissenen roten Äpfel darin, und auf einmal stieg Wut in mir auf.

»Kannst du mir das bitte mal erklären?«, rief ich.

Der Typ drehte sich um. Er wirkte verwundert, stand aber so weit entfernt, dass ich sein Gesicht nicht richtig erkennen konnte. »Entschuldigung?«

Seine Stimme war tief, und es lag eine überraschende Wärme darin. Fast hätte er damit meinen Redeschwall wieder zum Erliegen gebracht, doch meine Zunge hatte sich endlich befreit und war nicht mehr zu bändigen.

»Was soll eigentlich diese ganze verdammte Getue um das Leben auf dem Land?«, fragte ich. »Das würde ich wirklich gern wissen.« Ich trat näher.

Er erwiderte nichts. Stattdessen rückte er seine Brille zurecht.

»Ich meine, ich kann diese Sehnsucht nach etwas Authentischem schon verstehen. Wir wollen uns ja alle mit etwas verbunden fühlen, das echt ist – lehmige Erde und so. Aber sich wie in *Unsere kleine Farm* aufzuführen, wenn man eigentlich Medienwissenschaften in Boston studiert, ist auch keine Lösung, mein Freund. Ihr seid doch keine Amischen! Ihr müsst morgen keine Scheune mit bloßen Händen aufbauen! Gebt's einfach auf, okay?«

Ich hätte noch viel mehr sagen können. Und ich wollte unbedingt noch mehr sagen. Nachdem ich den ganzen Abend über höchstens ein oder zwei Worte gesprochen hatte, fühlte es sich absolut großartig an zu reden. Leider wurde mir gleich nach dem letzten Wort fürchterlich schlecht. Das Gefühl traf mich wie ein Schlag in die Magengrube, und bevor ich mich entschuldigen konnte, trippelte ich schon auf unsicheren Beinen zum Rand der Veranda. Und kotzte ins Gebüsch.

Ich konnte gar nicht mehr aufhören. Ich würgte und hickste vor mich hin wie ein geistig umnachteter Beatboxer unter den entsetzten Blicken seiner Zuschauer. In Nullkommanichts hatte sich mein Magen komplett entleert, und mein gesamtes Ich lag im Gestrüpp verteilt. Meine Beine schwankten, aber bevor ich von der Veranda fallen konnte, tauchte eine Hand neben mir auf und hielt mich fest.

»Komm«, sagte die Hand. »Hier lang.«

Ich folgte dem Farmer meines Vertrauens, zu dem die Hand gehörte. Es schien mir das einzig Richtige zu sein. Er ging mit mir in die Küche, wo ich kleine Schlucke aus einem Glas mit kaltem Wasser trank. Ich spülte mir den Mund aus und spuckte das Wasser wie ein Boxer ins Waschbecken. Tränen liefen mir über die brennenden Wangen. (Wann genau hatte ich eigentlich angefangen zu weinen?)

Dann führte mich mein Retter zu einem Sofa und befahl mir, mich hinzulegen und einen Fuß am Boden zu lassen, damit sich nicht alles um mich herum drehte. Nur einen Fuß. Dann sagte er mit seiner tiefen Stimme: »Ich heiße übrigens Jonah. Und ich wohne gar nicht hier.«

Genau genommen war ich gar nicht mehr betrunken. Richtig nüchtern aber auch nicht. Ein Zustand, der nicht viel Raum zwischen Denken und Sprechen ließ.

»Aber du hast doch einen Bart!«, protestierte ich.

Er lächelte. »Das stimmt. Ich wollte es mal ausprobieren. Fand es irgendwie collegemäßiger.«

Im Licht des Wohnzimmers konnte ich ihn nun deutlicher erkennen, und mir war sofort klar, dass er ohne Gesichtsbehaarung zehn Mal besser aussähe, weil sich darunter ein markantes Kinn verbarg.

»Studierst du hier am College?«

Er schüttelte den Kopf. »Ich komme aus Syracuse. Aber ich studiere in Boston. Ich besuche hier einen alten Schulfreund. Allerdings glaube ich nicht, dass wir noch befreundet sind. Schade eigentlich. Wir konnten uns früher echt gut leiden. So jemanden findet man nicht so leicht, weißt du? Willst du noch Wasser?«

Ich hörte ihm nicht zu. Nicht wirklich. Ich betrachtete sein Gesicht. Seine Augen hinter den riesigen Brillengläsern hatten einen ganz leichten Silberblick. Aber sie waren wunderschön grau mit einem blauen Ring um die Pupillen. Seine Nase war nicht markant genug für meinen Geschmack, aber auch nicht *un-markant*. Und seine blonden Haare waren gerade richtig verwuschelt. Ob er gut aussah? Vermutlich schon. Ich brauche immer viel zu lange, um so was zu beurteilen.

»Ha«, sagte ich schließlich.

»Was?«

»Du studierst Medienwissenschaften in Boston.«

»Ich habe keine Ahnung, was Medienwissenschaften überhaupt sind.«

»Oh.«

»Ich mache was mit Computern«, sagte er.

»Bist du ein Computer-Nerd?«

»Ja. Vermutlich. Ich mache jedenfalls gern nerdige Sachen.«

Ich nickte. »Ganz schön weit weg«, hörte ich mich sagen.

»Wie bitte?«

»Boston. Das ist weit weg.«

»Ja, das stimmt.«

Mein Kopf nickte. Besser gesagt, er sackte auf meine Brust. Ich war kurz davor, wegzudösen. Jetzt, nachdem alles aus mir raus war, hatte mein Körper die Nase voll von diesem Abend.

»Mist«, sagte ich. »Ich würde mich gern weiter mit dir unterhalten, Jonah. Deine Stimme klingt so verdammt friedvoll, aber ich fürchte, ich werde gleich einschlafen. Du kennst das sicher.«

Er schwieg einen Moment und deutete auf das Sofa, auf dem ich lag. »Eigentlich ist das mein Bett.«

Und wieder sprach ich, ohne nachzudenken: »Wir können es teilen. Aber nur, wenn ich nicht aufstehen muss. Das ist mein bestes Angebot.« Ich schloss die Augen, und unter meinen Augenlidern leuchteten Bilder auf, Lichtblitze zuckten hin und her.

Jonah brauchte ungefähr eine Minute, um sich zu entscheiden, aber schließlich setzte er sich neben mich. Er roch nach Waschmittel und einem fast verflogenen Spritzer Eau de Cologne. Dann legte er sich hin. Ich lehnte meinen Kopf an seine Brust, und er hielt absolut still. Wärme breitete sich überall in meinem Körper aus.

In einer Film-Version dieser Szene hätten wir jetzt wild herumgeknutscht. Und wären eng umschlungen aufgewacht wie die Jugendlichen in dem alten Romeo-und-Julia-Film von Zeffirelli, den wir im Englischunterricht angeschaut hatten. Aber das hier war nicht Shakespeare. Und wir waren nicht in Verona. Wir lagen in Iowa auf einem Pseudo-Bauernhof voller Alkoholleichen.

Und so wachte ich am nächsten Nachmittag stattdessen mit einem entsetzlichen Kater auf. Mich erwarteten ein Riesenhaufen Ärger und ein Tankbeleg mit einer E-Mail-Adresse und einer kurzen Nachricht darauf: *Boston ist weit weg. Das Internet nicht.*

4

Die Frau in dem Ruderboot hieß übrigens Grace.

Erinnert ihr euch noch an sie?

Jetzt gerade, in diesem Moment, starrte sie mich über den Küchentisch meines Vaters hinweg an.

Sie war braun gebrannt, um die vierzig und ihr Gesicht leicht gerötet von der Sonne. Auf ihrer Nase saß ein weißer Zinksalbenfleck, der wie Joghurt aussah. Sie hatte Sommersprossen und trug ein körperbetontes Rudertrikot mit einem beeindruckenden Dekolleté.

Und ich? Ich hatte ein schäbiges orangefarbenes Handtuch umhängen und trug darunter ein T-Shirt, auf dem: *Shave the whales* stand, was ich in der neunten Klasse, als ich es gekauft habe, unheimlich witzig gefunden hatte. Es war klitschnass vom brackigen Seewasser.

Wir saßen schon seit einer halben Stunde exakt so da, seitdem Grace mich aus dem eiskalten See gezogen, zum Ufer gerudert und nach Hause gefahren hatte, um mit mir auf meinen Vater zu warten. Und in dieser Zeit, die sich extrem lang anfühlte, hatten wir exakt sechs Sätze gewechselt. Wobei »gewechselt« eigentlich das falsche Wort dafür ist.

Grace hatte die ersten fünf davon gesagt, und zwar in folgender Reihenfolge:

1) Oh mein Gott!

2) Wieso springst du einfach in den See?

3) Geht es dir auch wirklich gut?

4) Ich heiße Grace.

5) Wo wohnst du?

Und ich hatte einen Satz gesagt, nämlich:

1) Oben auf dem Hügel bei meinem Vater.

Seitdem kamen wir irgendwie nicht weiter.

Draußen in der Einfahrt konnte ich Grace' Jeep stehen sehen und das kleine Boot, das daraufgeschnallt war. Ein *Einer*. Das Wort war wie aus dem Nichts in meinem Kopf aufgetaucht, während ich Richtung Ufer geglitten war und die Sonne mir auf die Augenlider brannte. *Ich liege in einem Einer. Ich werde in einem Einer an Land gerudert.* Das Boot war schmal und rot und zeigte wie ein anklagender Finger auf unser Haus.

Ich wusste, dass es eigentlich an mir war, etwas zu sagen, Grace meinen verrückten Sprung in den See irgendwie zu erklären, aber ich konnte nicht. Ich war mir nicht mal sicher, ob mein Mund überhaupt in der Lage war, Worte zu formen. Ich wusste nur, dass ich mich verzweifelt danach sehnte, dass diese Frau endlich verschwand. Gleichzeitig wollte ich unbedingt, dass sie exakt dort, auf der anderen Seite des Tisches, sitzen blieb.

Ich hatte keinen Schimmer, wann mein Vater nach Hause kommen würde. Die meisten seiner Aufträge – wenn er denn welche hatte – dauerten nur ein oder zwei Tage. Aber vielleicht hatte eine Wüstenrennmaus in Maine einen Schlaganfall erlitten, und er wurde dringend gebraucht. In dem Fall würden Grace und ich noch die nächsten hundert Stunden hier sitzen und uns anstarren.

Ich überlegte, wer wohl zuerst aufgeben würde. Sie musste doch einen Job haben, eine Familie. Wer so braun gebrannt und entschlossen aussah wie sie, musste so etwas einfach haben. Vermutlich hatte sie einen liebevollen Ehemann, der als Facharzt für Hormon- und Stoffwechselstörungen tätig war, während sie ihre Hobbys pflegte – antike Lampenfassungen sammeln oder so. Irgendwann würde sie aufgeben müssen. Sie hatte ein Leben, zu dem sie zurückmusste.

Immerhin eine von uns.

Am Ende ließ sich kein Sieger in unserem Anstarr-Wettbewerb ermitteln. Gerade als ich meinte, die Oberhand zu gewinnen, klapperte die Fliegengittertür, und die unverkennbare, viel zu laute Stimme meines Vaters hallte durch den Flur.

»Tessie!«, rief er. »Bist du da?« Er schlug die Tür hinter sich zu und stapfte ins Wohnzimmer. »Tessie«, dröhnte er. »Bist du zu Hause? Wem gehört das Auto da draußen? Es steht auf meinem Parkplatz!«

Mir war fast, als würde ich durch seine Augen sehen, als er an den abgewohnten Möbeln vorbeiging. Bemerkte er solche Dinge überhaupt? Der Couchtisch mit dem Sprung in der Tischplatte. Das schmuddelige Sofa. Die Tapete im Flur, die sich an den Kanten löste.

Dann stand er in der Küchentür und erstarrte für mindestens zehn Sekunden. Sein Blick wanderte von mir zu Grace, wie wir beide schweigend dasaßen. »Okay«, sagte er schließlich. »Könnte mir bitte mal jemand erklären, was hier los ist?«

Ich schaute zu seinem Gesicht auf, das verglichen mit den Gesichtern anderer Väter immer jung ausgesehen hatte. Als ich geboren wurde, war er gerade einmal neunzehn gewesen. Heute wirkte er jedoch ein wenig müde. Seine großen braunen Augen waren rot umrandet, und Sandkörner glitzerten in seinen langen Haaren, in denen sich erste graue Strähnen zeigten. Er trug einen schwarzen Anzug und hielt seinen Lieblingsbeutel in der Hand, auf dem stand: DER TOD: EIN LEBENSWERK.

»Wer sind Sie?«, fragte er Grace. Dann drehte er sich zu mir und sagte: »Tessie, was ist passiert?«

Ich brachte kein Wort heraus. Und Grace auch nicht.

An dieser Stelle sollte ich vielleicht hinzufügen, dass alle Frauen mittleren Alters auf meinen Vater abfahren. Sie finden ihn wegen seiner unbeschwerten, lockeren Art irgendwie attraktiv. Bevor er sich in einen schwermütigen, verlassenen Ehemann verwandelt hat, haben die Kellnerinnen immer schamlos mit ihm geflirtet, wenn wir essen gingen. Manchmal sogar vor den Augen meiner Mutter, die das ziemlich nervig fand. »Die sehen ja auch nicht, wie du mit Zahnseide an deinen Zähne herumschrubbst«, hat sie mal gesagt. Jedenfalls meinte ich in diesem Moment in der Küche schon zu sehen, dass Grace ihn ausgiebig in Augenschein nahm.

»Ich bin Grace«, antwortete Grace schließlich, »und ich sitze in Ihrer Küche, weil ich Ihre Tochter heute Morgen aus dem See gezogen habe.«

»Aus dem See?«, wiederholte mein Vater, als hätte er davon noch nie gehört.

»Der See unten am Hügel«, erklärte Grace. »In den Ihre Tochter gesprungen ist. Komplett bekleidet.«

Ich spürte, wie mir die Hitze ins Gesicht stieg. »Meine Güte!«, protestierte ich. »Sie hat mich nicht *gerettet.*« Ich vermied es, Grace anzusehen, spürte aber, dass sie mich musterte.

»Entschuldige«, sagte sie. »Dann hast du wohl gar nicht wild um dich geschlagen und geschrien, als ich dich rausgezogen habe?«

Mein Vater schaute sich in der Küche um, als suche er nach Beweisen. »Tess, ich begreife das alles nicht. Warum bist du nicht im Internat? Und wieso bist du heute Morgen angezogen in den See gesprungen?«

Meine Wangen fühlten sich heiß an. Mein Herz schlug bis zu meinen Ohren.

»Ich bin gerudert, wie jeden Morgen«, erklärte Grace, »nur etwas früher als sonst, und da hab ich sie springen sehen. Es sah aus, als ...« Sie starrte mich an. »Es sah aus, als würde sie ertrinken. Ich dachte, vielleicht will sie sich ...«

Ich stand auf und ging einen Schritt auf Grace zu, während ich mit den Tränen kämpfte. »Ich hab gar nichts versucht«, fauchte ich. »Ich musste nicht gerettet werden, von Ihnen und Ihrem bescheuerten kleinen Boot, das aussieht wie ein Dildo. Es war eine Reinigungszeremonie! Für meine Seele! Und Sie haben alles versaut. Gehen Sie jetzt bitte. Dad, das Ganze tut mir furchtbar leid. Ich möchte, dass sie jetzt geht.«

Mein Vater stand wie angewurzelt da, seine Augen klebten förmlich an Grace. Und aus irgendeinem Grund ließ mich die Tatsache, dass er es vorzog, diese Frau mit seinen unglücklichen Augen anzustarren und nicht mich, seine triefnasse, durchgeknallte Tochter, endgültig die Beherrschung verlieren.

»Dad, hör auf, die Bootfrau so anzuglotzen! Und Grace, ich brauche jetzt keinen Babysitter mehr. Danke für gar nichts. Meinetwegen könnt ihr euch alle zum Teufel scheren!« Mit diesen Worten stolzierte ich wie eine Drama-Queen aus der Küche – wobei meine Schuhe dazu nicht ganz passend auf dem lackierten Holz quietschten.

Als ich die Treppe hochging, schaute ich noch einmal kurz zurück und begegnete Grace' Blick. Überrascht stellte ich fest, dass sie gar nicht wütend aussah. Nicht einmal verärgert. Stattdessen sahen mich ihre Augen irgendwie wissend an, was mich hastig den Kopf wegdrehen ließ.

Oben in meinem Zimmer bemerkte ich, dass mein Mund immer noch nach Seewasser schmeckte. Der Geschmack war brackig und sauer, als hätten seit Urzeiten Fische hineingepinkelt. Ich erinnerte mich daran, wie ich auf dem See getrieben war und nach oben geschaut hatte. Die Wolken waren so nah gewesen, als würden sie direkt über mir schweben. Ich hatte gar nicht gemerkt, wie die Zeit verging, bis Grace mich plötzlich packte. Sie hatte geschrien, aber ich hörte sie zuerst nicht. Meine Ohren waren voller Wasser, und alles klang kilometerweit entfernt.

»Ich bin mir immer noch unsicher …« Die Stimme meines Vaters drang durch das Fenster neben meinem Bett. Er stand unten in der Einfahrt.

Ich schlich hin und öffnete es einen Spalt.

»... hatte schon immer Schwierigkeiten mit Autorität. Einmal ist sie sogar aus dem Ferienlager geflogen, weil sie einen Aufstand angezettelt hatte. Ich bin mir sicher, es wird ihr bald wieder –«

»Nein«, unterbrach ihn Grace.

Ich beobachtete, wie sie völlig gelassen in der Einfahrt stand.

»Nein?«, fragte Dad.

»Ich glaube nicht, dass es ihr bald wieder gut gehen wird«, sagte Grace und trat näher an ihn heran. »Ich weiß nicht genau, was Ihre Tochter heute Morgen vorhatte, aber es kam mir ganz und gar nicht harmlos vor. Es war sogar höchst besorgniserregend. Nachdem ich sie aus dem Wasser gezogen hatte, wollte sie mindestens zehn Minuten lang nicht mit mir sprechen. Sie hat nur fürchterlich gezittert und geweint. Ich denke, sie braucht Hilfe.«

Dieses letzte Wort und alles, was damit einherging, erschreckte meinen Vater sichtlich. Er fuhr sich mit der Hand durch die Haare.

»Ich muss jetzt los«, sagte Grace. »Aber bitte tun Sie mir einen Gefallen.«

»Welchen?«, sagte er.

»Wachen Sie auf. Ihre Tochter braucht Sie.« Damit ging sie zu ihrem Jeep. Aus der Entfernung konnte ich gerade noch so die Aufkleber auf der Stoßstange lesen: *Mein anderes Auto ist ein Fahrrad*, stand auf dem einen. Und auf einem anderen: *Wenn Mist passiert, mach Dünger draus.* Auf einem größeren stand schlicht: *Ruhe im Grünen.*

Grace kurbelte ihr Fenster hinunter und startete den Motor. Mein Vater stand mit verdutztem Gesicht in der Einfahrt. Sie legte den Gang ein und brauste mit offenen Fenstern und wirbelnden Haaren davon. Auch als ihr Auto schon längst hinter der Hecke unseres Nachbarn verschwunden war, konnte ich das rot-weiße Boot noch durch die Luft pflügen sehen.

5

Lieber Jonah,

wenn du willst, dass alle Welt sich fragt, ob du komplett durchgedreht bist, solltest du am besten angezogen in einen See springen.
Auf die Weise kriegst du das ziemlich schnell hin. Und es soll angeblich eine super Möglichkeit sein, sich einen Scheidenpilz zu holen. Ich werde dich auf dem Laufenden halten, falls es diesbezüglich (meiner Vagina) irgendwelchen Neuigkeiten geben sollte.
Und falls du in einem Jenseits mit WLAN gelandet bist, wollte ich dir nur mitteilen, dass mein Vorhaben, sämtliche Kommunikation zu dir einzustellen, nicht nur völlig fehlgeschlagen ist, sondern mir auch ein paar Tage Einzelhaft eingebracht hat. Ich schreibe das hier also aus meinem Verbannungsort im Büro/Gästezimmer meines Vaters, wo mir nur ein paar alte *Playboys* aus den späten Achtzigern Gesellschaft leisten.
Bei diesem Thema muss ich kurz erwähnen, dass ich in den letzten zwei Stunden achtmal mehr Schamhaare gesehen habe als in meinem bisherigen Leben. Falls ich jemals wieder schlafen sollte, werde ich sicher davon träumen. Entschuldigung, Themawechsel.
Mittlerweile fragst du dich bestimmt, womit ich das hier überhaupt schreibe. Vor allem, nachdem ich dir (telepathisch) erzählt habe, wie ich meinem Computer in einen See geworfen habe. Ganz einfach: Ich habe den Uralt-PC meines

Vaters vorübergehend an mich genommen und dabei festgestellt, dass er dem Computer, an dem ich in der Grundschule bei Mrs Hopkins das Zehn-Finger-System lernen musste, verdächtig ähnlich sieht.
Dieser Computer ist langsam, aber mein Gehirn auch; wir harmonieren also perfekt. Und nachdem ich dich nun wiedergefunden habe, sollte ich wohl zum Punkt kommen.
Es ist nämlich so: Wenn ich nicht gerade unter Mini-Panikattacken leide und/oder die Wand anstarre, muss ich immer an den Artikel aus dieser Technik-Zeitschrift denken, den du mir mal geschickt hast.
Darin ging es um den Tod – ein Thema, mit dem ich mich in letzter Zeit ziemlich viel beschäftige. Und zwar wurde dort die These aufgestellt, dass es in einer nicht allzu fernen Zukunft möglich sein wird, unseren Verstand auf einen Computer hochzuladen, um auf diese Weise unser Leben zu verlängern. Wir schaffen uns sozusagen ein elektronisches Ich aus virtueller DNA, das uns niemals sterben lässt – zumindest, solange der Strom nicht ausfällt. Wir leben immer weiter, inmitten von Katzenvideos und Hasskommentaren unter Promiprofilen.
Damals fand ich diese Vorstellung so unheimlich, dass ich mir zur Ablenkung erst mal eine halbe Stunde lang Videos von Dreifinger-Faultierbabys, die irgendwo runterfallen, angucken musste. Jetzt bin ich mir nicht mehr so sicher, was ich davon halten soll. Vielleicht ist es doch nicht so verrückt, irgendwo ein Back-up von sich zu haben, falls dem Original etwas zustoßen sollte.
Vielleicht gehen wir mit unserem ersten Leben zu sorglos um.
Nur damit das klar ist: Ich habe jede Menge Fragen, die ich dir gern zu deiner neuen Nicht-Existenz stellen würde. Aber

wenn ich die hier alle aufliste, wird diese Mail mindestens hundert Seiten lang. Du siehst, du hast mich ganz schön in die Scheiße geritten, und das gleich in mehrfacher Hinsicht. Deshalb will ich dir jetzt nur diese eine Frage stellen: Ist das hier dein Back-up, Jonah? Oder rede ich wirklich nur mit mir selbst?

Ich warte auf deine Antwort,
Tess

6

Es war zwei Uhr morgens, als ich es schließlich aufgab, einzuschlafen.

Die letzte halbe Stunde hatte ich damit verbracht, zuzuhören, wie mein Vater sich ruhelos in seinem riesigen Bett auf der anderen Seite des Flurs hin und her wälzte. Eine andere, nettere Tess hätte ihn vielleicht zu überzeugen versucht, dass ich nicht völlig den Verstand verloren hatte und alles wieder gut werden würde. Aber leider bin ich keine andere, keine nette Tess. Ich bin ich, die ganz normale, blöde Tess. Und selbst in den besten aller Zeiten hatte ich ernsthafte Zweifel, was meine Zurechnungsfähigkeit anging, und daran, dass in meinem Leben überhaupt jemals irgendetwas wieder ins Lot kommen würde.

Außerdem schläft mein Vater immer nackt.

Von daher.

Nachdem Grace gegangen war, hatte er volle zwei Stunden gebraucht, bis er in mein Zimmer kam. Soweit ich sagen kann, hatte er bis dahin in der Einfahrt gesessen und telefoniert. Vermutlich mit meiner Mutter. Mein aus dem Ruder gelaufenes Scheißleben ist der einzige Grund, warum sie überhaupt noch Kontakt haben. Hätten sie nicht meine vielen Probleme zu besprechen, würden sie vermutlich schon lange kein Wort mehr miteinander wechseln.

Was schon irgendwie traurig ist. Vor allem, weil mein Vater die Scheidung nur schwer verkraftet hat, auch wenn er gegen Ende der Ehe das Geld meiner Mutter verschleudert und sich durchweg wie ein total egoistischer Drecksack benommen hat.

Wie auch immer – nachdem Grace weg war, kam er irgendwann wieder ins Haus und stieg langsam und bedächtig eine Treppenstufe nach der anderen hinauf. Dann stand er eine gefühlte Ewigkeit seufzend vor meinem Zimmer. Er hat nicht geklopft. Er hat nicht am Türknauf gedreht. Schwer zu sagen, wie nah er der Tür wirklich war.

Mein Vater hatte schon immer die Angewohnheit, komplett dichtzumachen, wenn etwas schieflief – wie ein schmollendes Kind. Mein Vater, die beleidigte Leberwurst – eigentlich könnte das ziemlich lustig sein, aber es machte mich jede Mal bloß furchtbar wütend. Und genau diese Wut verspürte ich nun wieder, aber sie wurde recht schnell im Keim erstickt, von meiner Traurigkeit und der Scham, die ich seit dem Sprung in den See in mir trug.

Endlich, nach gefühlt tausend Stunden, räusperte sich mein Vater vor der Tür und fragte: »Ähm ... Tessie?« Er hielt inne und wartete auf eine Antwort.

Ich rührte mich nicht.

»Also, ich wünschte, ich könnte ... ähm ... verstehen, was mit dir los ist. Aber ich habe wirklich nicht die leiseste Ahnung, und du bist nicht ... äh ... sehr großzügig mit Informationen. Deshalb fühle ich mich gerade etwas hilflos, verstehst du?«

Ich wusste, er wartete sehnsüchtig auf ein Zeichen von mir, doch ich brachte es einfach nicht über mich.

»Es ist so«, sagte er nach einer längeren Pause. »Deine Mutter kommt nicht früher aus Indien zurück.« Ich meinte, ihn traurig lachen zu hören. »Sie ist ... mit *ihm* dort. Und vermutlich sind sie zu sehr damit beschäftigt, ihre Körper im Lotussitz zu verrenken, als sich darum zu kümmern, was hier bei uns zu Hause los ist. Stattdessen hat sie mir Anweisungen gegeben: Ich soll dich morgen zurück ins Internat bringen und dafür sorgen, dass du das Schuljahr beendest. Sie hat ganz klar gesagt, dass es in dieser Familie nicht infrage kommt, die Schule abzubrechen.«

Als ich die Tür aufstieß, hätte ich sie meinem Vater fast ins Gesicht gerammt. Offenbar hatte er doch recht dicht davorgestanden.

Er sprang zurück, und sein Gesichtsausdruck lag dabei irgendwo zwischen erschrocken und verärgert.

»Du hast doch damals auch hingeschmissen!«, protestierte ich.

»Hier geht es aber nicht um mich«, meinte er.

»Außerdem sind wir keine Familie mehr«, sagte ich und schaute auf seine Hände, die einen Teller mit Essen hielten. »Was ist das?«

»Ich hab dir Käsemakkaroni gemacht. Mit zwei Packungen Käse. Wie du es am liebsten magst. Also, früher mal, zumindest. Du weißt schon ... äh ... als Kind.«

Ich stand da und starrte auf den Berg quietschgelber Nudeln. Das Essen sah gleichzeitig absurd künstlich und total lecker aus, und einen Moment lang war ich versucht, einfach zusammenzubrechen und alles rauszulassen.

In meiner Kindheit war mein Vater mein Vertrauter gewesen. Die meiste Zeit arbeitslos, holte er mich jeden Tag von der Schule ab und suchte unter den vielen Winzlingen nach mir. Wenn ich ihm auf dem Weg nach Hause von meinem Tag erzählte, nickte er immer ganz interessiert, als fände er jede Einzelheit ungeheuer spannend. »Wirklich? Du hast den Hamster mit einer ganzen Traube gefüttert?« Und wenn er gute Laune hatte, holten wir uns bei 7-Eleven ein Cola-Slushie und verglichen die Stärke unserer Kälte-Kopfschmerzen.

Aber wir waren schon lange keine Kumpels mehr. Er hatte mich bestohlen und mir mit seiner Selbstsucht die Jugend versaut. Und so nahm ich ihm einfach den Teller aus den Händen.

»Danke«, murmelte ich.

Mein Dad blinzelte ein paarmal, bevor er weitersprach. »Tess, bei mir hat sich da was aufgetan.«

Ich schaute mich im Flur um. »Was? Hier?«

Er schüttelte den Kopf. »Ich habe gerade einen Anruf erhalten. Aus einem anderen Bundesstaat. Ich vermute, der Typ hat wohl noch nicht gehört, was in Nantucket passiert ist, von dieser ... du weißt schon ... Hundeexplosion ...«

»Was hat sich aufgetan?«, unterbrach ich ihn.

»Ein Auftrag.«

Ich schob mir eine Gabel Makkaroni in den Mund.

»Er wird gut bezahlt, und aus finanzieller Sicht sollte ich ihn unbedingt annehmen.« Er räusperte sich. »So wie ich das sehe, gibt es drei Optionen: Ich kann dich hier zurücklassen und ... den Auftrag erledigen. Aber nach heute Morgen denke ich nicht, dass das ... ähm ... eine gute Idee ist. Oder ich verlange von deiner Mutter, dass sie ihre Reise abbricht und dich abholt, aber das scheint mir auch nicht sehr realistisch zu sein. Deshalb bleibt eigentlich nur noch eine Möglichkeit ...«

»Wer ist gestorben?«, fragte ich.

»Wie bitte?«

»Du hast gesagt, es geht um einen Auftrag. Und du organisierst doch Beerdigungen, oder? Also, wer ist gestorben und verschafft dir damit diese einmalige Gelegenheit?«

Mein Vater kaute an seiner Unterlippe. »Der Tote heißt Sergeant Bronson.«

»Und wer ist dieser Sergeant Bronson?«

Einen Augenblick lang sah es so aus, als würde mein Vater anfangen zu lachen. Doch dann antwortete er so ruhig, als wäre das, was er gleich sagen würde, völlig normal. Und vielleicht war es das in seiner verdrehten Welt ja auch. »Sergeant Bronson«, erklärte er, »ist ein Rennpferd.«

7

Nachdem Jonah mir auf der Party die Nachricht hinterlassen hatte, fingen wir an, uns E-Mails zu schreiben. Es war richtig schön. Wir schickten uns lange, ausführliche Berichte über das Leben an unserer jeweiligen Schule, mit Unmengen von Fragen am Ende, die der andere beantworten musste. Manchmal kam eine Mail zurück, die nur aus Antworten bestand. Ein anderes Mal eine Reihe von kurzen Texten, maschinengewehrfeuerartig ein Absatz nach dem anderen.

Während ich also an meiner Schule ein Leben ohne Freunde fristete, summte mein Handy ständig mit Jonahs Antworten auf Fragen, an die ich mich kaum noch erinnerte.

Orangenlimo. Keine Frage. Die hat nämlich den höchsten Zuckeranteil pro Liter.

Oder:

Soll das ein Witz sein? Unsichtbarsein natürlich! Früher war es Fliegen, aber nur bis ich in die Pubertät gekommen bin.

Oder:

Ein Videoabend bei meinem Kumpel. Es lief ein Film über eine Autowaschanlage, die von Studentinnen betrieben wird. Nach fünf Minuten fiel schon der erste Bikini. Leider hab ich die Fortsetzung nie gesehen. Und jetzt muss ich ständig an diese Waschanlage denken. Ob sie wohl noch in Betrieb ist?

Oder, als die Fragen persönlicher wurden:

Brooke, ein Mädchen, das ich in der vierten Klasse gekannt habe. Sie hatte Diabetes und trug immer ein kleines Päckchen Apfelsaft mit sich herum, falls ihr Blutzuckerspiegel mal zu niedrig war. Ihr zuzuschauen, wie sie aus dieser Saftpackung trank, hat in mir ein unglaublich intensives Gefühl von Liebe ausgelöst. Sie hat mich unter der Rutsche geküsst und ist dann ein Jahr später weggezogen. Keine Ahnung, wo sie jetzt lebt. Ich hab nie nach ihr gesucht. In meiner Erinnerung soll sie für immer diese Viertklässlerin bleiben.

Und irgendwann:

Fände ich gut. Nein, streich das. Das wäre WUNDERBAR, nur kann ich mir im Moment kein Ticket leisten. Aber keine Angst. Bald ist es so weit. Sehr bald! Es gibt niemanden, den ich so gern besuchen würde wie dich. Niemanden.

Je häufiger ich danach fragte, wann er mich denn besuchen käme, desto mehr solcher Antworten erhielt ich von ihm. Sie klangen immer zuversichtlich, enthusiastisch und voller Hoffnung, endeten aber jedes Mal damit, dass ein Besuch vorerst nicht möglich war. Erst dachte ich, Jonah wollte Schluss machen und hätte nicht den Mut, es mir zu sagen. Aber seine Nachrichten wurden, ganz im Gegenteil, immer romantischer.

Vielleicht sollten wir heiraten. Religiöse Sekten haben kein Monopol darauf, jung zu heiraten. Jeder kann das. Ich werde jetzt noch nicht offiziell um deine Hand anhalten, aber denk einfach mal darüber nach. Der heilige Bund der Ehe. Mit mir. Bald. Bis dass der Tod uns scheidet.

Hatte er das wirklich so geschrieben?

Ja, hatte er.

Ich habe die Nachricht gespeichert, als Beweis.

Zufälligerweise starrte ich auf exakt diese Worte auf meinem Handydisplay, als sich mein Vater über den Gang im Flugzeug beugte und mir den Stöpsel des Kopfhörers aus dem Ohr zog. Statt Musik dröhnte mir nun das Motorengeräusch in den Ohren und riss mich zurück in die Gegenwart. Eine Gegenwart, in der mein Dad und ich in einem Flugzeug saßen und zu einem Pferdebegräbnis flogen, das geplant werden wollte.

»Leroy Labelle«, verkündete er.

»Sollte mir der Name etwas sagen?«, fragte ich.

»Das ist der Typ, für den ich arbeite. Ich dachte, du willst vielleicht wissen, was das für ein Auftrag ist. Ich meine, wenn du schon dabei sein musst.«

»Danke. Kein Interesse.«

Ich saß in einem gepolsterten Ledersessel und fühlte mich wie abgekoppelt von der Realität. Das Begräbnis sollte in Ocala, Florida, stattfinden, der Hauptstadt des Pferderennsports. Ich fand die Aussicht darauf ungefähr so prickelnd wie eine Unterleibsuntersuchung, aber nach meinem Sprung ins kalte Nass hatte ich nicht wirklich eine Wahl.

Dad reichte mir sein Handy und wählte die Nummer seiner Mailbox. Bevor ich es ihm zurückgeben konnte, tönte eine Stimme mit einem ausgeprägten Südstaatenakzent aus dem Lautsprecher.

»Mr Fowler, hier spricht Leroy Labelle. Ich habe Ihre Nummer übrigens von Ihrer Website. Ich dachte, wir könnten uns vielleicht heute oder morgen mal unterhalten, bezüglich eines großen Verlusts, den meine Familie erlitten hat ... Moment ... oh, verdammt, ich scheine da auf etwas gedrückt zu haben ... Ich benutze diese Touchscreens nicht so oft ... Ich habe versucht ...« (Unverständliches Fluchen)

»Okay … bin wieder da. Ich will ehrlich sein, Fowler. Es ist bisher nicht das kleinste bisschen an Vorbereitungen getroffen worden. Normalerweise machen wir wegen eines toten Tiers hier nicht so ein Trara, aber wir haben wohl unterschätzt, wie sehr uns der gute alte Sarge am Herzen liegt.« Ich meinte, ein Schniefen zu hören. »Er war ein verdammt gutes Vollblut und der verdammt beste Zuchthengst, den wir je hatten. Er verdient einen würdevollen Abschied. Ich habe gehört, Sie wären auf so etwas spezialisiert, deshalb hoffe ich, Sie können das alles schnell in die Wege leiten. Mir bleiben nur zweiundsiebzig Stunden, um das Tier unter die Erde zu bringen, sonst bekomme ich Probleme mit dem Gesetz. Deshalb meine einzige Frage an Sie: Wie schnell können Sie hier sein?«

Nach dem Ende der Sprachnachricht wischte Dad durch ein paar Bilder auf seinem Handy und reichte es mir erneut.

Ich blickte in die schmerzerfüllten vulkanschwarzen Augen eines Rappschimmels. Eines verstorbenen Rappschimmels. Seine Augen waren so dunkel, dass es fast beunruhigend war.

Mein Vater bemerkte meinen irritierten Blick. »Sie haben Kabelfernsehen«, sagte er. »Du kannst im Haus bleiben und diese schrecklichen Realityshows schauen, die du so magst. Mir egal.«

»Das mit dem Kabelfernsehen hast du bereits erwähnt«, bemerkte ich.

»Dann sag ich es eben noch mal. Es könnte ganz erholsam sein. Ein paar Tage Wellness.«

Ich bedachte ihn mit einem zornigen Blick, der – wie ich hoffte – deutlich sagte: *Wag es ja nicht, dieses Pferdebegräbnis als Urlaub darzustellen. Wir wissen beide, dass es das absolute Gegenteil ist.*

Ein paar Minuten lang saßen wir schweigend nebeneinander.

Schließlich beugte sich mein Vater zu mir und sagte: »Ich habe übrigens Abitur.«

»Wie bitte?«, sagte ich.

»Du hast behauptet, ich hätte die Schule abgebrochen. Das stimmt so nicht. Ich habe das Abitur nachgemacht. Das war mir wichtig. Und ich bin sehr stolz darauf.«

Ich sah ihn an. »Ja. Jetzt erinnere ich mich. Mom hat sich so für dich gefreut.«

Sein Blick ruhte immer noch auf mir. »Irgendwann wirst du mir erzählen müssen, was mit dir los ist.«

Kann sein, dachte ich, *aber nicht jetzt.* Ich steckte mir den Kopfhörerstöpsel wieder ins Ohr und nahm die Zeitung, die auf dem Sitz vor mir lag. Sie stammte aus Ocala, und in allen Artikeln ging es um Pferde. Es gab eine Auflistung sämtlicher Gewinner in nationalen Wettrennen, Beschreibungen historischer Farmen, dazu ganz vorne auf der ersten Seite eine lange Geschichte über den Ausbruch von Herpesvirusinfektionen bei Pferden. Um mich abzulenken, las ich den ganzen Artikel.

Meine Lehre daraus: Auf keinen Fall Pferdeherpes.

Die Fahrt zu Leroys Farm dauerte ewig, und wir kamen nur langsam voran. Skip, unser Fahrer, dessen Kopf – verglichen mit seinem Körper – etwas zu groß wirkte, kutschierte uns über kurvige Landstraßen, vorbei an Holzzäunen und historischen Pferdeställen. Überall galoppierten gestriegelte Pferde mit glänzendem Fell über sonnenbeschienene Weiden. Sie hätten einem Kalender für Grundschulmädchen entsprungen sein können.

»Als du klein warst, hast du Pferde geliebt«, sagte mein Dad.

Ich beobachtete einen Appaloosa mit großen, feuchten Augen, der unserem Auto hinterhersah.

»Stundenlang hab ich diese Fernsehsendung mit dir geschaut. Die mit den Regenbogen-Ponys.«

»Du hast *My Little Pony* mit mir geguckt?«, fragte ich. »Warum hast du dir das angetan?«

Er zuckte mit den Schultern und sah aus dem Fenster. »Ich wollte Zeit mit dir verbringen. Und du mochtest das eben.«

Wir schwiegen, bis Skip, der Fahrer, anfing zu sprechen.

»Wie Sie sehen«, sagte er, »nähern wir uns den Stoneshire Estates.«

Ich schaute in den Rückspiegel und stellte fest, dass plötzlich Leben in seine Augen gekommen war. Als hätte jemand einen Münze in ihn gesteckt.

»Im berühmten Goldenen Korridor von Ocala gelegen, ist dieses üppig grüne Weideland der beste Beweis dafür, warum der Ort zu Recht als die Pferdehauptstadt der USA bezeichnet wird.«

Ein riesiges Eisentor glitt auf, und unser Auto bog auf einen weißen Kiesweg. Er führte durch einen Garten, der vor Wildblumen nur so überbordete.

»Und das alles ist Mr Leroy Labelle zu verdanken, einem Pferdezüchter der zweiten Generation, der dieses Gestüt mit großen Visionen und unverwüstlicher Tatkraft seit vielen Jahren erfolgreich führt.«

Ich konnte nur hoffen, dass Skip viel Geld dafür bekam, diesen Quatsch aufzusagen. Er klang dabei nämlich wie ein ziemlicher Idiot.

Das Auto näherte sich dem Ende des Wegs, und wir hielten vor einem Herrenhaus im neuenglischen Stil mit dottergelber Fassade. Darüber erstreckten sich wie ein Baldachin die Baumkronen moosbedeckter Eichen.

Sobald wir aus dem Auto stiegen, kam ein Mann in einem karamellbraunen Anzug auf uns zugeeilt. Er trug ein rosafarbenes Hemd unter dem Jackett, und an seinen Handgelenken glänzten goldene Manschettenknöpfe.

Mein erster Gedanke war: *Was macht Willy Wonka auf einem Pferdehof?* Aber natürlich war es Mr Leroy Labelle.

»Da ist er ja!«, rief er. »Der Mann der Stunde!« Er marschierte zielstrebig an mir vorbei und griff nach der Hand meines Vaters. Er lächelte und saugte an seiner Lippe.

Ich stieg ebenfalls aus.

»Das muss Ihre Tochter sein!«, jubelte Labelle und klatschte in die Hände. »Willkommen in Stoneshire! Willkommen im Pferdeland! Wenn Gott diesen Ort nicht erschaffen hat, wer dann? Verraten Sie mir das mal, junge Dame.«

Ich betrachtete das Haus und den grünen Rasen, der es umgab. »Mein Beileid für Ihren Verlust. Angeblich hab ich Ponys früher mal sehr gemocht.«

Labelle blinzelte. Er hatte einen prächtigen Schnurrbart, der nun leicht zu zucken begann. »Ja«, sagte er leise. »Natürlich. Danke, Liebes.« Dann wandte er sich an meinen Vater. »Skip wird sich um Ihre Taschen kümmern und der jungen Dame alles zeigen. Aber bevor wir mit den Planungen anfangen, müssen wir noch etwas erledigen. Sonst fehlt uns die Inspiration.«

»Möchten Sie mir von Sarge erzählen?«, erkundigte sich mein Vater.

»Nein«, sagte Labelle. »Ich möchte, dass Sie sich seinen Leichnam anschauen.«

8

Nachdem Skip mich zu meinem Zimmer geführt hatte, wartete er eine geschlagene halbe Stunde draußen vor meiner Tür, um einen Rundgang mit mir zu machen. Er hatte den Auftrag, mich im Land der glücklichen Ponys herumzuführen, und war nicht davon abzubringen. Ich versuchte ihn hinzuhalten, indem ich so tat, als wüsste ich nicht, was ich anziehen sollte.

»Bist du jetzt fertig?«, fragte er zum fünften Mal.

»Nein«, wimmelte ich ihn ab. »Ich bin noch ganz nackt. Geh weg.«

»Du bist doch schon seit fünfundzwanzig Minuten da drin.«

»Ich rasiere mir die Schamhaare«, erklärte ich.

Er drückte die Türklinke hinunter und öffnete die Tür.

»Ich hätte doch wirklich nackt sein können«, protestierte ich.

»Bist du aber nicht.«

»Aber ich hätte es sein können ...«

»Komm jetzt«, sagte er. »Der Golfwagen wartet.«

Und so war es auch. Leise tuckernd, wie Golfwagen das so machen, stand er vor dem Haus. Wir stiegen ein und düsten über den Kiesweg davon. Und Skip machte direkt da weiter, wo er bei unserer Ankunft aufgehört hatte.

»In Stoneshire ist im Lauf der Zeit so ziemlich jede Pferderasse gezüchtet worden, die man sich nur vorstellen kann. Wir hatten hier schon Paso Finos, American Quarter Horses, Araber. Warmblüter. Jede Art von Pferd. Und wir haben sie alle gezüchtet!«

Aus der Nähe wirkte Skip viel jünger als zunächst angenommen. Er war ungefähr in meinem Alter. Und er sah gar nicht mal so übel aus. Er hatte ein markantes, männliches Kinn, das mir vorher gar nicht aufgefallen war, und einen Dreitagebart. Ich konnte es direkt vor mir sehen, wie er ein Kalb mit einem Milchfläschchen fütterte und dann nach Hause ging, um hemmungslos mit einer wunderschönen Frau zu vögeln. Woraus natürlich ein Baby hervorgehen würde. Ein blödes Baby mit einem Engelsgesicht.

»Und da vorn ist die Trainingsbahn für die Vollblüter. Dort bilden wir unsere Tiere zu Rennpferden aus. Unsere Jungpferde werden im September eingeritten, und bis Dezember kann jedes von ihnen garantiert mehr als einen Kilometer galoppieren.«

Das Problem an Skip war, dass er entschieden zu viel quatschte. Außerdem fand er das Leben bestimmt schön. Was halb so schlimm gewesen wäre, würde er nur die Klappe halten. Wenn man ihn einfach nur dabei beobachten könnte, wie er seinen Wagen über das Gelände steuerte und lächelte oder die Stirn runzelte, wäre er vielleicht ganz in Ordnung gewesen.

»Sie haben da so ein Gerät, das Vibrationsplatte heißt. Die wackelt wie verrückt und sorgt für eine bessere Durchblutung der Pferdebeine. Es ist richtig schwer, die Tiere dazu zu bringen, sich da draufzustellen …«

Mir doch egal, dachte ich. *Das ist mir so was von egal.*

Skip trat auf die Bremse, und der Wagen kam so ruckartig zum Stehen, dass ich in meinem Sitz nach vorne geschleudert wurde.

»Mann«, sagte er, »du kannst auch ein bisschen netter sagen, dass ich dich nicht volllabern soll.«

Ich schlug mir die Hand auf den Mund. »Scheiße. Hab ich das gerade laut gesagt?«

Skip sah mich verwundert an. »Ja. Hast du.«

Schwer zu sagen, ob er gekränkt war. Eigentlich wirkte er eher verwirrt.

»Tja, damit ist die Katze wohl aus dem Sack«, sagte ich. »Ich interessiere mich nicht besonders für Pferdetraining oder Pferdezucht oder … überhaupt für Pferde. Ich finde das Ganze irgendwie traurig und seltsam … und traurig. Und wenn es das alles nicht geben würde, wäre das auch völlig okay für mich. Vielleicht wäre ich dann sogar ein bisschen glücklicher.«

Plötzlich fing ich an zu schwitzen und bekam keine Luft mehr – untrügliche Anzeichen für eine aufziehende Paniktattacke. Der Golfwagen stand in einem kleinen Eichenwäldchen. Der Horizont dahinter war so endlos weit, dass es einem fast Angst machen konnte. Ich stieg aus dem Wagen und ließ mich ins Gras fallen, schloss die Augen und atmete ein paarmal lange und tief ein.

»Alles klar bei dir?«, fragte Skip.

»Gib mir ’ne Minute. Ich muss nur warten, bis die Panik vorüber ist.«

Ein kühler Wind kam auf und wehte mir die Haare ins Gesicht.

»Die was?«

»Die Panik«, sagte ich. »Du weißt schon, diese Angst, die Menschen manchmal in sich spüren. Du hast nicht zufällig was zum Kiffen da?«

Schweigen.

Ich hielt die Augen geschlossen, und allmählich beruhigte sich mein Atem wieder. Ich kämmte mir die Haare mit den Fingern zu einem Pferdeschwanz zurück und band ihn mit einem alten Haargummi aus meiner Hosentasche zusammen.

»Dir geht’s nicht so gut, was?«, meinte Skip.

»Mhm«, murmelte ich.

Ich hörte, wie der Golfwagen hinter mir einen kleinen Ruck machte.

»Warum hast du denn nichts gesagt?«, fragte er. »Da hab ich genau das Richtige für dich!«

»Ein Joint auf Rezept?«

»Nein.«

»Dann will ich es nicht.«

Der Wagen rollte näher. Eine Sekunde lang fragte ich mich, ob Skip mich überfahren würde. Vielleicht war das sein Plan. Mich von meiner Qual zu erlösen.

»Du weißt doch gar nicht, was es ist«, sagte er.

Nun tuckerte der Golfwagen direkt neben mir.

»Das brauche ich auch nicht zu wissen. Ich will *genau das Richtige* einfach nicht. Wenn jemand so was sagt, ist es am Ende etwas ganz Grauenhaftes.«

Schließlich schlug ich die Augen auf und sah ihn an.

Er saß in seinem Miniatur-Auto und lächelte. »Auf geht's. Steig ein. Wir kommen auf dem Rückweg direkt daran vorbei.«

Eine Viertelstunde später fuhren wir auf einen Stall zu. Auf dieser Farm konnte man nicht mal spucken, ohne einen Stall zu treffen. Und alle, auch der, dem wir uns jetzt näherten, waren in einer Farbe gestrichen, die an ein verbranntes Rot erinnerte.

Skip bremste und parkte den Wagen unter einem Dachvorsprung. Dann stieg er aus und ging auf den Eingang zu, wo er darauf wartete, dass ich ihm folgte.

Im Innern schlug mir sofort dieser typische Heu-und-Pipi-Stallgeruch entgegen. Während wir im trüben, staubgeschwängerten Licht den Gang zwischen den Boxen entlangliefen, war um uns herum immer wieder ein hohes Wiehern zu hören und gelegentlich ein gedämpftes Schnauben. Ich fühlte mich von Tieren umzingelt und rückte unwillkürlich näher an Skip heran.

»Sie ist gleich da vorn«, sagte Skip mit leiser Stimme, was mich noch nervöser machte.

Was zum Teufel verbarg sich in dieser Scheune?

»Was zum Teufel ist in dieser Scheune?«, fragte ich.

»Wart's ab«, sagte Skip. »Schau es dir selbst an.«

Er blieb ein paar Schritte vor mir mit verschränkten Armen stehen.

Ich ging an ihm vorbei und spähte durch das Eisengitter in eine große Stallbox, die mit frischem Sägemehl ausgestreut war.

Zuerst sah ich nur den schlafenden Körper einer Stute, deren kastanienbraune Brust sich beim Atmen sachte wölbte. Dann hörte ich ein leises Rascheln – etwas regte sich in der gegenüberliegenden Ecke und trat dann aus dem Schatten.

Es war das kleinste Pferd, das ich je gesehen hatte.

»Das ist Linnie«, erklärte Skip. »Unser neuestes Fohlen. Sie ist noch keine zwei Tage alt.«

Ich ging langsam in die Hocke und schaute dem Fohlen in die Augen. »Linnie«, flüsterte ich.

Das kleine Pferd machte einen unsicheren Schritt auf mich zu, während seine großen Augen mein Gesicht musterten. Sein Fell war gescheckt mit weißen Flecken an der Stirn und schwarzen an Nüstern und Ohren.

Ohne groß nachzudenken, streckte ich den Arm aus. Linnie schob den Kopf vor und begann, meine Hand mit ihrem Maul zu erforschen. Weich und zart wie die eines Babys, strichen ihre Lippen über meine Finger. Ich schloss die Augen und erwartete, ihre Zähne zu spüren.

»Sie hat noch keine Zähne«, meinte Skip. »Sie kann dir nicht wehtun.«

Ich schaute zu ihm auf und sah, dass er wie immer grinste. Aber diesmal drückte sein Lächeln mehr aus als die übliche Zurschaustellung seiner Zufriedenheit mit dem Leben. Er wirkte regelrecht ermutigt. Sein Vertrauen in die Schönheit dieses Anwesens hatte über die Skepsis eines durchgeknallten Stadtmädchens gesiegt.

Ich fuhr dem Fohlen mit den Fingern durch die Mähne und streichelte ihm den Kopf. Obwohl ich als kleines Mädchen eine kurze Pferdephase durchlebt hatte, hatte ich doch nie den Wunsch gehegt, eins zu besitzen. Bis jetzt. Am liebsten hätte ich dieses tapsige Geschöpf mitgenommen und in meiner Reisetasche nach Hause geschmuggelt. Ein Fohlen. Mehr brauchte ich nicht, um glücklich zu sein.

Ich schaute zu, wie Linnie in ihrer Box herumsprang und Sägemehl aufwirbelte, bis sie sich irgendwann an die Flanke ihrer Mutter schmiegte und die richtige Stelle zum Saugen fand.

»Nur damit du es weißt«, sagte Skip hinter mir, »ich hab auch was zu kiffen. Falls es dir dann besser geht.«

9

Ich bin noch nicht oft high gewesen. Und ich bin ganz bestimmt keine erfahrene Kifferin, im Gegensatz zu den Jungs im Internat, die ihren Controller gerade lange genug aus der Hand legen, um an ihrem Vaporizer zu ziehen. Aber als Mittel der Selbstmedikamentation kann es manchmal durchaus helfen, die Angst im Zaum zu halten. Und es kann Mikrowellen-Burritos in echte Delikatessen verwandeln. Diesmal aber wuchs mir die Sache irgendwie über den Kopf.

Ich rauchte mit Skip draußen hinter dem Stall einen Joint, der ungefähr so groß war wie ein Pez-Bonbon-Spender. Anschließend fuhren wir mit dem Golfwagen einfach so zum Spaß durch die Gegend. Wild lachend rasten wir wie zwei Irre über die endlosen Weiden des Anwesens, bis ich am Rand des Geländes plötzlich ein eckiges Aluminiumgebäude entdeckte.

Es sah aus wie ein Mausoleum aus der Zukunft. Etwas, um die tiefgekühlten Leichen sämtlicher Nachkommen der Labelle-Familie unterzubringen ... oder – wie mir augenblicklich klar wurde – ihre Pferde.

»Fahr weiter!«, brüllte ich. »Vorwärts, Käpt'n!«

Vor dem quadratischen Gebäude standen zwei Gestalten, die sich beim Näherkommen als mein Vater und Mr Labelle entpuppten. Und es sah nicht so aus, als würden sie sich sonderlich gut verstehen. Mr Labelles Stimme hatte sich zu einem Wutgebrüll in die Höhe geschraubt.

»... weil mich das doch sehr überrascht!«, schrie er. »Von einem Mann in Ihrem Gewerbe hätte ich so ein zimperliches Getue nicht erwartet, Fowler! Was hätte ich denn sonst mit ihm machen sollen?

Ihn vergammeln lassen? Wissen Sie eigentlich, wie ein verwesendes Tier stinkt?«

Mein Vater lehnte zusammengesackt an der Aluminiumwand und massierte sich die Schläfen. Sein Pferdeschwanz hatte sich gelöst, und grauschwarze Haarsträhnen tanzten vor seinen Augen. Er sah aus, als hätte er einen Geist gesehen. Was ja vielleicht auch der Fall war.

»Im Übrigen habe ich heute Morgen eine E-Mail erhalten«, bellte Labelle. »Von einem hochgeschätzten Kollegen!«

Wir holperten über die kleinen Unebenheiten und Kuhlen der Koppel und hielten dann an.

Mein Vater drehte den Kopf in meine Richtung. »Was für eine E-Mail?«, fragte er Labelle.

»Er hat mir einen Zeitungsartikel über eine Bestattung in Nantucket geschickt.«

»Oh«, meinte mein Vater. »Das.«

Skip sah mich fragend an.

»Ja«, sagte Mr Labelle. »*Das.* Es klang nach einer absolut katastrophalen Veranstaltung. So als hätte es nicht schlechter laufen können, wenn der Teufel persönlich aufgetaucht wäre und herumgezündelt hätte.«

Ich beobachtete meinen Vater. Ich konnte förmlich sehen, wie er innerlich kapitulierte und seinen Rückzug plante. Ich wusste genau, wie sein Verstand funktionierte. Wenn etwas schiefging, machte er sich aus dem Staub.

Mit unsicheren Beinen sprang ich aus dem Wagen und ging zu Labelle und meinem Vater. Mein Kopf fühlte sich an, als wäre er voller Helium. Und innen drin knisterte es, als hätte ich Starkstromleitungen im Gehirn. Ich hatte keine Ahnung, was ich sagen würde, bis die Worte aus meinem Mund kamen: »Hört mal alle her. Ich hatte gerade eine Eingebung.«

Die beiden Männer sahen mich an, als würde ich von einem fremden Planeten kommen.

»Tess«, sagte mein Vater leise, »fahr zurück zum Haus und pack deine Sachen. Wir müssen gehen.«

Mir entfloh ein einsames Kichern. »Ha«, sagte ich. »Ihr seid ja mies drauf.« Dann holte ich tief Luft und legte einen eher ernsten und besonnenen Ausdruck auf mein Gesicht. »Spaß beiseite. Ich habe eine Idee. Hört sie euch wenigstens an.«

Mein Vater spähte verstohlen zu Mr Labelle. Dieser machte keine Anstalten, irgendwohin gehen zu wollen. Alle Augen waren jetzt auf mich gerichtet.

»Seid ihr bereit?«, fragte ich.

Ich wartete ein oder zwei Sekunden und sagte dann: »Ponys.«

Eine längere Pause folgte. Mein Vater starrte mich fragend an. Offenbar fand keiner von ihnen meine Idee so großartig wie ich.

»Ich kann dir nicht ganz folgen«, sagte Labelle.

»Also«, meinte ich, »nicht einfach bloß Ponys. Aber Pferdekinder. Ich finde, sie sollten bei der Feier im Mittelpunkt stehen. Weil sie irgendwie das ganze Konzept symbolisieren.«

»Welches Konzept?«, fragte mein Dad.

Ich wandte mich an Labelle. »Auf Ihrer Farm dreht sich doch alles um Stammbäume, oder?«

Er starrte mich nur an.

»Das Ganze ist sozusagen ein Kreislauf, bei dem diese vielen wunderschönen Pferde noch viel mehr wunderschöne Pferde hervorbringen. Und dann bringen diese Pferde wieder neue Pferde hervor, und so geht das immer weiter und weiter. Stimmt doch, oder?«

»Ja«, räumte Labelle ein. »Vermutlich schon.«

»Und da habe ich mir gedacht ... dass die Pferde auf gewisse Weise ja niemals richtig sterben. Ich meine, sie sterben schon – alles und jeder stirbt irgendwann –, aber überall rennen hier diese kleinen

Pferdebabys herum, und in ihren kleinen Pferdeadern fließt Sarges Blut und sorgt dafür, dass aus ihnen unglaublich tolle Rennpferde werden! Und wenn eins der Pferd so richtig großartig ist, ein absolutes Ausnahmepferd, dann kann das für immer so weitergehen. So ein Pferd kann dem Tod quasi davonlaufen. Wir brauchen also nur Sarges Nachkommen zusammenzutreiben und sie über die Weiden galoppieren zu lassen, um zu zeigen, dass er nicht wirklich tot ist. Er rennt immer weiter. Selbst jetzt noch. Und er wird damit niemals aufhören. Verstehen Sie? Niemals!« Ich holte tief Luft und schaute die Männer erwartungsvoll an.

Mr Labelle musterte mich. Seine Miene war immer noch unverändert. Er saugte an seiner Lippe, und sein Bart zuckte leicht. »Ich denke, sie sollten ihn ziehen«, sagte er dann.

»Wie bitte?«, fragte mein Vater.

»Wir bauen für Sarge einen Sarg und stellen ihn auf eine Kutsche. Und dann wird er von seinen Kindern zu der Feier gezogen. Dort binden wir sie von der Kutsche los und lassen sie rennen, so wie du es vorgeschlagen hast.«

»Das gefällt mir«, sagte ich. »Sie bringen ihn nach Hause. Damit er sich ausruhen kann. Und dann zeigen sie allen, dass sein Leben trotzdem weitergeht.«

Labelle nickte. Er spähte mit zusammengekniffenen Augen in die Ferne, als könne er jedes Detail vor sich sehen. Und als ich seinem Blick folgte, sah ich es auch beinahe: die Kutsche mit den Pferden davor, vielleicht eine Musikkapelle, die aufspielte, bunte Fahnen und Banner zwischen den Eichen und darunter der Prozessionszug zu Sarges Grab.

Mr Labelle klopfte mit dem Fuß auf den Boden. Schließlich lächelte er. »Also gut. Legen wir los.«

10

Das Pferdebegräbnis war ein voller Erfolg.

Im Licht eines pinkfarbenen Mondes wurde Sergeant Bronsons tiefgefrorener Körper mit einem Kran aus dem Kühlraum in den riesigen Sarg gehievt. Am Tag darauf wurde er aufgetaut und einbalsamiert. Zum Schluss wurde er noch gestriegelt und geschmückt, bis er wie ein Showpferd aussah. Am Nachmittag führte eine Jazzkapelle dann die Parade über einen mit gelben und weißen Nelken geschmückten Prozessionsweg. Und als die Zeit gekommen war, erklang der Trompetenruf und die jungen Pferde wurden eines nach dem anderen losgebunden.

Wir alle standen da und schauten zu, wie sie in vollem Galopp über die Weiden rannten und immer kleiner wurden, bis sie nicht mehr als Punkte am Horizont waren. Am Ende hatte Mr Labelle Tränen in den Augen. Ich beobachtete, wie er sie sich mit dem Ärmel abwischte, bevor er eine Nelke für sein Knopfloch pflückte.

Auf dem Rückflug war Dad sehr zufrieden.

Mit einem entspannten Lächeln im Gesicht blickte er durch das Fenster auf die zarten Wolken neben dem Tragflügel. Diesmal waren keine Tiere explodiert, stattdessen hatte er einen dicken Scheck in der Tasche. Wie groß die Zahl darauf war, wusste ich nicht, aber er fasste immer wieder an sein Jackett, um sich zu vergewissern, dass er noch da war.

»Ich bin noch gar nicht dazu gekommen, mich bei dir zu bedanken, Tess. Danke für deine harte Arbeit in den letzten Tagen. Das war ungelogen das beste Begräbnis, das ich je ausgerichtet habe. Und du hattest einen großen Anteil daran.«

»Gern geschehen«, sagte ich leise.

Und ausnahmsweise fiel mir in diesem Moment rein gar nichts Negatives ein, das ich hätte hinzufügen können. Mir war zwar nicht gerade nach Tanzen zumute oder so, aber ich fühlte mich ein winziges bisschen weniger mies. Die Organisation der Beerdigung war eine willkommene Ablenkung gewesen. Und: Skip hatte mir vor meinem Abflug seine Nummer gegeben.

Wahrscheinlich würden wir uns niemals wiedersehen, dennoch war es ein gutes Gefühl zu wissen, dass sich trotz meines erbärmlichen Zustands ein trotteliger, aber doch irgendwie attraktiver Cowboy für mich interessierte. Obwohl, ein bisschen hatte ich schon ein schlechtes Gewissen, weil ich ihm nicht gleich einen Korb gegeben hatte. Aber andererseits: Wenn mein Leben anders gelaufen wäre, wäre ich ihm sowieso nie begegnet. Dann würde ich jetzt mit Jonah irgendwo in einer Berghütte sitzen und mit hochbegabten Kindern ökologisch einwandfreie Jurten nähen.

»Mr Labelle war sehr beeindruckt, weil ich dir so viel Mitspracherecht in meiner Firma einräume«, sprach mein Dad weiter. »Er hat gesagt, sein Vater hätte ihm die Pferde in diesem Alter niemals anvertraut. Erst, als er schon fast dreißig war. Unglaublich, oder?«

»Mhmm«, meinte ich nur. Ich öffnete meinen Facebook-Account und scrollte durch Jonahs Bilder. Zum Beispiel das, wo er beim Zelten ist und mitten in einem Bach steht, die Haare ganz zerzaust, weil er gerade erst aufgestanden ist, eine unangezündete Zigarette im Mund. Oder das, wo er lachend auf dem Boden seines Wohnheims liegt und seine Arme mit Scrabble-Plättchen bedeckt sind.

»Labelle hat keine Kinder. Er weiß nicht, was er tun soll, wenn es darum geht, seinen Besitz weiterzugeben.«

Ich betrachtete die Fotos, die die Leute nach Jonahs Tod hochgeladen hatten. Ein Schulfoto, auf dem er lange Haare hat und mit vier Freunden in einem Dixi-Klo steckt (inklusive einer Bildunterschrift:

Ich werde dich immer so in Erinnerung behalten, J. Alles Liebe). Das Foto von seiner Erstkommunion, das seine Tante gepostet hatte, auf dem er einen weißen Anzug trägt und wie ein R&B-Sänger aus den Neunzigern aussieht. Ihr Kommentar darunter lautete: *Gott hat heute einen neuen Engel bekommen*, so als wäre er mit sieben gestorben und nicht mit achtzehn.

Dann sah ich die Nachricht und begriff erst mal gar nichts.

»Er macht sich Sorgen, dass es nach seinem Tod mit dem Gestüt nicht weitergeht. Deshalb hat ihm deine Idee ja auch so gut gefallen. Vielleicht sind seine Pferde stark genug, um trotzdem weiterzurennen. Sie rennen weiter, auch wenn er nicht mehr da ist.«

Nicht viele Leute kommunizierten noch über Facebook mit mir. Nur ein paar Highschool-Freunde aus New York, aber die schickten mir eher Nachrichten aufs Handy. Aber als ich dann auf das Symbol klickte und sah, woher die Nachricht kam, verschlug es mir den Atem.

Jonahs Gesicht prangte darüber.

Ich muss mit dir reden, Tess. Es ist wichtig.

»Tess«, sagte mein Vater. »Hörst du mir zu?«

Der Himmel vor dem Fenster war mittlerweile wolkenlos. So strahlend blau, dass mir die Augen schmerzten.

Mein Dad berührte mich an der Schulter, aber ich spürte es kaum. »Tess«, sagte er.

Ich hob den Kopf und sah die Sorge in seinem Blick.

»He«, sagte er, »wo warst du denn gerade?«

11

Als Allererstes musste ich an diesen Zeitungsartikel denken, den Jonah mir geschickt hatte, über den russischen Milliardär, der sein Gehirn hochladen wollte, um nicht zu sterben. Damals war mir das nicht wirklich bedeutsam vorgekommen. Jonah hatte mir ja viele Artikel geschickt. Und Videos. Und GIFs. Und Lieder. Und Fotos. Und jede Menge anderes Zeug.

Wir waren schon früh davon abgekommen, uns nur Mails zu schreiben, und einige Wochen lang kommunizierten wir sogar ausschließlich über Links und Bilder. Nicht weil wir uns nichts zu sagen hatten, sondern weil es Spaß machte. Ein solcher Multimedia-Flirt machte das Ganze einfach noch interessanter.

Aber manchmal schickte er mir Artikel, die nicht zu diesem Hin-und-her-Geflirte passten. Sie wurden oft von kurzen Nachrichten begleitet wie *Cool, oder?* oder *Lies das* oder einfach nur *Hier!*. Der Artikel über den Russen kam jedoch ganz ohne Kommentar. Er tauchte einfach eines Tages in meinem Postfach auf.

Als Jonah noch lebte, hab ich ihn nie darauf angesprochen. Vermutlich habe ich es schlicht und ergreifend verdrängt. Aber nachdem ich diese neue Nachricht von seinem Facebook-Account erhalten hatte, las ich mir den Artikel noch einmal durch. Und er war genauso unheimlich, wie ich ihn in Erinnerung hatte. Darin stand, dass eines Tages kein Unterschied mehr zwischen Mensch und Maschine bestehen würde. Eine Theorie, die Wissenschaftler »technologische Singularität« nennen.

Für einen Moment warf ich jede Vernunft über Bord und ließ mich von dieser völlig abwegigen Vorstellung verführen. Vielleicht war diese technologische Singularität tatsächlich Wirklichkeit geworden, und Jonah lebte irgendwo im Internet weiter. Vielleicht war er eins geworden mit dem Gerät, mittels dessen ich ihn geliebt hatte. Es war nicht wirklich schwer, sich das auszumalen.

Schließlich war mein Computer der Ort gewesen, wo ich ihn immer hatte antreffen können. Und sein Gesicht war bei unseren seltenen Video-Chats oft verpixelt gewesen, manchmal sogar mitten in einem Lächeln erstarrt, wenn meine Internetverbindung zu langsam war. Und auch seine Chat-Nachrichten poppten stets so unvermittelt auf meinem Bildschirm auf, als hätte der Computer selbst sie geschrieben.

Ich war schon kurz davor, diese neue Realität zu akzeptieren und Kontakt mit Cyber-Jonah aufzunehmen, da hielt ich noch einmal kurz inne und atmete ein paarmal tief durch.

Seit der Rückkehr vom Flughafen saß ich am Rechner meines Vaters. Nun schloss ich die Augen und lauschte dem Vogelgezwitscher, das durch das Fenster hineindrang. Und als ich die Augen wieder öffnete und die Nachricht ein weiteres Mal betrachtete, sah ich plötzlich menschliche Finger vor mir, die sie tippten.

Fingerkuppen auf einer Tastatur. Die gleichen Fingerkuppen, die einmal – nur ein einziges Mal – meine Hüfte berührt hatten. Aber Jonah konnte nichts mehr auf einer Tastatur tippen. Weil seine Finger nicht mehr lebendig waren. Seine Finger waren tot. Er lebte nicht in einem Computer oder im Datenstrom weiter. Er war fort.

Wieder atmete ich lange und tief ein. Und dann tippte ich eine Antwort, immer schön einen Buchstaben nach dem anderen. Ich drückte auf *Senden* und schaute auf die drei Worte, die ich geschrieben hatte.

Wer bist du?

Das war die einzige logische Frage, die es zu stellen gab. Und vermutlich hatte ich das auch von Anfang an gewusst.

Ich beobachtete den Bildschirm und wartete die zwei Minuten, die es dauerte, bis etwas zurückkam.

Ich weiß nicht, wo ich anfangen soll.

Ich stand von meinem Stuhl auf, ging ziellos im Büro meines Vaters umher und bohrte meine nackten Zehen in den alten Wollteppich. Dann setzte ich mich wieder.

Vielleicht ... indem du mir sagst, wer du bist?

Es war immer noch Jonahs Gesicht, das neben jeder Antwort aufpoppte – seine Augen, die direkt in die Kamera und von da aus weiter in mein Gesicht schauten.

Ich bin derjenige, mit dem du in den letzten fünf Monaten kommuniziert hast.

Auf einmal überkam mich der Drang, die Unterhaltung zu beenden. Mein Profil zu löschen. Den Computer auszuschalten. Schlafen zu gehen. Und erst in ein paar Tagen wieder aufzuwachen. Aber dann würde ich vielleicht nie die Wahrheit erfahren.

Nur damit ich nicht komplett durchdrehe – du bist aber nicht Jonah?

Diesmal kam die Antwort sehr schnell.

Nein.

Über Leute wie mich wird im Fernsehen berichtet. Unvermittelt kam dieser Gedanke in mir auf. Ich hatte solche Dokumentationen selbst schon gesehen, über Menschen, die glaubten, sie wären in eine wunderschöne Frau verliebt, und dann stellte sich heraus, dass es sich in Wahrheit um einen fettleibigen Versicherungsmakler aus einem Vorort von Cleveland handelte. Aber ich war Jonah tatsächlich begegnet! Ich hatte seine Mail-Adresse von ihm persönlich bekommen.

Hatte ich irgendwann mal Kontakt mit Jonah?

Eine Frage, bei der ich mir nicht sicher war, ob ich darauf überhaupt eine Antwort erhalten wollte.

Ja.

Wann?

Am Anfang. In den ersten Monaten.

Danach habe ich nur noch mit dir geschrieben?

Ja.

Ein erster Anflug von Wut regte sich in mir.

Hast du dir schon mal überlegt,
wie unfassbar mies das ist?

Keine Antwort.

Du hast Nachrichten gelesen, die ich für jemand anderen geschrieben habe. Und Nachrichten, von denen ich nicht wollte,

dass sie überhaupt jemand liest.
Private Aufzeichnungen meiner Trauer.

Ich konnte gar nicht mehr aufhören zu tippen.

Du hast monatelang die grausamste Täuschung abgezogen, die man sich nur vorstellen kann. Hast du dir mal überlegt, dass du da was richtig, richtig Abgefucktes getan hast und dass du ein richtig, richtig abgefuckter Typ bist?

Kurze Pause. Dann:

Ja.

Der Drang, weiter zu schimpfen, war beinahe übermächtig, aber mir war auch klar, dass ich dieser Person nicht noch mehr von mir preisgeben durfte. Und so versuchte ich, nicht daran zu denken, was ich in den letzten Monaten geschrieben hatte, an die vielen intimen Geheimnisse, die ich niemals einem anderen Menschen offenbart hätte. Dinge, die ich nur deshalb hatte abschicken können, weil ich wusste, dass niemand sie lesen würde.

Eine neue Nachricht poppte auf:

Ich habe daran gedacht, es dir nie zu sagen.

Und noch eine:

Aber dann dachte ich, das wäre vielleicht noch schlimmer.

Und schließlich:

Ich wollte das alles nicht. Und ich konnte ja nicht wissen, dass Jonah sich umbringen würde. Ich weiß nicht, wie ich das jetzt alles erklären soll. Per Chat.

Ich starrte auf den Bildschirm und schluckte meinen immer größer werdenden Zorn und meine Verwirrung lange genug hinunter, um einen letzten Satz zu tippen. Eine Frage gab es noch, die ich beantwortet haben wollte, bevor ich mich von alldem befreite und mich wie ein Fötus auf dem Boden zusammenrollte. Und es war eine ganz einfache Frage.

Du hast meine erste Frage nicht beantwortet.

Kurz Pause. Dann die Antwort:

Ich heiße Daniel Torres. Ich war Jonahs Mitbewohner am MIT.

Ein Name. Natürlich. Der Name eines anderen.

Ich bewegte den Cursor auf das kleine Kreuz, um das Fenster zu schließen. Doch bevor ich daraufklicken konnte, tauchte eine weitere Nachricht auf.

Es tut mir leid, Tess.

Ich drückte auf die Maus. Und einen Sekundenbruchteil später war der Bildschirm schwarz.

12

Die nächste Woche flog so schnell an mir vorbei wie eine dieser Tischdecken, die von einem Zauberkünstler unter einem gedeckten Tisch weggezogen werden. In dem einen Moment war sie noch da, im nächsten schon vorüber. Ich kann mich nur an wenige Dinge erinnern, die belegten, dass die Tage überhaupt vergingen. Zum einen war da der verspätete Entrüstungssturm aus dem Internat. Offenbar hatte Elaine gleich das Schlimmste befürchtet, als ich nicht bei der Abendversammlung aufgetaucht war, und innerhalb von Minuten einen Suchtrupp losgeschickt, der die Felder nach mir durchkämmt hatte, um sicherzugehen, dass ich nicht irgendwo tot zwischen den Grünkohlreihen lag. Das hatte zumindest mein Vater berichtet, der eine Wuttirade auf seiner Mailbox vorgefunden hatte.

Und nachdem Elaine meine Mutter in Indien erreicht hatte, erhielt er am nächsten Tag gleich die nächste Standpauke. Eine Stunde lang hörte ich, wie er sich am Telefon mit Mom in den Haaren lag, in demselben verärgerten und niedergeschlagenen Tonfall wie bei ihren Streitereien im Vorfeld der Scheidung. Mein Dad tat dann immer so, als ob er völlig ahnungslos wäre.

»Woher soll ich das wissen?« Das war schon damals sein Lieblingssatz gewesen, der an diesem Morgen ein glorreiches Revival erlebte. »Woher soll ich wissen, wieso sie zu mir gekommen ist? Warum fragst du sie nicht selbst?« Dann: »Woher soll ich wissen, warum sie die Schule abgebrochen hat? Denkst du, sie erzählt mir irgendwas?«

Schließlich rief er mich nach unten, damit ich mit meiner Mutter sprach. Ich hatte seit Wochen nicht mehr mit ihr telefoniert. Nach der Scheidung war sie ähnlich seltsam und eigenbrötlerisch geworden wie mein Vater, wenn auch auf eine gesellschaftlich eher akzeptierte Weise.

Anstatt vom Tod besessen zu sein wie er, schmiss sie sich förmlich ins Leben. Oder zumindest in lebensbejahende körperliche Ertüchtigungen. Sie war auch früher schon regelmäßig joggen gegangen, aber seit sie ihren Ehemann abserviert hatte, lief sie jeden Morgen eine Zehn-Kilometer-Runde mit ihrem neuen Lebenspartner Lars, der mit seiner penetrant positiven Art unfassbar nervte.

Als Nächstes war Yoga dran gewesen. In Park Slope, ihrem Viertel in Brooklyn, trugen sowieso alle ständig Yogaklamotten – für den Fall, dass sich plötzlich das Bedürfnis nach dem Herabschauenden Hund in ihnen regte. Von daher war es eigentlich nur eine Frage der Zeit gewesen, bis auch Mom dabei mitmachte. Sozusagen Liebe auf die erste Kobra-Übung. Und neuerdings schien sie ständig irgendwo unterwegs zu sein, wo es kein Internet gab, und suchte bei einer Darmreinigung mit grünem Tee nach Erleuchtung. Oder so ähnlich.

Dabei konnte ich mich noch sehr gut an eine etwas jüngere Version von ihr erinnern, die zehn Kilo mehr wog und es liebte, sonntagabends mit mir Popcorn zu futtern und über schlechte *romantic comedies* zu lachen. Wohin war diese Frau bloß verschwunden?

»Ich bin gerade in den Bergen in der Nähe von Bengaluru!«, brüllte sie nun in ihr Handy. »Warum musst du ausgerechnet jetzt dein Leben versauen?«

Ich hatte die letzten zehn Stunden über wie betäubt vor dem Fernseher gehangen und war nicht wirklich bereit für eine Konversation.

»Weißt du, dass Dad jetzt Tiere bestattet?«, fragte ich.

Ich hörte sie seufzen. »Tessie, erklärst du mir bitte, was bei dir los ist?«

Ich stellte sie mir in einem Sari vor, bauchfrei, wie sie krampfhaft versuchte zu verbergen, dass sie aus Minnesota kam. Ob sie sich auch ein Bindi auf die Stirn gemalt hatte? Sie war immer schon eine sehr schöne Frau gewesen. Vermutlich war der ganze Ashram in sie verknallt.

»Ich nehme eine Auszeit wegen meiner Gesundheit«, erklärte ich ihr. »Ich praktiziere *Selbstfürsorge*, indem ich mich den ganzen Tag weder bewege noch spreche.«

»Ich hätte dich mit nach Indien nehmen sollen«, sagte sie. »Was hast du denn für gesundheitliche Probleme?«

»Hauptsächlich mein blöder Kopf«, antwortete ich.

»Was ist mit deinem Kopf?«

»Er ist erfüllt von Dunkelheit.«

Sie hasste es mehr als alles, wenn ich ihr so frech kam, aber ich weigerte mich stur, ihre Sprache der Erleuchtung zu sprechen.

»Du musst wieder zurück«, sagte sie. »Fahr zurück zur Schule und triff dich mit dieser Therapeutin. Ich habe mit ihr gesprochen. Du kannst das Halbjahr noch schaffen.«

»Auf keinen Fall.«

»Geh zurück!«, sagte sie beschwörend, als könnte die Wiederholung etwas bewirken. »Geh zurück! Geh zurück! Geh zurück! Es ist ein Fehler, in so einer Situation bei deinem Vater zu bleiben. Er ist nicht der Richtige, um dir in deiner Situation zu helfen. Tiefer kannst du die Latte kaum noch hängen.«

Ich blieb stumm.

»Ich mache mir Sorgen«, sagte meine Mutter fast flüsternd.

»Aber nicht so sehr, dass du nach Hause kommst«, höhnte ich.

»Tess.«

»Ich muss los«, erklärte ich und reichte das Telefon meinem Vater, der schon wieder wie ein gekränktes Kind guckte. Mir egal. Ich kehrte zu meinem Platz auf dem Sofa zurück und machte mich wieder daran, möglichst viele Stunden mit dem Leben von B-Promis totzuschlagen.

Meiner Meinung nach blieben mir im Moment nur zwei Möglichkeiten. Erstens: Ich konnte über die Gründe nachdenken, warum ausgerechnet mir so etwas passiert war. Oder zweitens: Ich konnte so tun, als wäre nichts. Den ersten Hochrechnungen zufolge würde Möglichkeit zwei einen erdrutschartigen Sieg einfahren.

Und so verabschiedete ich mich für die nächsten drei Tage von jeglicher Zeitrechnung. Ab und an kam mein Vater herein und sagte Dinge zu mir, die ich kaum wahrnahm, drückte auf seine distanzierte, unbeholfene Art seine Sorge um mich aus, seufzte tief und brachte mir Essen. Stunden vergingen, ohne dass ich bemerkte, dass er ebenfalls im Haus war.

Bis zum Morgen des vierten Tages.

Ich hing seit fünfzehn Stunden ununterbrochen vor irgendwelchen Realityshows und trug schon den vierten Tag in Folge die gleiche Jogginghose, als mein Dad mit einem gebügelten schwarzen Anzug ins Wohnzimmer kam. Fast hätte ich ihn nicht erkannt. Seine wallende Midlife-Crises-Mähne war ordentlich zurückgekämmt, und er sah so elegant aus wie seit Jahren nicht mehr.

»Willst du zu einem Rentner-Ball?«, fragte ich und starrte weiter auf den Bildschirm.

Er baute sich vor mir auf und rückte seine Krawatte zurecht. »Tessie, du gehst jetzt in dein Zimmer und ziehst dir eine richtige Hose an.«

»Wie bitte?«, fragte ich. »Eine *richtige* Hose?«

»Du weißt schon, was ich meine. Eine hosige Hose eben.«

»Hosige Hose«, wiederholten meine Lippen stumm.

Er nahm die Fernbedienung und schaltete den Fernseher aus. »Und ein ordentliches T-Shirt. Schwarz, wenn du hast.«

»Hab ich nicht.«

Aber er verließ bereits den Raum.

Ich hatte die Jalousien heruntergelassen, und ohne das Licht vom Fernseher war es im Raum völlig dunkel.

»Was ist eigentlich los?«, erkundigte ich mich.

»Ich warte im Auto auf dich«, verkündete er. »Wir gehen auf eine Beerdigung.«

Eine Stunde später trug ich die hosigste Hose, die ich besaß, und stand auf dem Parkplatz des Honey-Creek-State-Parks. Keine Ahnung, wieso das Naturschutzgebiet so hieß – es war weit und breit kein Flusslauf zu sehen. Geschweige denn Honig. Aber um uns herum standen viele wunderschöne Bäume. Gewaltige Strauchkiefern mit graugrünen Nadeln sowie ein paar blassblaue Fichten – die Namen kannte ich noch aus dem Pfadfinderlager. Nur von einer Beerdigung keine Spur.

»Und jetzt?«, fragte ich.

»Jetzt«, sagte mein Vater, »wandern wir.« Er marschierte los, und ich folgte ihm.

Auf der Fahrt hierher hatte er so getan, als wäre in den letzten Tagen nichts geschehen. Er hatte mich weder auf mein stummes Gegrübel angesprochen noch gefragt, was los war, und ausnahmsweise war ich dankbar für seine Ichbezogenheit. Anstatt mich auszufragen, unterrichtete er mich über *seine* Situation. Er war nämlich betrogen worden. Man hatte ihn angeheuert, um eine Beerdigung für eine Frau namens Maxine Harp auszurichten, und nun hatte die Familie seiner Klientin den Auftrag zurückgezogen, ohne ihm davon etwas zu sagen.

»Weißt du, was ein Bestattungsvertrag ist?«, fragte er mich.

Ich schüttelte den Kopf.

»Da trifft man sich mit jemandem, bevor derjenige stirbt, und legt die Kosten für das Begräbnis vertraglich fest. Weil die Preise für Grabstätten ständig steigen, kann es sinnvoll sein, schon im Vorfeld ein Grab zu kaufen. Man kann auch die Einbalsamierungslösung, den Bestatter und sogar das Leichenhemd im Voraus bezahlen. Für uns ist das eine gute Möglichkeit, frühzeitig Aufträge zu akquirieren.«

»Und so einen Vertrag hattest du mit Maxine?«, fragte ich.

Er nickte.

»Aber du hast das Geld nicht bekommen?«

Er mied meinen Blick. »Sie haben eine Versicherungsgesellschaft dazwischengeschaltet. Die haben das Geld. Wir hatten eine stillschweigende Übereinkunft.« Seine Stimme war leise, als er das sagte. Es war klar, dass er sich wie ein Vollidiot vorkam.

»Und was für ein Tier ist Maxine? Ein Lemurenweibchen?«

»Wie bitte?«, fragte mein Vater. »Nein, sie ist ein Mensch!«

»Oh. Ach so.«

»Was soll das heißen?«

»Nichts. Ich bin nur überrascht, dass ein echter Mensch seine Bestattung von dir organisiert haben wollte. Hast du sie abgefüllt oder so?«

Mein Vater umklammerte das Lenkrad fester. Sein Gesicht lief rot an.

Ich versuchte zurückzurudern. »Ich meine, es ist bestimmt so ähnlich wie bei Tieren. Nur ... weniger haarig.«

»Bitte sei still«, sagte Dad. Der brüchige Ton in seiner Stimme überraschte mich.

»Dad«, setzte ich an.

»Es reicht!«, wehrte er ab.

Ein Insekt zerschellte an der Windschutzscheibe. Mein Vater schaltete den Scheibenwischer an, der jedoch nur einen langen Streifen über das Glas schmierte. Er schaute stur geradeaus.

»Denkst du, ich will für den Rest meines Lebens Tiere begraben?«, fragte er. »Ich bin da irgendwie reingerutscht, als nichts anderes geklappt hat. Hab ein bisschen mehr Vertrauen zu mir, Tess.« Er seufzte. »Das sollte eigentlich mein großer Durchbruch werden.«

Mittlerweile führte uns der Wanderweg in einen dichten Wald. Laut dem Nachruf in der Zeitung sollten das Begräbnis und die Trauerfeier für Maxine hier stattfinden, aber noch immer waren keine Trauergäste zu sehen. Auch keine Schilder oder Grabsteine entlang des Weges. Keine Musik, die durch den Wald zog. Also marschierten wir weiter und lauschten dem Sirren der Insekten und dem dünnen Zwitschern der Schwalben. Ich beobachtete die verzagten Schritte meines Vaters, und irgendwo in meinem eisigen, kaputten Herzen regte sich so etwas wie Mitgefühl.

»Was hattest du dir denn überlegt?«, fragte ich.

»Für das Begräbnis?«

Ich nickte.

»Ich will nicht darüber sprechen«, sagte Dad. »Du machst dich sowieso nur über mich lustig.«

Wir stapften weiter.

»Ich bin wirklich neugierig«, sagte ich. »Du bist doch bekannt für deine verrückten Ideen. Also was hattest du für Maxine geplant?«

Ich spürte, dass er immer noch beleidigt war, trotzdem musste er unwillkürlich lächeln. »Es sollte ein Marathon werden.« Er schwieg kurz, dann fing er mit aufgeregter Stimme an zu erzählen. »Maxine Harp war neunzig Jahre alt und eine begeisterte Läuferin. Mit siebzig hat sie damit angefangen – sie ist jedes Jahr den New-York-Marathon gelaufen und wurde sogar fürs Fernsehen interviewt. Sie hat immer gesagt, dass sie in ihren Laufschuhen sterben will. Deshalb sollte ihre Trauerfeier auch ein Gedenklauf sein.« Seine Augen wurden ganz groß. »Ich rede von Fackeln. Medaillen für die Teilnehmer. T-Shirts. Startpistolen. Und Fahrer für diejenigen, die lieber von einem Begleitfahrzeug aus zusehen wollen. Und im Anschluss ein riesiges Festmahl. Alle ihre Lieblingsgerichte, um die Kalorien wieder aufzunehmen, die die Leute in ihrem Gedenken verbrannt haben. Es wäre eine gigantische Feier geworden! Ein Lauf, um ihr

Leben zu ehren –« Er stolperte jäh und landete im Dreck. »Au. Mist.«

»Vorsicht, Dad. Hast du dir wehgetan?«

Mit schmerzverzerrtem Gesicht stand er auf. Die ganze linke Seite seines Anzugs war nass und schmutzig. Er versuchte, den Dreck abzuklopfen.

»Was ist passiert?«

Anstatt zu antworten, kniete er sich hin und schob am Rand des Pfads ein paar Äste zur Seite. Darunter verbarg sich ein cremefarbener Stein, in den etwas eingraviert war. Ich kauerte mich neben ihn. *Ella Olson, 1956–2012,* stand dort. Ein Grabstein. Und unter Ellas Namen war zu lesen: *Aus meinem verwesenden Körper sollen Blumen wachsen und ich bin in ihnen und das ist Ewigkeit.*

»Edvard Munch«, sagte ich sofort.

Überrascht sah mein Vater mich an.

»Haben wir in Kunst durchgenommen.«

Er erhob sich und ging weiter. »Scheint also doch ein Friedhof zu sein«, meinte er.

Wir achteten nun genauer auf den Boden und entdeckten an anderen Stellen noch mehr Grabsteine. Sie waren flach und unauffällig und waren willkürlich über den Waldboden verstreut, wie die letzten Überreste einer alten Zivilisation.

»Hey«, sagte ich. »Tut mir echt leid.«

Mein Dad löste seinen Blick vom Boden. »Was denn?«, fragte er mit leicht zittriger Stimme.

»Das mit der Beerdigung. Es wäre bestimmt eine schöne Feier geworden.«

Er atmete tief durch und nickte dann. »Danke.«

Als wir durch das Gras weiterwanderten und einen kleinen, plätschernden Bach überquerten, drang plötzlich eine Stimme zu uns. Von einer Hügelkuppe sahen wir weiße Rauchfäden zum Himmel aufsteigen, und daneben war eine kleine Menschenmenge zu erkennen, die die Köpfe alle in die gleiche Richtung drehten.

Mein Dad schaute mich an, als wollte er fragen: *Was jetzt?*

»Jetzt gehen wir da hoch«, sagte ich.

13

Niemand war schwarz gekleidet.

Das fiel mir als Erstes auf. Stattdessen trugen die Trauergäste Erdtöne. Weite Kakihosen, Gore-Tex-Wanderstiefel. Als wäre das hier eine Toten-Safari oder so. Und alle waren um ein schlichtes Loch im Boden versammelt.

Um die Öffnung herum lagen Wildblumen und daneben ein Haufen Erde. Rechts vom Grab ruhte ein Körper, der in ein weißes Leichentuch gehüllt war. Klein und verschnürt wie ein Geburtstagsgeschenk lag Maxine da, und unter einem der Gurte, mit denen man sie später ins Grab hinablassen würde, steckten weitere Blumen.

Wir stellten uns ganz hinten in die Menge. Niemand achtete groß auf uns. Die Trauerfeier näherte sich bereits dem Ende, und ein Mann in einer Tweedjacke verbrannte Salbei, während eine ältere Frau in einem wogenden Baumwollkleid mit trällernder Stimme etwas deklamierte.

»... für unser Leben mag ihr Tod einen *Bruch* bedeuten, aber so, wie sie zu Lebzeiten für ihre Familie sorgte, wird sie nun den Bäumen, den Gräsern und den Blumen als Nahrung dienen. Und so, wie sie vielen Frauen in fortgeschrittenem Alter Hoffnung und Mut schenkte, schenkt sie nun der Natur die Nährstoffe ihres Körpers.«

Zwei jüngere Männer näherten sich dem Leichnam.

»Ihre Söhne«, flüsterte Dad mir zu.

Sie hoben das Leichentuch mit ihrer Mutter darin an und hielten es über die Öffnung im Boden. Die eingewickelte Gestalt hing unter ihren ausgestreckten Armen, als würde sie schweben.

»Erde zu Erde«, fuhr die Frau in dem Gewand fort. »Asche zu Asche.«

Ganz langsam versenkten die jungen Männer nun den eingehüllten Körper in der Erde, bis Maxine Harp verschwunden war.

»Staub zu Staub.«

Niemand regte sich. Ausgenommen einer der Söhne. Er ging mit gemessenen Schritten zu dem Erdhaufen, zog einen Spaten heraus und stieß ihn in den kleinen Hügel. Anchließend trat er damit an das Grab und schüttete die Schaufel voll Erde in das Loch zurück.

Er weinte nicht, sah aber so aus, als würde er jeden Moment in Tränen ausbrechen. Sein Bruder trat zu ihm und nahm ihm die Schaufel aus den Händen. Dann ging auch er zu dem Haufen, hob Erde auf und warf sie in das Loch. Als Nächstes war seine Schwester an der Reihe, und so schaufelten nach und nach sämtliche Kinder und Enkel Maxines das Grab zu. Als auch das letzte bisschen Erde festgeklopft war, wandte sich mein Vater ab und begann davonzugehen.

»Wo willst du hin? Willst du nicht mit ihnen reden?«

Er beschleunigte seine Schritte. »Wir sollten gar nicht hier sein.«

»Was meinst du damit? Diese Leute haben dich doch betrogen.«

Er schüttelte den Kopf. »Ich hatte einen Auftrag, und dann hat man mich gefeuert. So ist das in der Dienstleistungsbranche nun mal.«

Wir waren schon fast am Fuß des Hügels angekommen, da erklang eine Stimme hinter uns. »Duncan! Sind Sie das?«

Es war einer von Maxines Söhnen. Er kam zu uns gerannt und hielt die Hand in die Höhe, als wollte er ein Taxi anhalten. »Ich dachte mir doch, dass Sie das sind«, schnaufte er.

»Ja«, sagte mein Dad, »ich wollte nur ...«

»Es ist sehr nobel von Ihnen, dass Sie gekommen sind«, versicherte ihm der Mann. Von Nahem sah er wie ein Riese aus, obwohl er höchstens drei oder vier Zentimeter größer war als mein Dad.

»Es war eine sehr schöne Zeremonie«, sagte mein Vater.

Überrascht bemerkte ich, wie ihm beim letzten Wort die Stimme versagte.

Maxines Sohn legte ihm die Hand auf die Schulter. »Ich hätte Sie gern eingeladen, aber mein Bruder meinte, wir sollten es lieber nicht tun, nachdem wir uns … für eine andere Richtung entschieden haben.« Er senkte den Blick, und sein Lächeln verflog. »Hören Sie, Duncan, ich will nicht sagen, dass die Berichte über die Sache in Nantucket keinen Einfluss auf unsere Entscheidung hatten. Aber unsere Mutter hat die Natur geliebt. Und dann ist sie dieser Frau mit dem ökologischen Bestattungsinstitut begegnet, die ihr von dem Ort hier erzählt hat. Keine Särge. Kein Einbalsamieren. Keine Chemikalien. Alles nur Natur. Und da hat sie sich in letzter Minute dann umentschieden. Sie wollte es so.«

»Verstehe«, murmelte Dad.

»Das ist sie übrigens«, sagte der Hüne und blinzelte in die Sonne. »Die Frau dort in Beige.«

Ich schaute zum Grab, und auf einmal fiel bei mir der Groschen. »Wer ist das?«

Erstaunt schaute der Mann auf mich herab, als würde er mich erst jetzt bemerken. »Die Frau vom Bestattungsinstitut *Ruhe im Grünen*.«

»Ruhe im Grünen«, wiederholte ich.

Jetzt winkte sie uns zu, die Frau in Beige. Selbst aus dieser Entfernung konnte man sehen, dass ihre Nase und ihre Stirn unter den hellblonden Haaren sonnengebräunt waren und von Sommersprossen übersät.

»Sie heißt Grace«, erklärte der Sohn. »Möchten Sie sie kennenlernen?«

Ich sah meinen Dad an, und mein Dad sah mich an. Dann begannen wir auf sie zuzugehen. Schließlich erkannte sie uns und lächelte.

»Duncan, Tess! Ich habe mich schon gefragt, ob ich euch je wiedersehe. Willkommen bei Maxines Pflanzung.«

Grace die Verräterin.

Diesmal trug sie ein Tunikakleid über einer Strumpfhose und hatte sich ein Tuch um die Schultern geschlungen. Kein Make-up. In diesen Erdfarben sah sie wie eine Waldnymphe aus. Eine heimtückische Waldnymphe.

»Pflanzung?«, fragte ich.

»So nennen wir die Zeremonie.«

»Weil ihr Körper mal Teil eines Maisfelds wird?«

Grace sah sich um, ob sich jemand in Hörweite befand. »Du scheinst über irgendetwas verärgert.«

Mein Vater starrte zu Boden.

»Das stimmt«, sagte ich. »Wir sind ein ganz kleines bisschen verärgert darüber, dass Sie uns ein beschissenes Begräbnis geklaut haben, Grace. Sie hinterhältige Hippie-Tante!«

»Ich wusste gar nicht, dass Sie auch in der Branche tätig sind«, sagte mein Vater eher zu sich selbst als zu Grace.

Ihre Stimme wurde zu einem gestressten Flüstern. »Ich habe euch doch nichts *geklaut*. Ich habe eine Familie getroffen, die meine Dienste benötigte, und sie ihnen angeboten. Ich nehme an, dass dein Vater ähnlich vorgeht.«

Ich tat einen Schritt auf Grace zu. »Und sicherlich hatten Sie keine Ahnung, dass jemand anderes schon den Auftrag hatte, Ms Harp zu *pflanzen*.«

Grace rückte ihr Tuch zurecht und strich sich eine Haarlocke aus den Augen. »Möglicherweise wurde da mal was erwähnt ...«

Die Menge um uns herum löste sich langsam auf, Freunde und Verwandte wanderten den Hügel hinunter und bestätigten sich gegenseitig, wie idyllisch die Natur hier war.

»Ich bin in letzter Zeit genug Lügnern begegnet«, sagte ich, »um zu wissen, wann ich einem gegenüberstehe.« Ich packte meinen Vater am Arm. »Komm, Dad. Und Grace, viel Spaß noch bei Ihrer Pflanzung. Ich wünsche Ihnen eine reiche Ernte.« Ich zerrte meinen Vater hinter mir her.

»Warte!«, rief Grace. »Warte doch kurz, Tess! Bitte!«

Ich weiß nicht, warum ich mich umdrehte. Doch als ich es tat, sah sie bekümmert aus.

»Ja?«, blaffte ich. »Was denn noch?«

Ihre Lippen waren leicht geschürzt. »Wie geht's dir?«

Die Hände in meinen Taschen ballten sich zu Fäusten. Ich dachte an die vergangene Woche, wie ich betrogen und verarscht worden war, wieder und wieder. »Ich habe viel ferngesehen«, erwiderte ich. »Danke der Nachfrage.«

Grace fummelte an einem Knopf ihres Kleides herum. »Duncan, könnten Sie uns einen Moment allein lassen?«

Mein Dad erhob keinen Widerspruch. Er drehte sich um und begann sehr interessiert die Umgebung zu betrachten.

»Hast du es deinem Vater schon gesagt?«, fragte Grace.

»Was gesagt?«

»Wie schlecht es dir an dem Tag wirklich ging?«

»Wie schlecht ging es mir denn?«

»Ich weiß es nicht«, sagte Grace. »Das kannst nur du beantworten ...«

Ich betrachtete ihr Gesicht. Unter der Sonnenbräune und den Sommersprossen prangten dunkle Augenringe.

»... aber es schien dir ziemlich schlecht zu gehen.«

»Wirklich? Woher wollen Sie das wissen?«, fragte ich. »Arbeiten Sie in einer psychologischen Beratungsstelle für Schüler? Haben Sie ein paar gute Selbsthilfebücher gelesen, die Sie mir empfehlen möchten?«

»Nein«, sagte Grace. »Nichts in der Art.«

Für einen Moment schien unsere Unterhaltung endgültig beendet. Doch dann sprach sie weiter.

»Aber ich war selbst schon so depressiv, dass ich mein Haus einen Monat lang nicht verlassen konnte. Das wäre das eine. Meine Ehe ist deswegen in die Brüche gegangen. Und ich habe daran gedacht, Dinge zu tun, die weit unvernünftiger sind, als nur von einem Steg zu springen. Ich verstehe, wenn du so etwas von mir nicht hören willst. Aber ich weiß, wie es in dir aussieht, Tess, weil ich mich auch schon so gefühlt habe.«

Ich wollte sie anschreien, ihr den Mittelfinger zeigen und abhauen. Trotzdem blieb ich wie angewurzelt stehen.

»Tut mir leid, dass ich gelogen habe«, sagte Grace. »Ich wusste nicht, dass dein Vater das Konkurrenzunternehmen war. Falls du irgendwann mal nicht mehr so wütend bist und mit mir reden willst, kannst du mich unter dieser Nummer erreichen.« Sie reichte mir eine Visitenkarte.

Mein Instinkt riet mir, sie einfach fallen zu lassen, damit sie hier im Wald vermoderte, weil sie bestimmt biologisch abbaubar war. Aber ich tat es nicht. Stattdessen steckte ich sie in die Tasche meiner hosigen Hose, ging zurück zum Auto und fuhr mit meinem schmollenden Vater nach Hause.

14

Vor ein paar Jahren habe ich mal einen Bericht über einen Typen gesehen, der zehn Jahre lang in eine Frau verliebt war und dann feststellen musste, dass sie gar nicht existierte. Ein ganzes Jahrzehnt lang dachte er, er sei mit einem Fitnessmodel aus L. A. zusammen, einem hübschen Mädchen mit blondem Pferdeschwanz, festen Titten und Lycra-Sportoutfit. In Wirklichkeit hatte ihn eine gelangweilte Hausfrau aus West Virginia verarscht. Seine große Liebe war lediglich eine digitale Collage aus Bildern und Videos, zusammenkopiert zu einem Frankenstein-Monster auf Facebook.

In den Berichten zeigten sie seine gesammelten Mails: Tausende von Seiten, die sich auf seinem Schreibtisch türmten wie der dickste Liebesroman aller Zeiten. Außerdem Schachteln, aufeinandergestapelte Kisten voller Geschenke, Fotos und Andenken aus ihrer Beziehung. Der Typ hatte sich sogar ihr Gesicht auf die rechte Schulter tätowieren lassen.

Ich kann mich noch genau an seinen Gesichtsausdruck erinnern, als der Reporter ihn fragte, wie er auf diesen Schwindel nur hatte hereinfallen können. Wie er die ganzen Zeit über *nicht hatte bemerken können*, dass das alles nur ein großer Betrug gewesen war? Zehn Jahre! Zuerst war er rot geworden, dann hatte er eine trotzige Miene aufgesetzt, und seine feuchten Augen blitzten. »Ich war eben verliebt.« Und was hätte der Reporter darauf noch erwidern können?

Diesen Blick konnte ich jetzt gut verstehen.

Seit meinem Chat mit Daniel, dem Hochstapler, hatte ich so ziemlich alle Gefühle verspürt, die es gab. Wut und Selbstmitleid? Check. Überraschung mit einem Hauch von Nichtwahrhabenwollen? Check.

Kurze Anflüge von Hoffnungslosigkeit, die gelegentlich in einem hysterischen Lachanfall endeten? Jawohl.

Es gab so vieles, was ich neu überdenken musste. So viele Augenblicke, die nicht das waren, wofür ich sie gehalten hatte. Mir war, als würde ich sie alle noch einmal durchleben. Erinnerungen kehrten zurück, die ich völlig neu bewerten musste.

Das Video mit den Staren zum Beispiel. Selbst etwas so Unbedeutendes. Ein Filmschnipsel mit winzigen schwarzen Vögeln, die in immer neuen Mustern über einen pastellfarbenen Himmel flogen. Auch »Formationsflug« genannt. Und der Videodatei beigefügt ein Text:

So fühlt sich mein Körper an,
wenn ich an dich denke.

Wer hatte das geschickt? Das war ungefähr drei Monate nachdem ich Jonah kennengelernt hatte, in meinem Posteingang gelandet. In diesem Niemandsland zwischen Jonah und Daniel.

Das Video war deshalb so wichtig, weil ich als Antwort zum ersten Mal ein Nacktfoto von mir gemacht und zurückgeschickt hatte.

Ich weiß! Schon kapiert! Erspart mir die Kommentare. Damals hatte es sich eben richtig angefühlt. Ich war aus meinem Kleid geschlüpft, aus der Strumpfhose, dem BH und der Unterwäsche, und hatte das Foto gemacht, indem ich das Handy auf den Spiegel an meiner Schranktür richtete.

Ich habe damals gar nicht erst versucht, die Stellen an meinem Körper zu verstecken, die ich hasste. Den nach außen gewölbten Bauchnabel. Die Leberflecken an meinem rechten Oberschenkel. Die halbmondförmige Narbe über meiner Hüfte, die von einem Fahrradunfall stammt. Meine unterschiedlich großen Brüste.

Ich schrieb zurück:

So sieht mein Körper aus, wenn du an ihn denkst.

Schon im Moment des Sendens war mir klar gewesen, dass ich das nicht hätte tun sollen. Ich kannte die Warnungen ja. Aber niemand erzählt einem, dass gerade das Risiko der Kick daran ist: dieser Kitzel, vorsätzlich einen Fehler zu machen. Das Problem war nur, dass ich davon ausging, ich würde diesen Fehler für jemand Bestimmtes machen. Jemanden, den ich kannte.

Aber ehrlich gesagt, dieses Sexzeug störte mich längst nicht so, wie ich gedacht hätte. Schlimmer waren die Dinge, die ich ihm erzählt hatte. Dinge, die sonst niemand wusste. Zum Beispiel wie ich früher in der Mittelschule in der Einfahrt meiner Eltern Basketball gespielt und mir eingeredet hatte, ich wäre nicht mehr hässlich, wenn ich zehnmal hintereinander den Korb traf. Oder meine Angst vor der Dunkelheit, die mich bis zu Highschool gequält und wegen der ich immer meine Jalousien offen gelassen hatte, damit ich das Licht vom Fernseher der Nachbarn sehen konnte.

Wie ich ausgerechnet bei einer Poolparty zum ersten Mal meine Tage bekommen und meine Mutter hatte anrufen müssen, damit sie mich abholte. Oder dass ich nicht eingegriffen hatte, als ich meine Freundinnen dabei beobachtete, wie sie ein übergewichtiges Mädchen im Sportunterricht hänselten, bis es weinte. Und dann noch das peinliche Geständnis, vor ihm noch nie einen festen Freund gehabt zu haben.

Ein paar dieser Geheimnisse hatten den echten Jonah erreicht, das weiß ich. Am Anfang telefonierten wir noch gelegentlich, und ich kann mich daran erinnern, wie er mit seiner tiefen Stimme sagte: »Ist doch nicht so schlimm« oder »Da warst du doch noch ein Kind.« Allerdings kam von ihm kaum etwas Vergleichbares zurück. Er erzählte nicht gern von sich. Nur einmal verriet er mir, dass er mit sechzehn mal ein Wochenende in der Psychiatrie verbracht hatte.

»Ich kann dir nur so viel sagen, Tess, dass ich mich damals so schlecht gefühlt habe wie noch nie in meinem Leben. Und ich bin mir nicht sicher, was ich gemacht hätte, wenn ich allein gewesen wäre. Meine Mutter hat mich dabei ertappt, wie ich in die Messerschublade starrte, und als sie mich fragte, was ich da mache, konnte ich nicht antworten. Sie hat dann unseren Hausarzt angerufen, und er hat ihr geholfen, mich in einer Klinik in der Nähe unterzubringen.«

Ich hatte ihn gefragt, ob er sich danach noch einmal so gefühlt hatte.

»Nein«, hatte er geantwortet. »Aber ich muss jeden Tag eine Tablette nehmen. Vermutlich mein ganzes Leben lang.«

Das war vielleicht die letzte echte Information, die ich von ihm erhalten hatte. Kurz darauf hatte er keine Lust mehr zu telefonieren. Er wollte lieber schreiben und chatten und behauptete, er würde sich dann »mehr wie er selbst« fühlen. Und wie hätte ich ihm das abschlagen können? Ich mochte die Art, wie er seine Briefe verfasste. Ich sah uns schon als berühmtes intellektuelles Paar, das miteinander »korrespondierte«. Schließlich hatte ich noch nie etwas gelesen, das so sexy und eigenartig war wie Flauberts Brief an Louise Colet aus dem Jahr 1846.

Mr Barthold hatte die Briefe erwähnt, als wir in unserem Literaturkurs *Madame Bovary* lasen, und ich hatte daraufhin nach ihnen gesucht. Was ich fand, war noch besser als erwartet.

... dann will ich Dich, wenn ich Dich wiedersehe, mit Liebe zudecken, mit Wonnen, mit Trunkenheit, ich möchte Dich überschütten mit allen Glückseligkeiten des Fleisches, Dich damit schwach machen, Dich darin vergehen lassen ... Ich will, dass Du Dich im Alter

an diese Stunden erinnerst, und dass Deine morschen Knochen vor Freude zittern, wenn du daran denkst.

Verdammt, Gustave!

Ich hatte mir so sehr gewünscht, ebenfalls solche Briefe zu erhalten, und Jonahs kamen dem sehr nah.

Daniels vermutlich auch.

Nach dem ersten Chat mit Daniel hielt ich mich eine Woche lang von Facebook fern. Als ich mich schließlich wieder einloggte, befand sich eine einzige Nachricht in meinem Posteingang. Diesmal kam sie nicht von Jonahs Account. Sie war von jemandem, mit dem ich nicht befreundet war. Er hatte kein Foto als Profilbild. Stattdessen war nur ein weißer Umriss vor einem hellblauen Hintergrund zu sehen – der Platzhalter für ein künftiges Foto.

Die Nachricht lautete:

Hallo, Tess.

Zuerst einmal: Ich erwarte nicht, dass du dich je wieder bei mir meldest.

Und das hier soll auch keine Bitte sein, es doch zu tun. Ich möchte dir nur ein paar Dinge erklären. Danach werde ich dich nie wieder kontaktieren, versprochen.

Los geht's.

Erstens: Ich glaube, Jonah hat deshalb aufgehört, sich bei dir zu melden, weil du

nicht mitkriegen solltest, was mit ihm los war, psychologisch gesehen. Eigentlich durfte keiner etwas darüber wissen. Damals habe ich das nicht ganz verstanden, aber inzwischen bin ich mir sicher.

Zweitens: Ich habe angefangen, seinen Account zu benutzen, weil ich nicht wollte, dass er einfach den Kontakt zu dir abbricht. Mein Plan war, an seiner Stelle auf nette Weise mit dir Schluss zu machen. Ich weiß, das klingt ziemlich schräg, aber damals kam es mir total vernünftig vor.

Drittens: Nachdem ich dann angefangen hatte, dir zu schreiben, konnte ich nicht mehr mit dir Schluss machen. Weder als Jonah noch als ich selbst.

Das ist alles.

Ich weiß nicht genau, was du mit diesen Informationen anfangen sollst. Ich wollte einfach nur, dass du es weißt. Du hast jede Menge Gründe, mir zu misstrauen, aber ich habe trotzdem das Bedürfnis, dir zu sagen, dass ich so etwas vorher noch nie gemacht habe. Und ich weiß nicht mal genau, wie es überhaupt so weit hat kommen können. Ich weiß aber, dass ich eine schlimme Situation noch

viel, viel schlimmer gemacht habe, und ich hoffe, du kannst mir das irgendwann verzeihen.

Bis dann, Daniel

PS: Ich glaube, Jonah wäre in dich verliebt gewesen, wenn er dazu in der Lage gewesen wäre, irgendjemanden zu lieben.

Ich las die Nachricht zweimal. Beim ersten Mal rasten meine Augen über die Sätze, ohne sie richtig wahrzunehmen. Beim zweiten Mal las ich sie ganz sorgfältig. Ich schaute auf den weißen Fleck, den leeren Umriss, wo eigentlich Daniels Foto sein sollte. Ich wollte weinen, konnte es aber nicht. Woher sollte ich wissen, dass das, was er da schrieb, die Wahrheit war?

Das Klügste wäre vermutlich, diese Sätze als eine mögliche Erklärung zu akzeptieren und es dabei zu belassen. Ich könnte Daniel beim Wort nehmen und ihn nie wieder kontaktieren. Aber da war dieses verdammte Wort, das mich nicht mehr losließ. Die Frau hatte es bei Maxines Beerdigung benutzt, und nun spukte es mir permanent durch den Kopf. »Bruch«.

Nichts beschrieb besser, wie ich mich gefühlt hatte, als ich von Jonahs Tod erfuhr. Etwas in mir war plötzlich zerbrochen, und ich war bereit, alles zu versuchen, um diesen Riss wieder zu kitten.

Bisher war die ganze Sache allerdings immer nur noch verwirrender geworden, aber wenn es auch nur die geringste Chance gab, ein paar der Bruchstücke wieder zusammenzufügen, sollte ich dann nicht alles dafür tun?

Mir kam eine Idee, und weil sie mir ein bisschen Angst einjagte, ließ mich das annehmen, es könnte die richtige sein.

Hastig schrieb ich eine Antwort. Kurz, aber unmissverständlich. Ich betrachtete die Worte im Textfeld, den blinkenden Cursor am Ende der letzten Zeile.

Dann drückte ich auf *Senden* und atmete tief aus.

Die Nachricht lautete:

Keine Computer mehr.

612-555-0491

15

Am gleichen Tag löschte ich meinen Facebook-Account.

Ich ging in den Hilfebereich und bestätigte mit meinem Passwort die Kontolöschung, ohne meine Fotos oder Daten vorher zu sichern. Und so verschwand dieses öffentliche Selbstporträt von mir, das ich so sorgfältig erschaffen hatte, mit nur einem Klick.

Ich vernichtete alles, was diese Facebook-Tess ausgemacht hatte. Jeden Like. Jeden Kommentar. Jede Nachricht. Jede Band. Jeden Film. Jedes witzige Zitat. Jedes Video. Jedes schmeichelhafte Foto. Alles weg. Ich löschte Jonahs Freundin. Auf irgendeinem Server irgendwo auf der Welt mochte diese Person noch existieren, aber davon abgesehen, gab es mich auf Facebook nun nicht mehr. Als ich fertig war, fühlte ich mich ein bisschen besser.

Dann ging ich ins Bad und kotzte.

Anstatt in die Kloschüssel zu schauen, schloss ich die Augen und ging noch einmal all die Dinge von Jonah/Daniel in meinem Kopf durch, die ich soeben ausradiert hatte. Playlists, zum Beispiel, unter anderem eine, die nur *Thirteen* von Big Star in Endlosschleife enthielt, weil es »das ehrlichste Liebeslied ist, das je geschrieben wurde«.

Andere Playlists hießen WEEN + DIE BEATLES = WAHRE LIEBE oder SONGS, ZU DENEN MEINE GROSSELTERN VERMUTLICH SEX HATTEN, SONGS MIT FRAGWÜRDIGEN METAPHERN und WENN DU BEI DIESEN LIEDERN NICHT WEINEN MUSST, HAST DU EIN HERZ AUS STEIN.

Auch die Links zu den Videos waren nun unwiderruflich gelöscht. Die fliegenden Stare. Der Zusammenschnitt von Tanzszenen aus

Bollywood-Filmen. Sloth und Chunk aus *Die Goonies.* Ein TED-Talks-Vortrag über die neurowissenschaftliche Seite der Liebe. Und eine wahre Flut an seltsamen, selbst gemachten Geburtstagsvideos aus dem digitalen Müllhaufen von YouTube.

Die Nachrichten waren ebenfalls verschwunden. Alle 788, um genau zu sein. Ein paar hatten nur aus ein oder zwei Zeilen bestanden, andere waren zwanzig Seiten lang. Nächtliche Manifeste voller schlechter Witze und melodramatischer Schwüre. Einige davon stammten von Jonah. Andere ... nicht. Ein paar Sätze aus den allerersten hatte ich noch im Kopf.

Wenn du mir noch zwei Worte schickst, bin ich für immer glücklich.

Das hier hätte eigentlich niemals passieren dürfen, hat dir das niemand gesagt?

Du hast mich wie ein Wirbelsturm erobert, Tess Fowler.

Und immer wieder eine Anspielung darauf, mich »bald« wiederzusehen.

»Bald« stand immer kurz bevor. Wie bald? *Ganz* bald.

Wenn die Schule vorbei war. In den Osterferien. Aber ganz sicher in den Sommerferien. »Wir suchen uns einen Ferienjob in der gleichen Stadt. *Bald* ist es so weit.«

Aber das »bald« traf nie ein, und irgendwann wurden selbst die Versprechungen immer weniger.

Als Nächstes kamen dann überhaupt keine Nachrichten mehr.

Zwei Tage lang gab es keinerlei Kommunikation zwischen uns. Keine Videos. Keine Songs. Keine Links. Keine Chats. Ich schrieb. Ich rief ihn an. Keine Reaktion. Dann erwachte Jonahs Pinnwand wieder zu Leben. Aber es war nicht die Art Nachrichten, auf die ich gewartet hatte.

Zuerst konnte ich nicht glauben, dass sie echt waren. Das musste ein Witz sein. Der mieseste Witz aller Zeiten.

Lieber Jonah, ich hatte keine Ahnung von dem Schmerz in dir.

Ich werde das nie begreifen. Nie.

Komm zurück. Ich vermisse dich schon jetzt.

Schließlich rief ich beim MIT an und wurde von einem Verwaltungsfuzzi zum nächsten weitergereicht, bis ich mit einer Frau verbunden wurde, die wie eine gütige Großmutter klang.

»Sagen Sie mir doch einfach, ob er wirklich tot ist«, schrie ich sie an. »Bitte!«

Und die Frau sagte: »Ja, Liebes. So ist es. Es tut mir so leid.«

Und dann legte ich auf und marschierte ohne Jacke aus dem Internat. Es war ein kühler Frühlingstag in Iowa. Der letzte Frost war schon ein paar Wochen her, und auf den Feldern um mich herum waren bereits die ersten Maispflänzchen zu sehen. Einem Stacheldraht folgend, der sich um die Pflöcke eines Holzzauns wand, lief ich die Straße entlang.

Stundenlang marschierte ich durch die von Spurrillen zerfurchte Böschung, blinzelte heiße Tränen aus meinen Augen und wischte mir immer wieder die Nase mit meinem Ärmel ab. Mein bestes Paar Stiefel saugte sich mit nassem Schlamm voll. Nach einer Weile kam ich an einem Schild vorbei, das für ein Modelleisenbahn-Land warb – ein kitschiges Ausflugsziel ein paar Kilometer entfernt.

Ich kannte die Schilder vom letzten Herbst, als mein Vater mich zur Schule gebracht hatte. Wir hatten noch darüber gespottet, dass wir uns diese Sehenswürdigkeit unbedingt anschauen müssten. *Die größte Modelleisenbahn, die je gebaut wurde! Nur drei Kilometer von hier! Nur noch einen Kilometer bis zu unserem fantastischen Eisenbahn-Panorama! Kommt und staunt!*

Kurz darauf stand ich direkt davor: vor dem kleinsten Museum der Welt. Ein altes Bauernhaus mit roter Fassade, knapp zwanzig Meter von der Schnellstraße entfernt. Das Museum war geöffnet, aber menschenleer, vermutlich weil es unter der Woche war. Ich suchte den Eintrittspreis mit dem Kleingeld aus meiner Tasche zusammen und kaufte ein Ticket bei einem rotnasigen alten Mann mit gestreifter Schaffnermütze, der mir mit einem Zahnfleischlächeln eine Holztrillerpfeife reichte. Dann stand ich in einem vollgestopften Raum vor einer Eisenbahn-Welt hinter Glas.

Die silberglänzenden Schienen zogen sich kreuz und quer über ein kunstvolles Diorama von Landschaften aus den ganzen USA. Schneebedeckte Berge. Ein ruhiger Ozean. Flüsse, gesäumt von blühenden Bäume mit Blättern aus grünen Zahnbürstenborsten. Es gab altmodische Telegrafenmasten und Windmühlen mit winzigen Flügeln. Die Züge flitzten durch die Tunnel und drehten in dieser kreisförmigen Welt unablässig ihre Runden.

Zuerst beruhigte mich der Anblick. Alles war so wohlplatziert in diesem Spielzeuguniversum, Unordnung gab es hier nicht. Die kleinen Häuser neben den Ladenzeilen an der Hauptstraße erinnerten mich an meine Kindheit, an die Ortschaften, in denen wir auf der Fahrt zu meinen Großeltern haltgemacht hatten. Ortschaften, in denen ich gern gelebt hätte, um in einem altmodischen Café einen cremigen Milchshake zu schlürfen.

Das Eisenbahn-Land wirkte so friedlich und unbeschwert. Nach einer Weile jedoch ließ die tröstliche Wirkung nach. Irgendetwas an dem Anblick irritierte mich. Nach ein paar Minuten begriff ich, woran das lag: Es gab keine Menschen.

Diese makellose Welt war völlig menschenleer.

Ich richtete mich auf und betätigte die Klospülung. Dann spritzte ich mir kaltes Wasser ins Gesicht und gurgelte mit Mundwasser, das an meinem Zahnfleisch brannte.

Ich hörte, wie mein Vater die Treppe nach oben kam. Hastig trocknete ich mir das Gesicht ab und atmete ein paar Mal tief durch. Als er an die Badezimmertür klopfte, öffnete ich, inständig hoffend, dass mein Gesicht mich nicht verriet.

Die Hände in den Taschen, trat er von der Tür zurück. Dann räusperte er sich und schaute mich an. »Ich hab uns Abendessen gemacht. Und ich möchte etwas mit dir besprechen.«

16

Tatsächlich. Mein Vater hatte gekocht.

Es kam mir so vor, als wäre es das erste Mal seit Jahren. Zu der Zeit, als meine Eltern noch zusammen waren, war er der Chefkoch in unserer Küche gewesen. Er hatte seine freien Vormittage (also fast alle) auf dem Bauernmarkt in der Stadt verbracht und nach den perfekten Auberginen für sein Parmigiana gesucht. Seit der Scheidung kamen jedoch nur noch Diät-Fertiggerichte auf den Tisch. Gegessen wurde ausschließlich, was als »fettarm« auf der Packung ausgewiesen wurde. Trotzdem trug er immer noch ein paar Kilo Übergewicht mit sich herum. Könnt ihr euch das vorstellen?

Heute gab es gegrilltes Hühnchen mit Kartoffeln. Nichts Besonderes, aber nach eineinhalb Wochen Essen vom Lieferdienst ein richtiges Festmahl. Eine Weile aßen wir schweigend, dann schob mein Vater die Gabel beiseite, strich sich die Haare aus dem Gesicht und legte die Hände auf den Tisch.

»Ich weiß, was du denkst«, erklärte er.

Eine Sekunde lang dachte ich, er wüsste es tatsächlich.

»Aha?«

»Du denkst, das mit den Beerdigungen wäre nur wieder eine von meinen verrückten Ideen. Und das kommt ja auch nicht von ungefähr. Ich verstehe das schon. Ein paar von meinen anderen ... Projekten waren nicht wirklich erfolgreich – zumindest nach herkömmlichen Standards. Aber das hier ist etwas anderes. Und ich möchte, dass du das verstehst.«

Ich spießte eine Kartoffel auf und mied seinen Blick. War ja klar, dass er nicht einfach so für mich gekocht hatte. Offenbar sollte ich mir im Gegenzug eine Predigt anhören. Aber dann änderte sich sein Tonfall.

»Weißt du noch, als deine Grandma gestorben ist?«

»Klar.«

Die Mutter meines Vaters war vor zwei Jahren an einer seltenen degenerativen Lungenerkrankung gestorben, und er hatte die letzten Tage bei ihr im Hospiz verbracht. Ein paar Mal hatte ich sie auch besucht, aber es war dort einfach zu deprimierend gewesen. Am Ende saßen wir nur noch schweigend da und lauschten dem Zischen ihres Beatmungsgeräts.

»Damals habe ich deiner Tante Ruby die Vorbereitungen für die Beerdigung überlassen. Ich weiß nicht, warum. Wahrscheinlich war ich einfach überfordert. Die Beschreibungen der Särge klangen wie aus einem Katalog für Luxusautos, und ständig wollte mir jemand etwas Überteuertes andrehen. Ich war in meiner Trauer gar nicht in der Lage, solche Entscheidungen zu treffen. Es war einfach zu viel.« Er nahm einen Schluck Wasser. »Aber als wir dann am Tag ihres Begräbnisses diese riesige Kirche betraten, kam mir das alles so falsch vor. Weißt du noch? Es sah dort aus wie im Tadsch Mahal. Und dann hatten sie dieses schicke rote Tuch über ihren Sarg gelegt. Dabei war deine Grandma nie besonders religiös gewesen. Im Hospiz hatte sie mich gebeten, den Priester von ihr fernzuhalten. Er würde aussehen wie ›Gevatter Tod im Nachthemd‹. Aber bei ihrer Beerdigung gab es dann einen Pfarrer, ob sie es wollte oder nicht.«

»Der war echt schrecklich«, sagte ich.

»Der ganze Trauergottesdienst war so selbstgerecht und langweilig! Ganz anders als meine Mutter. Fast alle schmutzigen Witze, die ich kenne, habe ich von ihr. Und weißt du noch, dass sie im Auto immer gesungen hat? In ihrem alten Chrysler? Und sie hatte die Kinder in der Schulmensa, in der sie gearbeitet hat, richtig gern. Sie hatte ein Leben! Und dann diese Kirche. Das alles. Das hat alles überhaupt nicht zu ihr gepasst.« Er riss seine Augen auf. »Und da habe ich mich gefragt, warum Beerdigungen eigentlich so sein müssen. Wo bleibt da die Persönlichkeit des Menschen, den man gekannt hat? Darf es neben der Trauer nicht auch Freude geben? Würde jemand tot umfallen, nur weil auch mal ein Witz gemacht wird? Das Schlimmste, was passieren kann, ist doch schon passiert, oder nicht? Ich konnte einfach nicht aufhören, darüber nachzugrübeln. Ich war richtig besessen davon. Und ich wollte etwas ändern.«

»Und darum hast du angefangen, Hunde einzuäschern?«

»Ich habe angefangen, Särge zu bauen«, sagte mein Dad. »Eine Woche später. Alle haben mich für verrückt gehalten. Deine Mutter hatte mich zu dem Zeitpunkt längst verlassen, aber selbst sie hat sich Sorgen gemacht. Und vielleicht zu Recht. Nachdem ich wusste, wie es geht, habe ich als Allerersten einen neuen Sarg für deine Großmutter gezimmert.«

»Ach du heilige Scheiße. Hast du sie wieder ausgebuddelt?«

Er seufzte. »Hör mir einfach zu, okay? Monatelang hab ich an dem Teil gearbeitet. Deine Grandma hatte eine Postkarte aus der Pappel-Serie von Monet neben ihrem Bett im Hospiz hängen – die Wahl des Holzes war also einfach. Ich habe die Oberfläche abgeschliffen, bis sie so glatt wie Meerglas war. Dann habe ich den Rand mit einem kunstvollen Relief verziert. Und zum Schluss noch ihren Namen in den Deckel geschnitzt.«

»Joy«, sagte ich.

»Joy«, wiederholte mein Vater lächelnd. »Natürlich war es da längst zu spät, um sie hineinzulegen. Also bin ich zu ihr nach Hause gefahren und habe den Sarg mit ihren Sachen gefüllt. Das alte Transistorradio, mit dem sie immer die Baseballspiele verfolgt hat. Ein paar Fotos, auf denen sie als junges Mädchen braun gebrannt und lächelnd auf einem Steg im nördlichen Minnesota steht. Den glitzernden grünen Paillettenpullover, den sie so gerne mochte. Dann habe ich ein zweites Grab in ihrem Garten ausgehoben und den Sarg darin beigesetzt. So ähnlich wie eine Zeitkapsel.«

»Wow«, sagte ich. »Du hast den Sarg wirklich hinten im Garten vergraben?«

»Ich habe einen ganzen Nachmittag dafür gebraucht.«

»Das ist richtig cool«, meinte ich.

»Ja, aber das war mir immer noch nicht genug. Ich bin der Meinung, dass man das ganze Thema neu überdenken muss. Wir brauchen einen ganz neuen Umgang mit dem Tod. Und warum soll ich nicht derjenige sein, der dieses Umdenken anstößt? Irgendwer muss es schließlich tun. Und wer weiß, vielleicht ist das ja meine Bestimmung.« Er stand auf, holte eine Dose Bier aus dem Kühlschrank und öffnete sie. Dann sah er mich an. »Vielleicht ist es *unsere* Bestimmung.«

Ich starrte auf meinen Teller, schob einen Bissen Fleisch in den Mund und kaute langsam. »Unsere?«, fragte ich.

»Hast du nie darüber nachgedacht? Nach der Sache in Florida?«

Ich schob mir noch mehr Essen in den Mund. »Keine Ahnung«, log ich. »Nicht wirklich.«

Er nahm einen Schluck Bier. »Also, ich habe mir das alles gut überlegt. Ich bezahle dich auch. Prozentual. Schließlich brauchst du einen Job, wenn du für eine Weile nicht mehr zur Schule gehst.«

Mein Vater war in der Rolle des strengen Zuchtmeisters noch nie besonders glaubwürdig gewesen, und auch jetzt war sein strenger Blick nur eine leere Drohung. Hastig wechselte er die Taktik. »Hör zu. Ich möchte, dass dieses Unternehmen ein Erfolg wird, und mir ist klar geworden, dass ich das allein nicht schaffe. Mir fehlen einfach ein paar Fähigkeiten, die dafür notwendig sind. Ich könnte dich gut gebrauchen, Tess. In Ocala hast du gezeigt, dass du die Menschen verstehst. Du weißt, was sie sich wünschen. Ich glaube, du hast Talent.«

Ich musterte ihn aufmerksam. Eine grau melierte Haarsträhne

hing in sein rechtes Auge. Er strich sie nicht zurück. Ich wünschte, ich könnte ihm voll und ganz vertrauen und optimistisch an die Sache herangehen. Aber ich erinnerte mich einfach noch zu gut an die vielen Versprechen, die er mir schon gegeben hatte. Daran, wie er sich in den letzten Jahren verändert hatte. Und nur, weil er sich heute wieder mehr so wie früher benahm, war das alles nicht einfach vergessen.

»Und was für eine Art von Partnerschaft soll das werden?«, wollte ich wissen. »Hab ich auch ein Mitspracherecht?«

»Klar«, versicherte er mir. »Genau darum geht es ja. Ich möchte, dass du richtig mit einsteigst.« Er zappelte auf seinem Stuhl herum.

Dass ich am längeren Hebel saß, war schon lange nicht mehr vorgekommen. »Unter zwei Bedingungen.«

Die Augen meines Dads wurden schmal. »Okay …«

»Erstens: Sämtlicher zusätzlicher Gewinn fließt auf mein College-Sparbuch.«

Mein Vater schürzte die Lippen. »Du hast doch die Schule abgebrochen. Wozu brauchst du ein College-Sparbuch?«

Ich schaute auf meinen Teller. »Es geht ums Prinzip. Das war mein Geld, und du hast es dir auf eine echt miese Tour unter den Nagel gerissen. Entweder du bist bereit, es zurückzuzahlen, oder wir kommen nicht ins Geschäft.«

Mein Vater wischte einen Tropfen Kondenswasser vom Tisch. »Na gut. »Ich hab dir doch versprochen, dass ich es zurückzahle. Und das mache ich jetzt auch. Dann sind wir uns einig?«

»Nein«, sagte ich. »Sind wir nicht.«

»Was noch?«

»Die zweite Bedingung: Ich gehe nicht zurück aufs Internat. Und wenn Mom mich zwingen will, musst du mich verteidigen. Ich hab da keinen Bock mehr drauf. Ich hab genug vom Gemeinschaftsleben. Und vom Ackerbau. Die Quäker mögen ja nette Leute sein, aber ich bin einfach nicht so wie die.«

»Ich tue mein Bestes«, meinte mein Vater.

»Das reicht mir nicht.«

»Versprochen.«

»Dritte Bedingung: Gib mir dein Bier«, verlangte ich.

»Du hast gesagt, du hättest zwei Bedingungen.«

»Ich hab gelogen.«

Er starrte mich aus schmalen Augen an. »Dieses Bier gehört mir.«

Ich saß mit ausdrucksloser Miene da und wartete.

Einen Augenblick später schob er langsam die Dose zu mir herüber.

Ich nahm sie und füllte mein leeres Wasserglas zur Hälfte. Dann schob ich sie wieder zurück. »Ich stoße doch nicht mit Wasser mit dir an«, sagte ich und hob mein Glas.

Er nahm die halb leere Bierdose ebenfalls hoch.

»Morituri te salutant«, sagte ich.

Mein Vater senkte die Dose wieder. »Was soll das denn heißen?«

»Das ist Latein und bedeutet: ›Die Todgeweihten grüßen dich!‹ Das haben die verurteilten Verbrecher im alten Rom angeblich gesagt, bevor sie für Cäsar in den Gladiatorenkämpfen sterben mussten. Passt doch ganz gut, wenn wir von nun an unseren Lebensunterhalt mit Leichen verdienen wollen. Findest du nicht?«

Mein Vater überlegte kurz. »Okay«, sagte er dann. »Morituri te salutant.«

Wir prosteten uns zu. Dann tranken wir.

Und so wurde ich Bestatterin.

17

Am gleichen Abend erhielt ich den ersten Anruf.

Das Geräusch kam von oben – ein gedämpftes Läuten, das durch den Flur hallte. Am Fuß der Treppe wurde es lauter. Ich ging ins Gästezimmer, wo mein Handy klingelnd auf der Kommode lag. Eigentlich hatte ich gedacht, es wäre ausgeschaltet. Ich schaute auf die unbekannte Nummer und drückte auf *Annehmen.*

In der Leitung herrschte zunächst Schweigen. Dann ertönte eine leise, unsichere Stimme. »Ist da ... Tess?«

Es war keine tiefe Stimme, wie die von Jonah, aber trotzdem erkannte ich sie sofort, obwohl ich sie noch nie zuvor gehört hatte.

Wieder schaute ich auf das Display, wo die Sekunden des Anrufs gezählt wurden. Langsam hob ich das Handy an mein Ohr, setzte mich auf das Bett, atmete tief durch und antwortete: »Kommt drauf an. Wer will das wissen?«

Wieder Schweigen.

»Ich hätte nicht gedacht, dass das deine richtige Nummer ist«, sagte er.

»Warum sollte ich dir eine falsche geben?«

Wieder eine lange Pause.

»Ich weiß nicht. Wahrscheinlich würdest du das nicht tun.«

Jedes Mal, wenn Daniel Torres etwas sagte, überraschte es mich, seine Stimme zu hören. Ich war überrascht, dass sie – und dass er – überhaupt existierte.

»Tut mir leid«, sagte ich nach einer Weile. »Ist das hier irgendwie komisch für dich?«

Keine Antwort.

»Was ich meine, ist: Ist es komisch, mit einem Menschen zu sprechen, ohne sich hinter einem miesen Täuschungsmanöver zu verstecken? Ich kann mir vorstellen, dass das echt schwierig für dich sein muss.« Eigentlich hatte ich mir vorgenommen, ruhig zu bleiben – und auf keinen Fall wütend zu werden, bevor ich nicht irgendetwas erfahren hatte –, aber es fiel mir schwer.

»Vielleicht … ist das doch keine so gute Idee«, sagte er schließlich.

Ich legte mich auf mein Bett, den Geschmack von schalem Bier noch auf der Zunge. Die Decke über mir hatte Risse, und die Farbe blätterte ab. »Himmel«, sagte ich. »Natürlich ist das keine gute Idee. Wie könnte es auch? Ich kenne dich ja gar nicht. Für mich bist du nur ein gruseliger Fremder. Ich weiß ja nicht mal, von wo aus du anrufst.«

»Romeoville.« Diesmal klang seine Stimme etwas lauter.

»Von wo?«, fragte ich.

»Romeoville in Illinois. Das ist ein Vorort von Chicago. In der Nähe von Joliet.«

»Romeoville, in der Nähe von Joliet?«, wiederholte ich. »Das klingt doch total erfunden.«

»Ist es aber nicht«, sagte Daniel. »Es ist total echt. Ich schaue genau in diesem Moment darauf. Alles so langweilig wie immer.«

»Und da bist du aufgewachsen?«

»Nein. Wir sind viel umgezogen. Mein Vater ist Fluglehrer.«

Aus irgendeinem Grund fand ich das extrem bizarr. Der Vater dieser Person, die ich kannte und doch nicht kannte, brachte Leuten in Illinois bei, wie man Flugzeuge steuerte.

»Also«, sagte er. »Was noch?«

Ich war so in Gedanken, dass ich die Frage kaum hörte. »Wie bitte?«

»Was willst du sonst noch über mich wissen? Damit ich dir nicht mehr ganz so fremd und gruselig vorkomme. Falls das … du weißt schon … möglich ist.«

Ehrlich, ich hatte keine Ahnung, was ich über ihn wissen wollte. Vielleicht hatte ich einfach nur überprüfen wollen, dass er ein echter Mensch war, eine Stimme hören wollen. Aber da er es mir angeboten hatte, fing ich an, Fragen zu stellen. Eine nach der anderen. Und das erfuhr ich dadurch:

Daniel war ein Einzelkind wie ich. Sein Dad war mexikanischer Abstammung, seine Mutter weiß. Er war zweisprachig aufgewachsen, aber weil fast nur weiße Kinder mit ihm die Vorschule besuchten, hatte er nicht viel Gelegenheit gehabt, Spanisch zu sprechen.

Was noch?

Er war achtzehn.

Was noch?

Seine Eltern waren noch zusammen, aber sie schienen nur dann miteinander auszukommen, wenn er als Puffer mit dabei war. Ohne ihn wechselten sie kaum ein Wort.

Was noch?

Er war sich nicht sicher, was für eine Augenfarbe er hatte; in seinem Führerschein stand Haselnussbraun. Seine Mutter meinte dagegen, sie seien dunkelbraun.

Was noch?

Bei seinem ersten Ferienjob hatte er am Drive-in-Schalter bei Dairy Queen gesessen. Und weil die meisten Leute viel zu laut in das Mikrofon sprachen, hatten ihm davon die Ohren wehgetan. Und die Mischung für das Softeis sah wie Magensaft aus.

Was noch?

Der erste Mensch aus seinem näheren Umfeld, der gestorben war, war sein Cousin, der beim Schwimmen in einem Fluss mit starker Strömung ertrank.

Was noch?

Er war früher in der Schule gehänselt worden, weil er schüchtern war und sich für Computerspiele interessierte.

Was noch?

Sein Lieblingsort war das Naturkundemuseum in Chicago.

Was noch?

Sein Lieblingsfeiertag war der vierte Juli, weil er früher Feuerwerke so toll gefunden hatte.

Was noch?

Er hatte keine Lieblingsfarbe, weil er farbenblind war.

Was noch?

Er zockte tatsächlich zu viel am Computer.

Was noch?

Er wusste nicht, warum er als Jonah nicht mit mir hatte Schluss machen können oder warum er mir weiter geschrieben hatte. Er war immer noch total verwirrt wegen alldem, und vielleicht war das auch der Grund, warum es ihm schwerfiel, mit mir zu sprechen.

»Okay, alles klar«, unterbrach ich schließlich unser Fragespiel. »Aber ich würde wirklich gern wissen, wie du dir vorgestellt hast, das Ganze zu Ende zu bringen. Hast du dir darüber auch mal Gedanken gemacht, während du mich ein halbes Jahr lang angelogen hast?« Mein Gesicht wurde heiß, und ich hielt ganz fest die Luft an.

»Ich weiß es nicht.« Auf einmal klang seine Stimme wieder sehr zögerlich.

»Klar weißt du das!«, bohrte ich nach. »Selbst wenn du nicht bewusst darüber nachgedacht hast, musst du irgendeine Vorstellung davon gehabt haben, wie es ablaufen würde.«

»Vermutlich habe ich gedacht –«

»Und keine Lügen mehr«, sagte ich leise. »Wenn du jemals wieder mit mir reden willst, was vermutlich sowieso nicht passieren wird, musst du die Wahrheit sagen.«

Daniel machte eine mittellange Pause. Dann sagte er: »Ich dachte, ich würde dir alles beichten, und du wärst dann in mich verliebt.«

»Ehrlich? Das hast du gedacht?«

»Ja. Du wärst in mich verliebt, oder ich würde als Jonah mit dir Schluss machen und du würdest nie davon erfahren.«

»Nachdem du mich monatelang manipuliert hast. Ende der Geschichte, einfach so.«

»Ja.«

»Und wieso hast du gedacht, das wäre in Ordnung?«

»Hab ich nicht.«

»Hat Jonah davon gewusst?«

»Zuerst. Aber nach einer Weile ist er gar nicht mehr online gewesen.«

»Warte mal. Er wusste, was du tust, und es war ihm egal?«

Daniel atmete sehr vorsichtig ein. »Es war ihm egal.«

Mir wurde mit einem Mal bewusst, dass ich eine Grenze erreicht hatte. »Ich kann nicht mehr«, sagte ich.

»Tess.«

»Sei still.«

Zehn Sekunden tote Luft. Dann sagte Daniel mit seiner leisen Stimme: »Hör zu, ich muss dir noch eine Frage stellen. Nur eine.«

Ich gab keine Antwort.

»Hast du den Unterschied zwischen Jonah und mir nie bemerkt? Hast du nie etwas gespürt? Die ganze Zeit über nicht?«

Ich dachte an den armen traurigen Mann aus dem Fernsehen. Der reingelegt worden war. Und schloss die Augen. »Ich kann nicht mehr«, wiederholte ich.

Diesmal meinte ich es auch so. Und legte auf.

Mindestens eine Viertelstunde lang blieb ich reglos auf meinem Bett liegen, meinen Hinterkopf gegen das Kopfteil gedrückt. Ich dachte an eine Situation, die mir in den Sinn gekommen war, während ich mit Daniel gesprochen hatte.

Es war nach einer Party an meiner Schule gewesen. Einer Party, auf der ich mich mal wieder inmitten vieler Menschen allein betrunken hatte. Ich war nicht richtig besoffen gewesen, als ich nach der Party mein Wohnheimzimmer betrat. Nur angeschickert und frustriert. Während ich weg gewesen war, hatte Emma sich über dem Waschbecken die Haare geschnitten. Ihre blonden Locken lagen überall herum, auf meiner Zahnbürste, meiner Schminke, auf dem Boden. Vor meinem Fenster rauften ein paar besoffene Jungs miteinander und brüllten schwulenfeindliche Schimpfwörter. Ich setzte mich an meinen Computer und tippte hastig eine Nachricht.

Ich breche die Schule ab und komme zu dir.
Mach dich bereit.

Offenbar hatte er immer irgendein elektronisches Gerät bei sich, denn es dauerte nie lange, bis eine Antwort kam. Auch diesmal reagierte er sofort.

Du kennst mich doch gar nicht.

Das war tatsächlich etwas seltsam. Sonst hatten wir immer viel Verständnis für die Wünsche des anderen gezeigt. Damals dachte ich, dass er damit vielleicht meinte, wir hätten uns noch nicht oft genug gesehen – was sich ja auch nicht leugnen ließ.

Nun wusste ich, dass es Daniel gewesen war, der mir geantwortet hatte. Und er hatte absolut recht gehabt.

Dazu gibt es doch die Flitterwochen …

Anschließend hatte ich meinen Computer ausgeschaltet und war ins Bett gegangen.

Am nächsten Tag hatte er mir eine Audiodatei von *Chapel of Love* geschickt, und wir hatten so weitergemacht wie bisher.

Nun fragte ich mich, was passiert wäre, wenn ich ihn an diesem Abend gebeten hätte, mir seine Antwort zu erklären. *Inwiefern* kannte ich ihn nicht?

Hätte ich ihn gedrängt, hätte er mir möglicherweise damals schon erzählt, was ich so lange nicht gewusst hatte?

18

Grace' Visitenkarte fühlte sich dick und grobkörnig an.

Ich hielt sie bestimmt schon seit zehn Minuten in der Hand, begutachtete jedes Detail und überlegte, ob ich sie anrufen sollte. Auf der Karte war ein kleiner, leuchtend grüner Baum abgedruckt, in dessen Krone sich zahlreiche Vögel tummelten. Hübsch. Daneben stand *Ruhe im Grünen* und ihr Name, *Grace Ware*, zusammen mit ihren Kontaktdaten. Und auf der Rückseite ganz klein, in der linken unteren Ecke: *Chemikalienfreie Herstellung aus Soja und pflanzlicher Tinte.*

»Na, Gott sei Dank. Pflanzliche Tinte«, murmelte ich. Dann wählte ich die angegebene Nummer und hielt den Atem an.

»*Ruhe im Grünen*, hier spricht Grace Ware«, meldete sie sich sofort.

Kurz verschlug es mir die Sprache. »Ähm ...«

»Rufen Sie wegen einer Beerdigung an, Miss?«

»Noch nicht, hoffe ich«, sagte ich.

»Tess, bist du das?«

Ich biss mir auf die Unterlippe.

»Tess?«

»Was?«

»Bist du das?«

»Vielleicht.«

Ihr Atem war durch die Leitung zu hören. »Warum rufst du mich an, Tess?«

»Sie haben doch gesagt, ich soll anrufen.«

»Ich habe gesagt, du sollst dich melden, wenn du nicht mehr sauer bist.«

Ich saß auf dem Beifahrersitz in Dads Auto. Er war gerade im Supermarkt und kaufte Lebensmittel ein. Ich hatte an Jonah und Daniel gedacht und krampfhaft versucht, nicht in Trübsinn zu versinken, als meine Hand in meiner Hosentasche auf ihre Visitenkarte gestoßen war.

»Wie machen Sie das eigentlich?« Ich beobachtete durch die Windschutzscheibe hindurch die Leute, die den Supermarkt betraten und verließen, Zigaretten ausdrückten oder ihre Kinder hinter sich herzerrten. Plötzlich hätte ich am liebsten geweint angesichts der Sinnlosigkeit des Lebens.

»Wie mache ich *was?*«, fragte Grace.

»Ein erfolgreiches Bestattungsunternehmen führen.«

»Oh«, sagte sie. »Das.«

»Mir hat Ihre Zeremonie gefallen«, sagte ich. »Die für Maxine. Ich weiß, ich war nicht sonderlich freundlich Ihnen gegenüber, aber es war wirklich nett. Besser als alles, was mein Vater bisher gemacht hat. Vermutlich hat er sich deshalb in sein Schneckenhaus zurückgezogen.«

Ich beobachtete, wie ein Supermarktangestellter mit großen Tüten im Arm darauf wartete, dass eine alte Frau den Kofferraum ihres riesigen Chevrolets aufklappte. »Ich finde, Sie haben sich da etwas sehr Schönes für Maxine überlegt. Es sah so aus, als würde es ihrer Familie wirklich Trost spenden. Aber ich bin mir nicht sicher, ob mein Dad zu so etwas in der Lage ist. Wo haben Sie das gelernt?«

Mein Vater kam mit zwei schweren Tüten in der Hand aus dem Supermarkt. Er tat so, als könnte er sie nicht tragen, und grinste kindisch.

»Warum kommst du nicht mal bei mir vorbei?«, schlug Grace vor. »Dann reden wir darüber. Wann hast du Zeit?«

Ich lachte laut.

»Was ist daran so komisch?«

»Ich habe mir meine Zukunft versaut. Ich habe alle Zeit der Welt.«

»Wie wär's mit heute Nachmittag?«

Mein Vater verstaute die Tüten im Kofferraum. Was würde er davon halten, wenn ich mich mit dem Feind traf?

Doch bevor ich antworten konnte, fuhr Grace schon fort: »Komm doch um drei vorbei. Die Adresse steht auf meiner Karte.«

Am Ende log ich meinen Dad einfach an.

Was blieb mir auch anderes übrig? Ich überlegte den halben Nachmittag, wie ich ihm begreiflich machen konnte, dass ich geschäftlichen Rat von seiner Konkurrentin brauchte. Letztendlich erzählte ich ihm etwas von einer Großpackung Tampons, die ich bräuchte. Dann fuhr ich mit meinem hässlichen kleinen Ford in ein Viertel voller Kunstgalerien, wo sich Grace' Beerdigungsinstitut befand.

Dort angekommen, wurde ich von einem großen Schaufenster begrüßt, in dem ein Schild besagte:

Was bedeutet professionelle Bestattungsvorsorge?

Darunter eine Liste von Antworten auf eine Frage, die ich gar nicht gestellt hatte:

BEISTAND! Wir helfen Ihnen bei allem, was Sie in Ihrer Zeit der Trauer benötigen – von sämtlichen Formalitäten bis hin zur Abstimmung hinsichtlich Friedhof und Beisetzungsart!

PLANUNG! Wir organisieren Totenwachen im häuslichen Rahmen und Beerdigungen in der freien Natur abseits herkömmlicher Bestattungen!

NATURSCHUTZ! Mit jeder Entscheidung, die wir treffen, unterstützen wir die Umwelt vor Ort und damit unseren Planeten!

Etwas zu viele Ausrufezeichen für meinen Geschmack (!).

Ich war gerade fertig mit Lesen, da klopften von innen Fingernägel gegen das Glas. Hinter dem Schild stand eine Frau mit einer eckigen Brille und starrte mich an.

Ich ging zur Tür und betrat dahinter ein modern eingerichtetes Büro.

»Miss Fowler?«, fragte die Frau. Sie schaute mich blinzelnd an, als könne sie mich nicht richtig erkennen.

»Ja«, sagte ich, »aber –«

»Sie sind früh dran.«

»Ich weiß. Deshalb hab ich ja draußen gewartet.«

»Ich sage Grace, dass Sie da sind.«

Sie stolzierte davon, und ich schaute mich in dem kleinen Raum um. Abgesehen von einer winzigen Sarg-Ausstellung, in der Modelle aus Weidenzweigen, Bambus und anderen nachhaltigen Materialen präsentiert wurden, deutete nichts darauf hin, dass man sich in diesen Räumlichkeiten mit dem Tod befasste. Es sah hier eher so aus wie in der Akupunktur-Praxis in Manhattan, wo meine Mom immer hinging.

Eine Tür schwang auf, und die Frau mit den eckigen Brillengläsern bat mich herein. Als ich den Raum betrat, fand ich darin Grace hinter einem Schreibtisch vor. Ihr Haar türmte sich oben auf ihrem Kopf und wurde von einer Unmenge an Haarklammern zusammengehalten. Sie sah aus wie meine Kunstlehrerin aus der Grundschule, die auch im tiefsten Winter Sandalen trug und uns Vorträge über die zeitlose Sinnlichkeit in Picassos frühen Akten gehalten hatte.

»Tess«, begrüßte mich Grace. »Willkommen bei *Ruhe im Grünen.*«

»Danke«, sagte ich. »Riecht irgendwie nach Garten hier.«

»Wir haben uns einen Duft zusammenstellen lassen«, erklärte sie. »Mit Kakao. Vermutlich meinst du das.«

»Kann sein.«

Ihr Büro glich dem Empfangszimmer. Gepflegt. Holzakzente. Grüne Accessoires.

»Leider habe ich nicht sehr viel Zeit«, meinte Grace. »Ich muss nachher noch zu einer Familie, die eine Totenwache bei sich zu Hause abhalten möchte.«

»Sie veranstalten Trauerfeiern bei den Leuten zu Hause?«

»Das gehört zu unseren Serviceleistungen.«

Ich nahm auf dem Stuhl ihr gegenüber Platz – einem sehr unbequemen Stuhl, wie sich herausstellte. »Warum sollte man so was wollen? Das muss doch total deprimierend sein.«

Grace setzte sich ebenfalls und rückte eine Haarnadel zurecht. »Weißt du, Tess, meiner Meinung nach haben wir heute vor allem deshalb so große Angst vor dem Tod, weil der Körper eines Verstorbenen sofort weggekarrt und voller Chemikalien gepumpt wird. Der direkte Kontakt ist verloren gegangen.«

»Das muss ja nichts Schlechtes sein.«

»Da bin ich mir nicht so sicher. Früher war das alles anders. Der Leichnam blieb bei der Familie, damit sie ihn waschen, anziehen und zurechtmachen konnte. Man verbrachte Zeit mit dem Verstorbenen, um zu trauern und zu begreifen, was passiert war.«

Unwillkürlich musste ich an Jonah denken und an die Tatsache, dass ich seinen Leichnam nie gesehen hatte, von Berühren ganz zu schweigen. Aber ich hatte ihn ja auch kaum gesehen, als er noch am Leben war.

»Aber vielleicht ist es ja gut, wenn man den Toten nicht mehr zu sehen bekommt. Vielleicht ist es einfach zu belastend. Vielleicht zwingen Sie die Leute, Dinge zu tun, die sie gar nicht tun wollen.«

»Ich zwinge niemanden zu etwas, Tess«, erklärte Grace. »Ich lasse den Menschen die Wahl.«

Die Frau mit der eckigen Brille kam herein, goss Kaffee in zwei Tassen und knallte beim Rausgehen die Tür hinter sich zu.

»Sie haben wirklich eine nette Assistentin«, bemerkte ich.

»Oh, Morgan ist schon in Ordnung«, sagte Grace. »Sie weiß nur, wer du bist. Das ist alles.«

Ich nahm einen großen Schluck Kaffee. »Und wer bin ich genau?«

»Ich habe ihr von der Sache am See erzählt. Sie findet, ich sollte keinen Kontakt zu dir haben. Sie denkt, du willst mich verklagen oder so.«

»Dann hält sie mich für psychisch gestört?«

»Na ja, immerhin bist du in voller Montur in einen eiskalten See gesprungen.«

Ich versuchte, nicht zu lachen, aber das Bild war einfach zu albern. Ein einsames Kichern entwich mir.

»Hör zu, Tess«, sagte Grace, und ihr Gesicht wurde ernst. »Zwischen uns ist es irgendwie ... ein bisschen verkrampft. Ich kann damit umgehen, kein Problem. Trotzdem wollte ich dir noch etwas sagen, bevor du gehst.«

»Ich höre«, murmelte ich.

»Ich weiß, dass du um jemanden trauerst«, sagte Grace.

Ich öffnete den Mund, um das abzustreiten.

»Ich kenne die Zeichen. Ich mache das jetzt schon eine ganze Weile.«

»Wovon reden Sie?«, fragte ich.

Der Blick, den sie mir zuwarf, sagte: *Lass den Unsinn.*

»Ich habe auch jemanden verloren«, erklärte sie dann.

Ich wusste nicht, was ich sagen sollte.

»Ein Kind«, fügte sie hinzu.

Ich versuchte, ruhig zu bleiben, aber meine Handflächen fingen an zu schwitzen.

»Vor etwa drei Jahren«, fuhr sie fort.

»Wie?«, brachte ich gerade so heraus.

»Sie hatte eine Erbkrankheit. Etwas Neurologisches.«

»Wie alt war sie?«

»Zweiundzwanzig Monate.«

»Grace«, sagte ich, »es tut mir leid, dass ich ...«

Ihre Augen waren trocken, aber ihre Stirn hatte sich vor Anspannung in tiefe Falten gelegt. Sie schwieg eine Weile. Dann fing sie an zu erzählen. »Nachdem es passiert war, wollte ich, dass alle Menschen auf der Welt genauso unglücklich sind wie ich. Dass jeder solch eine Tragödie durchleiden musste wie ich. Ich konnte die Nähe glücklicher Menschen nicht mehr ertragen.«

»Verstehe«, sagte ich.

»Aber nach einem Jahr etwa änderte sich das. Da erwachte in mir auf einmal der Wunsch, dass andere Menschen sich ebenso von ihren Liebsten verabschieden können sollten wie ich. Das war nämlich das einzig Gute an diesem Unglück gewesen: dass wir es auf unsere Weise tun konnten. Wir hatten jemanden, der uns half, und konnten meine Tochter bis zur Beerdigung bei uns zu Hause behalten. Das wollte ich anderen auch ermöglichen. Und du wolltest doch einen geschäftlichen Rat von mir, oder?« Sie sah mich an, und ich bezweifelte plötzlich, dass ich irgendetwas vor ihr verbergen konnte.

Ich nickte.

»Das ist der beste Tipp, den ich für dich habe: Sorge dafür, dass ihr beide, dein Vater und du, keine Kompromisse eingeht. Tut alles genau so, wie es eurer Meinung nach getan werden sollte. Wie es euren Vorstellungen und denen eurer Kunden entspricht. Nur so könnt ihr euch von anderen Firmen unterscheiden. Und das kann anderen Menschen unter Umständen *wirklich* helfen. Bei mir war es jedenfalls so.«

Danach herrschte Schweigen.

Wieder wusste ich nicht, was ich sagen sollte. Ich schaute auf Grace' Hände, die auf dem Schreibtisch lagen. »Sind Sie deshalb nicht mehr verheiratet?«, fragte ich.

Sie schlug die Augen auf und blickte auf ihre ringlosen Finger. »Er hat mein Vorhaben nicht wirklich unterstützt.«

»Zu morbide?«

»Ich glaube, ›besessen‹ ist das Wort, das er verwendet hat.« Grace schien sich wieder gefasst zu haben, aber ihr Gesicht war noch immer gerötet. »Aber ich finde es in Ordnung, wenn man eine Weile lang besessen ist«, erklärte sie. »Man kann vor der Trauer nicht davonrennen. Man muss offen damit umgehen. Auch wenn es schwierig ist und auf andere vielleicht seltsam wirkt.«

Wir tranken beide von unserem Kaffee.

»Es gibt keine Abkürzungen. Du musst erst die schwere Zeit überstehen, bevor es leichter wird.«

19

Dinge, die ich ohne dich sehe:

Ich: *Ein stockfinsteres Zimmer in Minnesota. Ich muss nur die Nachttischlampe anschalten, zehn Sekunden lang ins Licht starren und wieder ausschalten, und schon ist alles verschwunden. Puff! Sobald das Nachbild verflogen ist, bleibt nichts als absolute Dunkelheit zurück.*

Ich: *Selbst mit offenen Augen kann ich nichts sehen. Und einen Moment lang habe ich das Gefühl, Teil dieses Nichts zu sein. Ich muss dich das fragen, Jonah: Fühlt es sich so an, wenn man tot ist? Ist es wirklich so dunkel und leer? Oder ist es albern von mir, auch nur anzunehmen, ich könnte irgendetwas darüber wissen?*

Als ich klein war, habe ich jeden Abend gebetet. Weil meine Familie nicht religiös ist, habe ich das heimlich gemacht. Und es war auch kein normales Gebet, sondern eher ein ellenlanger, leicht neurotischer Wunschzettel. Ich war nämlich fest davon überzeugt, dass meiner Familie und meinen Freunde nachts etwas zustoßen würde, wenn ich sie nicht in meine Gebete einschloss.

Zum Beispiel könnten sie von einem Klavier, das durch die Decke krachte, erschlagen werden. Oder Gott würde sie mit seinen riesigen Fingern ins Weltall schnipsen, um mich für meine mangelnde Hingabe zu bestrafen. Außerdem musste ich das Zimmer segnen, in dem ich mich befand, und zwar jeden einzelnen Gegenstand (»Und auch du, Wäschekorb, seist gesegnet«), sonst konnte ich nicht einschlafen.

Irgendwann hörte ich damit auf – ich weiß nicht mehr genau, wann –, aber die Angewohnheit, im Dunkeln mit jemandem zu reden, ließ sich nicht so leicht ablegen. Vermutlich führte ich deshalb immer noch stumme Gespräche mit Jonah. Denn auch wenn ich mit dem Lampentrick eine völlige Finsternis in meinem Zimmer heraufbeschwören konnte, schienen meine Gedanken im Dunkeln weiter zu leuchten. Und manchmal ließen sie sich nur herunterdimmen, wenn ich jemand anderem davon erzählte.

Aus diesem Grund nahm ich schließlich mein Handy und wählte eine Nummer, die sich seit ein paar Tagen in meiner Anrufliste fand. Das Klingeln hallte laut durch die nächtliche Stille, und als schließlich jemand ranging, sagte ich nicht Hallo. Stattdessen sagte ich: »Erzähl mir, wie er war.«

Und obwohl es drei Uhr morgens war und Tage her, seit wir zuletzt miteinander gesprochen hatten, wirkte Daniel nicht verärgert. Nur ein bisschen durcheinander. »Ich hätte nicht gedacht, dass du dich noch mal meldest.«

»Hast du mich gehört?«, fragte ich.

Daniel seufzte. »Ich habe dich gehört.« Seine Stimme klang müde. »Aber ich weiß nicht genau, ob ich dir dazu etwas sagen kann.«

»Weil du nicht willst?«

Er machte eine seiner typischen Pausen. »Weil ich immer noch nicht weiß, wer der echte Jonah war.«

Mittlerweile wusste ich, dass Daniels Schweigen nicht bedeutete, dass er fertig war mit Reden. Und auch dieses Mal fuhr er nach einer Weile fort.

»Ich würde gerne glauben, dass er dann der echte Jonah war, wenn er seine Medikamente nahm. Das war jedenfalls die beste Version von ihm. Aber später, als er sie nicht mehr genommen hat – das war er nun mal auch. Es ist schwer, die beiden Jonahs voneinander zu trennen.«

»Also gut«, sagte ich. »Dann fang mit dem an, den ich kennengelernt hab.«

»Der, den du kennengelernt hast«, sagte Daniel, »war der erste richtig gute Freund in meinem Leben.«

Diesmal machte er eine längere Pause als sonst, bis ich irgendwann fragte: »Bist du noch dran?«

Ja, war er.

»Am ersten Tag im Wohnheim spürte Jonah, dass ich nervös war … und Schwierigkeiten hatte, auf Leute zuzugehen. Und das stimmte auch. So was wie das MIT hatte ich bis dahin nicht gekannt. Mein Vater war bei der Luftwaffe, meine Mutter Bürokauffrau.

Also zog er mich mit sich und klopfte an jede Tür auf unserem Stockwerk – wir waren ein bisschen wie die Zeugen Jehovas. Und wenn jemand aufmachte, sagte er: »Das ist übrigens Daniel Torres. Er ist echt cool. Du solltest dich mit ihm anfreunden.« Wäre Jonah nicht gewesen, hätte ich, ehrlich gesagt, mit niemandem gesprochen. Und es fiel ihm so leicht!

Es war ihm nicht einmal bewusst, dass er etwas Nettes für mich tat. Das war für ihn selbstverständlich. An dem Abend zockten wir bis zwei Uhr morgens und aßen Tiefkühlpizza. Dabei erzählte er mir, dass er in der Highschool ein paar Probleme gehabt hätte, aber vorhabe, das alles zu vergessen und ein wahnsinnig tolles Jahr am College zu erleben. Und er fragte, ob ich bei diesem Unterfangen mitmachen wollte. Genau so hat er das gesagt: ›Unterfangen‹.«

»Klingt nett«, meinte ich.

»Ich hätte fast geweint. Ich hatte vor dem College und vor meinem Mitbewohner solche Angst gehabt, und dann geriet ich an diesen netten Typen. Es war einfach unglaublich.«

»Wie lange hielt das an?«

»Ein paar Monate. Ich war nie allein, wenn ich es nicht sein wollte. Er hat mich überallhin mitgenommen. Lerngruppen. Abendessen in der Mensa. Baseballspiele der Red Sox. Oder einfach nur auf lange Wanderungen. Das war nämlich seine Lieblingsbeschäftigung. Als ich ihn mal fragte, warum, hat er Thomas Jefferson zitiert: ›Die unübertrefflichste Kräftigung des Körpers ist die körperliche Betätigung, und von allen körperlichen Betätigungen ist das Laufen die beste.‹ Schon ein bisschen bekloppt, oder? Aber er meinte das total ernst.«

»Und da hab ich ihn kennengelernt? In dieser Zeit?«

»Ja.«

»Was hat er über mich erzählt?«

Daniel atmete ein paarmal tief durch, und irgendetwas raschelte im Hintergrund. »Er hat gesagt, er wäre nach Iowa gefahren und hätte sich dort in ein Mädchen verliebt, das auf einer Party gekotzt hat. Und dass er sie heiraten würde.«

»Hat er dir von unseren Gesprächen erzählt?«

»Manchmal.«

»Wie war das für dich?«

»Keine Ahnung. Ich hab mich für ihn gefreut, denke ich.«

»Warst du eifersüchtig?«

Schweigen. Dann: »Es ist kompliziert.«

»Wieso? Inwiefern ist es kompliziert?«

Ich wünschte, ich könnte meine Wut daran hindern, immer wieder aufzuflackern. Aber jedes Mal, wenn ich Daniel bei einem Rechtfertigungsversuch ertappte, hätte ich am liebsten mein Handy durchs Zimmer gepfeffert.

»Weil ich in ihn verliebt war«, sagte er.

Diesmal war kein Atmen am anderen Ende zu hören. Vielleicht hielt er die Luft an.

»Wie meinst du das?«

Er antwortete nicht.

»Bist du schwul, oder was?«

»Nein. Nicht wirklich. Glaube ich wenigstens.«

»Aber du warst in einen anderen Kerl verliebt?«

»Es war nichts Sexuelles. Ich habe ihn einfach sehr gemocht und wollte Teil seines Lebens sein. Und deshalb wollte ich dich genauso lieben, wie er dich geliebt hat.«

»Das klingt ja total beknackt.«

»Ich weiß nicht, wie ich es anders erklären soll. Er war mir einfach wichtig, und du warst mir genauso wichtig, weil du mit ihm zusammen warst. Du hast da irgendwie dazugehört. Ich weiß, das klingt total verrückt, aber so war es eben für mich.«

Daniel verstummte, und ich stellte fest, dass ich nichts zu erwidern hatte. Ich wollte ihm nicht sagen, dass ich ihn sogar verstehen konnte. Nicht unbedingt den gruseligen Teil, dass er mich liebte, ohne mich je kennengelernt zu haben. Aber dass man manchmal eben jemanden liebte, auch wenn es seltsam war. Oder vielleicht, *weil* es seltsam war. Zum Beispiel jemanden, dem man nur einmal auf einer Party begegnet war. Einen Menschen, den man gar nicht wirklich kannte.

»Als er seine Medikamente nicht mehr nahm und alles den Bach runterging, da wollte ich nicht, dass das auch kaputtging. Die Sache mit dir. Verstehst du? Ich wollte es retten.«

»Okay. Und was wolltest du tun, nachdem du es gerettet hattest?«

»Na ja, dann wollte ich daran festhalten.«

»An mir, meinst du?«

»An dir.«

»Indem du mich anlügst?«

»Für mich war das keine Lüge.«

»Wie bitte? Du hast also nicht so getan, als wärst du jemand anderes?«

»Doch.«

»Wieso sollte das keine Lüge sein?«

»Weil sich alles, was ich zu dir gesagt habe, wahr angefühlt hat.«

Ich drückte das Handy fest an mein Gesicht.

Irgendwann drang Daniels Stimme durch das Halbdunkel. »Ich dachte schon, du hättest aufgelegt.«

»Hätte ich auch fast«, sagte ich.

»Was noch?«, fragte er.

Seine Stimme klang ernst. Vielleicht, weil er wusste, dass es nicht genug Was-nochs gab, damit wir quitt waren und ich ihm vergab. Er konnte mir noch so viele Einzelheiten und verwundbare Momente offenbaren – es gab einfach keinen Weg, diese Ungleichheit zwischen uns aufzulösen. Das ließ sich nicht ausradieren. Trotzdem wollte ich es unbedingt versuchen.

»Du kannst doch Fotos mit deinem Handy machen, oder?«, fragte ich.

»Klar ...«, sagte er. »Wir leben doch nicht mehr in den Achtzigern.«

»Ich will, dass du ein Foto von dir machst und mir schickst.«

»Es ist ein bisschen dunkel hier.«

»Dann schalte das Licht an, du Schlaukopf.«

»Soll ich es dir jetzt sofort schicken?«

»Ich lege gleich auf, und dann schickst du es mir. Aber eine Sache ist da noch.«

»Was?«

»Du musst nackt sein.«

Wieder Schweigen.

»Das ist nur fair. Und das weißt du.«

Ich wartete nicht auf eine Antwort, sondern legte einfach auf. Und rechnete damit, dass er sofort zurückrufen würde, um sich herauszureden. Aber das tat er nicht.

Und während die Zeit dahinraste, als wäre eine Stunde nur eine Sekunde, überlegte ich, ob es vielleicht besser wäre, wenn er es nicht tat. Dann hätte ich wenigstens den Beweis, dass er nie wirklich auf Augenhöhe mit mir hatte kommunizieren wollen, und konnte den Kontakt abbrechen. Denn was tut ein Betrüger, wenn man ihn bittet, sich nackt zu machen?

Mein Handy meldete eine neue Nachricht.

Kein Text. Nur ein achtzehnjähriger Junge, nackt vor einem Spiegel, mit einem Handy in der Hand.

Bei seinem Anblick wurde mir klar, dass ich ihn mir ganz anders vorgestellt hatte. Obwohl ich schon einiges von Daniel wusste, hatte ich ihn mir eher dünn und hochgeschossen vorgestellt, mit markanten Gesichtszügen. Jemanden wie Jonah. Aber natürlich sah er ganz anders aus.

Seine Haut war hellbraun und sein Körper kräftig, sogar ein bisschen stämmig. Als wäre er als Kind übergewichtig gewesen und hätte sich sehr angestrengt, das loszuwerden. Seine Brust, seine Arme, Beine und seine Leiste waren von dunklen Haaren bedeckt. Seine Schultern waren kräftig, seine Arme auch, und ein kleiner fester Bauch ragte über seinem Penis hervor (der schlaff herabhing und sein rechtes Bein etwas berührte). Er schaute mich im Spiegel an, mit leicht zusammengekniffenen Augen und dichten dunklen Augenbrauen.

Ich kann nicht sagen, dass ich das Foto besonders sexy fand. Ich kenne die Regeln für Nackt-Selfies; ich hatte mir im Internet gelegentlich welche angeschaut. Normalerweise sitzen die Typen mit einem Steifen auf der Bettkante und schieben die Hüften vor, damit er größer wirkt. Oder sie posen vor dem Spiegel und spannen ihre Muskeln an, die Lippen geschürzt wie Pornostars.

Daniel stand einfach nur da, ohne jedes Getue, ohne sich zu inszenieren. Okay, ich hatte ihm auch nicht wirklich Zeit dafür gelassen. Aber die Wirkung war verblüffend. Sein Foto sah so anders aus als die Profilbilder von Jonah, die ich kannte. Ein nackter Junge in seinem Zimmer mit einem ganz normalen Körper, an dem nicht alles perfekt war. Und das brachte mich endlich dazu, mein Handy auszuschalten. Aber vorher leuchtete noch eine neue Nachricht in meiner Handfläche auf.

Was noch?

20

Am nächsten Tag beim Frühstück war mein Vater so voller Tatendrang wie seit Jahren nicht mehr. Er saß am Tisch und tat zwanzig Dinge auf einmal: Zeitung lesen, Toast kauen, mit dem Bein wippen. Der Anblick war mir am frühen Morgen fast zu viel. Ich kannte diese Art von Energie, sonst hätte ich mir Sorgen gemacht: Er freute sich über eine neue Idee.

»Guten Morgen, Partnerin!«, rief er, als er mich sah.

Früher hatte er seine Projekte immer sofort meiner Mutter präsentiert, noch bevor sie richtig wach war. Was sie, glaube ich, insgeheim sogar ein bisschen aufregend gefunden hatte. Bis sämtliche Pläne kläglich scheiterten.

»Wie viele Tassen Kaffee hattest du schon?«, fragte ich ihn.

»Hab aufgehört zu zählen. Setz dich. Ich will dir eine Geschichte erzählen.«

Seufzend rieb ich mir den Schlaf aus den Augen, schenkte mir eine Tasse Kaffee ein und ließ mich ihm gegenüber auf einen Stuhl fallen.

»Ich möchte dir von einem Typen erzählen, den ich kennengelernt habe, als ich in das Beerdigungsgeschäft eingestiegen bin. Irving Breeze.«

»So heißt doch keiner«, sagte ich, klaute einen Toast von seinem Teller und biss hinein.

»Hör doch erst mal zu. Er hatte vierzig Jahre lang ein Bestattungsinstitut im Süden von Minneapolis. Sein Unternehmen war unglaublich erfolgreich, aber nicht, weil es irgendwie was Besonderes gewesen wäre. Er hat Leute bestattet oder eingeäschert, hat Totenwachen organisiert und Trauerandachten. Deine Großmutter hat er übrigens auch beerdigt.«

»Kommt da irgendwann auch mal die Pointe?«

»Der entscheidende Faktor«, erklärte mein Dad, »war Irv selbst. Er war ein ehemaliger Footballspieler, so ein jovialer Typ, der jedem die Hand schüttelte, und dazu der unangefochtene König sämtlicher Gemeindefeste in der Stadt. Er hatte sämtliche Kirchenblätter abonniert und ging sie jede Woche nach Veranstaltungen durch.

Dabei war ihm die Glaubensrichtung völlig egal. Er tauchte überall auf, immer mit einem Auflauf oder einem Schoko-Nuss-Kuchen fürs Buffet unterm Arm. Und beim Abschied schüttelte er dem Geistlichen stets persönlich mit seiner riesigen Pranke die Hand und ließ ihm eine Spende für die Gemeindekasse da und einen hübschen Notizblock mit dem Namen seines Bestattungsunternehmens drauf. Und wenn das nächste Mal ein Schäflein vor seinen Schöpfer treten musste – tja, dann rate mal, welches Bestattungsinstitut der Familie empfohlen wurde?«

»Irving, der Perversling?«

»Nenn ihn nicht so.« Für einen Moment verschwand das Lächeln von seinem Gesicht. »Also, was meinst du?«

»Bei Gemeindefesten bin ich dabei«, sagte ich. »Aber du hast doch mit der Kirche nichts am Hut. Die wittern deine Gottlosigkeit doch hundert Meter gegen den Wind.«

»Ich will gar nicht in Kirchen gehen«, sagte mein Vater. »Meine Geschichte hat einen tieferen Sinn, liebe Tessie: Man darf nicht rumsitzen und warten. Man muss losziehen und Kunden für sein Unternehmen anwerben. Selbst wenn es um das Geschäft mit dem Tod geht.« Mittlerweile federte sein Bein wie verrückt auf und ab.

Ich nahm ihm die Kaffeetasse aus der Hand und wartete auf die großartige Idee, die er mir sicher gleich präsentieren würde.

»Altersheime«, verkündete er feierlich.

Ich sah ihn an. »Ist das nicht ein bisschen krass? Sogar für deine Verhältnisse?«

»Nein. Als ich damals bei deiner Großmutter im Hospiz war, hat mir eine Krankenschwester erzählt, dass die meisten Bewohner noch keinen Plan für ihr Begräbnis hätten. Und sie seien nicht mehr mobil genug, um ein Bestattungsunternehmen aufzusuchen. Das heißt, dort gibt es einen Bedarf, der nicht gedeckt wird. Solche Leute wären die idealen Kunden für uns, Tess. Leicht zu erreichen, und der Zeitpunkt, an dem sie unsere Dienste brauchen, liegt auch nicht mehr fern!«

»Ich weiß nicht ...«, meinte ich. »Ich finde das irgendwie geschmacklos.«

»Lass es uns doch mal versuchen«, bat er.

»Bist du schon wieder pleite oder was?«

»Schon möglich, dass ich mit dem Geld aus dem Auftrag in Ocala ein paar Schulden begleichen musste«, gestand er.

Ich biss von meinem Toast ab und kaute langsam. »Ich denke darüber nach«, sagte ich schließlich.

»Super! In einer Stunde habe ich einen Termin im Haus Morgenröte.«

Haus Morgenröte – der Name deutet es bereits an – war ein neues Altersheim außerhalb der Stadt. Auf dem Weg dorthin passierten wir eine riesige Werbetafel mit einem Foto von einem eleganten älteren Paar, das funkelnde Weingläser in die Höhe hielt. Ein Kronleuchter hing wie ein überdimensionierter Heiligenschein über ihnen, und die beiden sahen aus, als würden sie gleich mit sportlichem Alte-Leute-Sex loslegen. Über ihren lächelnden Gesichtern prangte in Großbuchstaben: RÜCKZUG ... ABER NICHT VOM LEBEN!

»Verflixt!« Ich musste grinsen. »Das war's dann wohl mit deiner Verkaufsmasche.«

Das Gebäude erinnerte mich eher an mein ehemaliges Internat als an eine Pflegeeinrichtung. Überall dekorative Mauerbrüstungen, Säulengänge, rote Ziegelschornsteine. Vielleicht sollte das die Alten wieder an ihre Jugend erinnern. Und tatsächlich wurden wir bei unserer Ankunft fast von einem Golfcart voller kichernder Achtzigjähriger umgemäht.

Drinnen liefen wir an einem Kamin vorbei, dessen Sims vor Frühlingsblumen regelrecht überquoll. Der übrige Raum war ebenso übertrieben dekoriert. Rundbögen. Wandvertäfelungen.

Am Empfangstresen saß eine zierliche, vogelartige Frau mit blondierten Haaren und furchteinflößend großen weißen Zähnen. »Willkommen im Haus Morgenröte. Wie kann ich Ihnen behilflich sein?«

»Wir sind hier, um über den Tod zu reden«, sagte ich.

Das Lächeln der Frau fiel in sich zusammen, als wäre sie von einem Betäubungspfeil getroffen worden.

»Bitte entschuldigen Sie«, mischte mein Dad sich ein. »Mein Name ist Duncan Fowler. Ich soll hier einen Vortrag über Vorsorgemaßnahmen für das Lebensende halten. Im Vanderplank-Zimmer, soweit ich weiß.«

Der durchdringende Blick der Frau klebte an meinem Gesicht, während sie auf einem Touchpad herumtippte. »Fowler, haben Sie gesagt?«

Dad nickte.

Noch mehr Getippe. »Ah ja. Hier. Verstehe.« Sie musterte uns ein letztes Mal und stand dann auf. »Folgen Sie mir bitte.«

Mein Vater warf mir einen Blick zu, der so etwas besagte wie: *Was zur Hölle?!* Seine manische Rastlosigkeit war mittlerweile einer zenartigen Konzentration gewichen.

Wir durchquerten das Hauptgebäude der Anlage – ein Labyrinth aus gekachelten Korridoren –, bis wir schließlich einen Flügel im hinteren Teil des Komplexes erreichten, der wie ein echtes Altersheim aussah und roch.

Die Einrichtung war schlicht, und in den Gängen mischte sich der Geruch von püriertem Essen mit dem Zitrusaroma eines Desinfektionsmittels. Und als wir in den Gemeinschaftsraum traten, trafen wir gefühlt auf die ältesten lebenden Menschen der Welt, die sich hier zu Dads Vortrag versammelt hatten.

Hier wurden sie also aufbewahrt.

Die meisten saßen in Rollstühlen. Einige kauerten auf Sofas, mit ordentlich gefalteten Wolldecken über den Beinen. Der Mann, der mir am nächsten saß, trug eine Brille mit einem geschwärzten Brillenglas. Eine Frau hatte so dünne und feine Haare, dass sie wie Pusteblumenflaum jeden Moment von einem starken Wind weggeweht werden konnten.

Dad wandte sich an seine Zuhörerschaft, räusperte sich und zog ein paar linierte gelbe Karteikarten hervor. »Guten Morgen zusammen. Vielen Dank für Ihr Interesse.«

Ein paar der Alten blinzelten zur Antwort.

»Ich heiße Duncan Fowler. Hinter mir sehen Sie meine Tochter und Geschäftspartnerin Tess Fowler. Unser Unternehmen ist auf die Organisation alternativer Beerdigungen spezialisiert, und ich möchte Ihnen heute einen Überblick darüber geben, wie Sie Ihr Lebensende mit einer ganz besonderen Feier krönen können.«

Ein Mann mit einer Mütze auf dem Kopf schniefte.

»Es mag seltsam klingen, aber mit den Jahren ist mir bewusst geworden, was für eine große Bedeutung Totenrituale für uns haben. Sie gehören zu den wichtigsten Riten in unserem Leben, und ich finde, dass über dieses Thema wieder mehr gesprochen werden sollte.« Mein Dad drehte sich zu mir, und ich nickte zustimmend. Diesmal verbockte er es ausnahmsweise mal nicht.

»Was mir vorschwebt, ist eine Zeremonie, die tatsächlich etwas aussagt und die zu Ihnen passt. Eine Feier, bei der die Gäste das Gefühl haben, etwas über Ihre wahre Persönlichkeit zu erfahren.«

Der Mann mit der geschwärzten Brille hatte das eine Auge weit aufgerissen.

»Sie alle haben ein langes Leben hinter sich, und es gibt sicherlich viele Menschen, denen Sie am Herzen liegen. Ich weiß genau, wie sehr es diesen Menschen helfen würde, sich angemessen an Sie erinnern zu dürfen, wenn Ihre Zeit gekommen ist. Falls also jemand von Ihnen Hilfe benötigt, um diese letzten Vorkehrungen zu treffen, bin ich gerne bereit, Sie zu unterstützen. Aus diesem Grund bin ich heute hier.«

Ich atmete tief aus und schaute mich im Raum um. Dad hatte nichts Blödes gesagt. Tatsächlich hatte er sein Anliegen gut auf den Punkt gebracht. Aber die Menge hätte ebenso gut ein Stillleben sein können.

Schließlich rückte der einäugige Mann seine Brille zurecht und hob die Hand. »Ich habe eine Frage«, krächzte er.

Dad sah ihn an und nickte.

Da verzerrte sich das Gesicht des Mannes plötzlich vor Wut, als hätte jemand einen Schalter an seinem Rücken umgelegt. »Warum begreifen Sie denn nicht, dass das Ganze völlig sinnlos ist?«, brüllte er.

Bleiernes Schweigen hing über dem Raum.

»Entschuldigung«, sagte mein Vater. »Was meinen Sie genau?«

Der Mann starrte ihn ungläubig an. »Das Salatbuffet. Völlig sinnlos. Reine Platzverschwendung. Warum müssen wir dafür bezahlen, wenn es keiner will?«

Eine dunkelhaarige Pflegerin eilte herbei und legte dem Mann die Hand auf die Schulter. »Okay, Mr Cole«, sagte sie lächelnd. »Wir kennen Ihre Meinung über das Salatbuffet.«

»Dad ...«

»Aber das eigentliche Problem ist doch«, warf die Frau mit den flaumigen Haaren ein, »dass meine Tochter mich in einer Stunde abholt. Aber sie weiß ja gar nicht, wo ich bin. Wer kann mir *dabei* helfen?«

Ich ging zu der Pflegerin, einer Frau lateinamerikanischer Herkunft mit einem straff gebundenen Pferdeschwanz. »Warum sind die Leute denn so aufgebracht?«, erkundigte ich mich.

Mein Vater stellte sich zu mir.

»Keine Sorge«, sagte die Frau. »Das hat nichts mit Ihnen zu tun. Die meisten hier leben auf der Pflegestation. Sie haben gute Tage und schlechte.«

»Pflegestation?«, wiederholte ich. »Das bedeutet ...«

»Alzheimer. Oder andere Formen der Demenz. Viele der Patienten sind geistig schwer beeinträchtigt.«

Ein paar Leute weiter hinten reckten nun ebenfalls die Hände in die Höhe.

Mein Vater musterte sie. »Und warum sitzen sie in meinem Vortrag?«

»Es tut ihnen gut, wenn sie mal aus ihren Zimmern kommen. Sie haben nicht viel Kontakt zur Außenwelt.«

Ich trat zur Seite und überlegte, wie schnell wir von hier verschwinden konnten.

Dann sah ich die Frau.

Keine Ahnung, ob sie schon die ganze Zeit dabeigesessen hatte oder erst während der Fragerunde hereingekommen war. Ihre Haare waren lang und leuchtend weiß, mit einem schnurgerade geschnittenen Pony, und ihr Lächeln strahlte lippenstiftrot. Sie sah aus, als wäre sie übergangslos von der Jugend ins Greisenalter hinübergewechselt. Sie winkte mich zu sich.

Als ich bei ihr ankam, legte sie eine Hand auf meinen Arm. »Mir hat der Vortrag gefallen. Ich heiße Betty Lee.«

Ich schaute zu ihr hinunter. Ihre sanften braunen Augen huschten unruhig hin und her. »Danke«, sagte ich. »Ich muss jetzt zu meinem Vater, also ...«

Doch bevor ich gehen konnte, zupfte sie mich am Ärmel. »Ich möchte, dass Sie mein Begräbnis planen«, erklärte sie.

»Okay«, meinte ich. »Mein Dad hat ein paar Unterlagen dabei, die ich Ihnen hierlassen kann. Vielleicht können Sie die mit jemandem aus Ihrer Familie durchgehen.«

»Das will ich nicht«, sagte sie ruhig.

Mein Vater schaute zu uns.

»Ich möchte meine Beerdigung in zwei Wochen feiern«, sagte sie.

Ich schloss meine Augen. So langsam fing ich an, die Frau am Empfang der Sabotage zu verdächtigen. Als ich meine Augen wieder öffnete, schaute Betty Lee mir direkt ins Gesicht.

»Ich bin erst seit Kurzem hier«, sagte sie. »Ich befinde mich noch in der Frühphase, aber ich habe schon miterlebt, wie schnell so etwas gehen kann. Bei uns in der Familie ist das normalerweise so. Ich wünsche mir deshalb eine Beerdigungsfeier von Ihnen, bevor ich zu dement dafür bin. Können Sie so etwas organisieren? Eine Trauerfeier, auch wenn man noch am Leben ist?«

Ich sah zu meinem Vater, der uns entgeistert anstarrte. Er schien nicht zu wissen, was er auf diese Frage antworten sollte.

»Natürlich!«, sagte ich. »Darin sind wir Experten.« Ich ignorierte meinen Vater und konzentrierte mich nur auf Betty Lee. »Haben Sie denn schon eine Vorstellung von der Feier?«

Die alte Dame lächelte in sich hinein. »Oh ja, Liebes«, antwortete sie. »Ich will eine Burlesque-Beerdigung.«

Schlagartig wechselte die Gesichtsfarbe meines Vaters zu einer Schattierung, die ich noch nie zuvor gesehen hatte.

21

»Was hast du dir nur dabei gedacht? Ihr einfach zuzusagen, ohne mich zu fragen?«

Wir standen auf dem Parkplatz vor Haus Morgenröte und beobachteten die Pseudo-Rentner bei ihren Freizeitbeschäftigungen. Ach, und mein Dad war ziemlich angepisst.

»Hast du den Verstand verloren, Tess? Oder was war da drin mit dir los?«

»Ich habe für unsere Firma Werbung gemacht«, erklärte ich. »Ich dachte, das freut dich.«

»Worüber sollte ich mich denn freuen? Der ganze Raum war voller Leute, die sich kaum an ihren Namen erinnern konnten. Und jetzt will eine Frau eine Burlesque-Beerdigung von uns organisiert haben. So was gehört sich einfach nicht!«

»Ach. Ausgerechnet du machst einen auf Moralapostel? Es war doch deine Idee, auf Altenheimbewohner Jagd zu machen. *Ich hab's, Tess. Wir gehen dorthin, wo die Leute langsam vor sich hin siechen, und drehen ihnen eine Beerdigung an.*«

»So hab ich das nie gesagt.«

»Außerdem ist Betty Lee nicht so wie die anderen. Du hast doch selbst gehört, wie sie ihre Situation beschrieben hat. Ihr geht es noch relativ gut.«

»Sie will, dass sich die Leute auf ihrer Beerdigung ausziehen!«

»Also, die Einzelheiten kennen wir ja noch gar nicht.«

Vor uns verließ ein rüstiger alter Herr mit seinen Golfschlägern das Heim. Er sah aus wie eine wandelnde Viagra-Werbung.

»Sie könnte heute einen ihrer seltenen klaren Tage gehabt haben, Tess«, wandte mein Vater ein. »Vielleicht wacht sie morgen auf und weiß gar nicht mehr, was sie zu dir gesagt hat.« Er öffnete die Autotür. Doch anstatt einzusteigen, blieb er zwischen Tür und Auto stehen. »Was bringt es überhaupt, eine Beerdigung zu feiern, wenn man noch lebt? Das ist doch total sinnlos.«

Ich trat näher zu ihm. »Es ist noch viel sinnloser, ein Begräbnis zu feiern, wenn man tot ist«, widersprach ich.

»Nun mach mal halblang, Tess.«

»Im Ernst. Denk doch mal nach. Warum eine Party feiern, wenn man selbst gar nicht dabei sein kann? Wenn etwas sinnlos ist, dann das. Du lädst doch auch nicht alle Leute zu deinem Geburtstag ein und bist dann verreist?«

Mein Vater stieg nun doch ein und setzte sich hinter das Lenkrad. »Komm jetzt. Wir fahren. Das war eine einzige Katastrophe.«

Ich zog die Tür auf und schlüpfte auf den Beifahrersitz.

Mein Vater wollte schon den Motor starten, da griff ich nach seiner Hand und hielt ihn auf.

»Das ist mein Ernst, Dad«, sagte ich. »Vielleicht wünscht sich Betty Lee eine Feier, bei der sie alle ihre Lieben ein letztes Mal sieht? Sie ist noch nicht tot, aber auf dem Weg dahin. Sie verliert ihre Persönlichkeit. Das ist auch eine Art zu sterben. Und sie weiß, dass es passiert. Warum soll sie also nicht die Person feiern, die sie ihr Leben lang gewesen ist, bevor ihr Verstand völlig hin ist?«

Mein Dad saß einfach nur da und umklammerte das Lenkrad. Sein Mund war ganz schmal. »Und wenn ihre Familie auftaucht und mir vorwirft, ich würde eine geistig umnachtete Frau ausnutzen? Und überall tanzen nackte Leute herum? Das könnte ziemlich übel ausgehen, Tess. Und nach Nantucket kann ich mir nicht noch einen Prozess leisten.«

Ich schaute ihm ins Gesicht. Er schien ernsthaft besorgt. »Heute Morgen warst du noch wild entschlossen«, meinte ich. »Was ist passiert? Wieso bist du plötzlich so ein Weichei?«

»Das Gespräch ist für mich beendet.«

»Ich kann mich doch noch mal mit ihr treffen«, schlug ich vor.

Er schüttelte langsam den Kopf, ohne mich anzusehen.

»Sie wünscht sich etwas Unkonventionelles«, sagte ich. »Und das ist doch unser Geschäftsmodell, oder nicht?«

Ich wartete vergeblich auf eine Antwort. Mein Vater ließ den Motor an und rollte, ohne zurückzublicken, vom Parkplatz.

Spätabends klingelte mein Handy.

Ich war noch wach und schaute mir gerade alte Schwarz-Weiß-Aufnahmen von Burlesque-Tänzerinnen im Internet an – was im Übrigen deutlich spannender war als die Playboy-Hefte meines Vaters. Die Frauen waren der Hammer! Keine wegretuschierten Brustwarzen oder niedliche Klein-Mädchen-Posen. Diese Ladys wirbelten in eleganten Nachtclubs über die Bühne und ließen ihre Brüste vor Männern in schicken Anzügen wackeln. Kaum zu glauben, dass Betty Lee so etwas mal gemacht hatte.

Ich nahm ab.

»War es so schlimm?« Daniels Stimme klang schärfer als sonst.

»Was denn?«, fragte ich.

Er seufzte. »Tess, es ist ein komisches Gefühl, wenn man jemandem ein Nacktfoto schickt und dann nichts mehr von dem anderen hört.«

»Du Armer, du musst am Boden zerstört sein. Fühlst du dich betrogen? Als hättest du dich entblößt, ohne dafür etwas zurückzubekommen?«

»Schon gut, hab's kapiert.«

Ich wandte den Blick von meinem Computer und lauschte auf Daniels Atem. »So übel war es gar nicht.«

»Was?«

»Dein Bild.«

»Oh.«

»Ja.«

»Ah.«

»Also … ja.«

Wieder eine Pause.

»Dann haben wir uns jetzt beide nackt gesehen«, sagte ich.

Er blieb stumm.

Auf einmal lag so eine Spannung zwischen uns in der Luft. Ich wollte das nicht, schaffte es aber auch nicht, sie zu vertreiben. Ein paar Sekunden lang sagte keiner von uns ein Wort. Dann stellte ich die erste Frage, die mir in den Sinn kam.

»Wie hat er es getan?«

Wieder Stille. Ich hörte Daniel durch das Telefon atmen.

»Tabletten«, sagte er schließlich. »Die, die er davor nicht mehr genommen hatte. Wusstest du das nicht?«

»Nein. Keine Details. Ich hab aber auch nicht wirklich versucht, es herauszufinden.« Ich schloss die Augen.

»Sie haben ihm noch den Magen ausgepumpt«, erzählte Daniel, »aber es war zu spät. Er lag bewusstlos im Badezimmer, und unser Betreuer konnte ihn nicht mehr wiederbeleben.«

Ich legte den Kopf auf den Schreibtisch meines Vaters. »Hättest du das gedacht?«, fragte ich. »Dass er dazu fähig ist?«

»Ich weiß nicht. Wenn er nicht mein Mitbewohner gewesen wäre, hätte ich so was wohl nie vermutet. Ich wusste, dass er seine Seminare schwänzte, und irgendwann hab ich auch herausgefunden, dass er seine Tabletten nicht mehr nahm. Aber gerade, als ich anfing, mir ernsthaft Sorgen zu machen, schien es ihm wieder besser zu gehen. Ich dachte, alles würde wieder normal werden. Der einzige Hinweis war die Sache im Park.«

»Welche Sache im Park?«

Daniel holte tief Luft. »Das ist eine ziemlich lange Geschichte.«

»Erzähl sie mir«, bat ich.

Noch ein tiefer Atemzug. »Wir waren mal wieder zusammen spazieren. Auch wenn es ihm nicht so gut ging, ist Jonah gern draußen gewesen. Und an dem Tag wollte er in den Stadtpark. Anscheinend ist er da in den Ferien ab und an mal gewesen – als Kind, mit seinen Eltern. Entenfüttern und so. Also sind wir über die Brücke rüber in die Stadt gelaufen. In den Tagen davor hatte es viel geregnet, und ich weiß noch, dass der Charles River richtig viel Wasser führte. Wir haben den Fluss von der Brücke aus betrachtet – die Strömung war viel reißender als sonst. Obwohl es ein sonniger Tag war, waren keine Boote unterwegs.

Jonah war gut drauf und hat mir erzählt, dass früher so viel Abwasser in den Fluss hineingeleitet wurde, dass jeder, der reinfiel, eine Tetanusimpfung brauchte. Ich habe ihm allerdings nicht so richtig zugehört. Ich habe sein Gesicht beobachtet, um festzustellen, ob es wieder wie das des alten Jonah aussah. Und es kam mir tatsächlich so vor. In seinen Augen schien wieder mehr Leben zu sein.

Im Park sind wir zur Lagoon Bridge gegangen. Die Schwanenboote waren noch nicht auf dem See unterwegs, parkten aber bereits am Ufer. Wir setzten uns auf eine Bank neben den Trauerweiden. Jonah hatte den ganzen Weg über viel geredet, aber auf einmal ist er ganz still geworden. Und dann habe ich bemerkt, dass er abgelenkt war und auf der anderen Seite des Sees etwas beobachtete.

Irgendwie hatte ich übersehen, dass fast direkt gegenüber von uns ein Obdachloser saß, der in mehreren Schichten aus Pullovern und Jacken steckte. Sein Gesicht war nicht zu erkennen, weil er eine Kapuze über den Kopf gezogen hatte. Aber ich sah einen grauen Bart, der ihm bis auf die Brust hing. Um ihn herum standen Unmengen großer blauer Mülltüten, die mit irgendwas Weißem gefüllt waren. Es waren bestimmt sechs oder sieben Tüten, jede davon zum Bersten voll.

Schließlich öffnete der Mann eine der Tüten, griff hinein und zog eine Handvoll von dem weißen Zeug heraus. Er warf es so hoch in die Luft, dass es in Klumpen auf das Wasser und die Wiese herabregnete. Und als hätten sie auf ein Signal gewartet, kamen mit einem Mal sämtliche Vögel des Parks herbeigeflogen. Sie alle stürzten sich wie Geier darauf.

Es war natürlich Brot. Weißes Toastbrot. Und nachdem der Mann einmal damit angefangen hatte, hörte er gar nicht mehr auf zu werfen. Manchmal rupfte er die Scheiben in kleine Stücke, manchmal schleuderte er sie als Ganzes in die Höhe. Bald war er nicht mehr zu erkennen, so viele Vögel flatterten um ihn herum. Enten. Tauben. Möwen. Krähen. Alle in einen wilden Wettstreit verwickelt, der völlig absurd war, weil er genug Brot für alle hatte. Er hatte genug, um jeden einzelnen Vogel im Park satt zu bekommen. Er war der Gott des Brotes.

Als ich zu Jonah rübersah, merkte ich, dass er weinte. Und zwar richtig. Tränen strömten über sein Gesicht. Er stand auf und sagte, er könne nicht länger bleiben. Also legte ich meinen Arm um ihn, und wir ließen alles hinter uns. Den Park. Den See. Und den alten Mann mit dem Brot.

Zuerst versuchte ich, mit Jonah darüber zu sprechen. ›Wo hatte der Typ nur das viele Brot her?‹, fragte ich ihn. Aber er schwieg bloß. Da wollte ich wissen, was mit ihm los war, aber er konnte es mir nicht erklären. Erst nachdem wir eine Weile gelaufen waren, schaute er mich an und sagte: ›Ich weiß einfach ganz genau, wie der Typ sich fühlt.‹ Mehr wollte er dazu nicht sagen.

Als wir zurück auf dem Campus waren, schien es ihm wieder besser zu gehen. Er hatte sich beruhigt und entschuldigte sich für seinen Zusammenbruch. Er lachte sogar darüber. Ich riet ihm, zum medizinischen Dienst zu gehen und einen Termin bei einem Psychologen auszumachen, und er versprach, sich darum zu kümmern. Er sagte, ich wäre ein guter Freund, und er hätte großes Glück, dass ich für ihn da war. Dann haben wir ein paar Stunden lang gezockt und sind ins Bett wie an einem ganz normalen Abend.

Am nächsten Tag war ich beruhigt, weil ich das Gefühl hatte, ich wäre endlich zu ihm durchgedrungen. Aber von da an hielt er sich kaum noch in unserem Zimmer auf. Und dann war er plötzlich verschwunden, und ich habe ihn nie wiedergesehen.«

Ich wischte meine Nase an meinem Ärmel ab. Irgendwann hatte ich, ohne es zu merken, angefangen zu weinen. »Was ist dann geschehen?«

»Am Tag danach sind meine Eltern gekommen. Sie haben mich zu sich ins Hotel geholt. Wir sind noch eine Woche geblieben, weil ich es so wollte, aber es ist nicht wirklich was passiert. Eine Andacht im Freien. Eine Schweigeminute in der Mensa. Eine Diskussionsveranstaltung über Möglichkeiten der Selbstmordprävention. Dann sind wir nach Hause geflogen.«

»Was war mit der Beerdigung?«

»Es gab keine Beerdigung.« Daniels Stimme war nun ganz leise. »Nur eine Trauerfeier im engsten Familienkreis. Am Tag nachdem es passiert war, habe ich seine Mutter angerufen und gefragt, ob ich kommen darf. Sie hat abgelehnt.«

»Hat sie gesagt, warum?«

»Sie meinte, es wäre zu viel für sie. Zu schmerzhaft, die Freunde ihres Sohnes zu sehen, junge Leute in seinem Alter. Es täte ihr furchtbar leid, aber sie könne das nicht. Irgendwo sei ein Spendenkonto eingerichtet worden. Ich könne für einen guten Zweck spenden, wenn ich wollte.«

»Dann hast du seine Leiche nie gesehen?«

»Nein.«

»Und als es passiert ist?«

»Bis ich davon erfahren habe, hatten sie ihn schon weggebracht.«

Ich nickte, obwohl ich wusste, dass er das durchs Telefon nicht sehen konnte.

»Bevor meine Eltern gekommen sind, war ich allein in unserem

Zimmer. Da habe ich ein Notizbuch gefunden, das Jonah gehört hat. Darin war eine Liste mit Dingen, die er tun wollte, wenn es ihm besser ging. Sie stammte aus einem Selbsthilfebuch oder so. Ein paar Vorschläge waren ziemlich banal, Sachen wie *einen Teilzeitjob suchen*. Andere klangen mehr nach Jonah: *Filmvorführer in einem Programmkino werden*. Ein Punkt ist mir besonders in Erinnerung geblieben: *ein Auslandssemester in Sizilien*. Vermutlich keine große Sache. Viele College-Studenten machen ein Auslandssemester. Aber irgendetwas an der Vorstellung, er hätte in einem anderen Land studieren können, hat mir den Verlust erst so richtig bewusst gemacht. Italien hätte total gut zu ihm gepasst.«

»Warum wusste sonst niemand von seinen Depressionen? Warum war niemand da, um ihn aufzuhalten?«

Daniel seufzte. »Er hatte keine engen Freunde außer mir, Tess«, erklärte er. »Alle haben ihn gemocht, aber kaum jemand hat ihn richtig gekannt. Ich glaube, da gab es eigentlich nur uns. Dich und mich. Außer uns hatte er niemanden.«

»Das kann nicht sein«, sagte ich.

»Verstehst du jetzt, warum ich nicht wollte, dass es zwischen euch endet?«, fragte Daniel.

Plötzlich setzte ich mich auf. Das Telefon hing nass und heiß an meinem Ohr. »Ich kann das nicht«, sagte ich.

Daniels Stimme klang verzweifelt. »Tess«, flehte er.

»Nein«, sagte ich. »Ich meine … das hier. Die Entfernung. Mit dem Handy. Ich kann das so nicht mehr. Das tut mir nicht gut.«

Er schwieg einen Moment. »Was genau willst du damit sagen?«

Ich überlegte kurz, ob ich den Satz tatsächlich aussprechen sollte. Diese Worte in meinem Kopf, die alles verändern würden. Und dann konnte ich mich nicht mehr zurückhalten. Es gab keine andere Möglichkeit.

»Das soll heißen«, sagte ich, »keine Telefone mehr.«

22

Am nächsten Tag kehrte ich noch einmal zum Haus Morgenröte zurück.

Ich hatte lange überlegt, was ich meinem Vater sagen sollte, aber als ich aufwachte, war er gar nicht da. Am Abend zuvor hatte ich gehört, wie er telefonierte und dabei ziemlich dämlich kicherte, aber sonst war alles wie immer gewesen. Und so fuhr ich nun während der Besuchszeit zum Seniorenheim.

Auf der Pflegestation stolperte ich beinahe über zwei Männer, die ein Schrei-Duell wegen einer Partie *Vier gewinnt* austrugen, bis sie schließlich wie kleine Kinder auf ihre Zimmer geschickt wurden. Ich begann mich zu fragen, ob ich es hier wohl lange aushalten würde. Doch meine Zweifel verflogen, als ich Betty fand.

»Tilly!«, rief sie, sobald sie mich sah.

»Hallo, Betty.« Was meinen Namen anging, korrigierte ich sie nicht. Allerdings musste ich sofort daran denken, was mein Vater über ihre geistige Verfassung gesagt hatte.

»Komm mit«, sagte sie. »Ich habe heute einen Friseurtermin. Ich muss mir die Haare richten lassen.« Sie führte mich zu dem kleinen Friseursalon der Einrichtung, und kurz darauf war ihr Kopf voller rosa Lockenwickler.

Ich überlegte, wie ich das Gespräch unauffällig auf ihre Beerdigung lenken sollte. Aber Betty kam gleich zur Sache. Bevor wir mit der Planung beginnen könnten, erklärte sie, müsste ich mehr über Burlesque wissen. Und dann erzählte sie mir ihre Geschichte.

»Von Minnesota bin ich zuerst nach Hollywood gegangen. Dort habe ich eine Weile in verschiedenen Revuen getanzt, bis mich ein Clubbesitzer entdeckt hat und mich für seinen Nachtclub in New

York wollte. Er versprach mir Spitzengagen, wenn ich nichts dagegen hätte, ein bisschen mehr von mir zu zeigen.« Sie errötete ganz leicht. »Nur damit du das richtig verstehst, Tilly: Damals gab es noch keine Mädchen, die sich untenrum frei machen und an schmierigen Stangen herumrutschen. Es war glamourös! Eine richtige Show! Es ging darum, verführerisch zu sein. Bei Minsky's habe ich mir einmal ganze zwei Minuten Zeit gelassen, nur um einen Handschuh auszuziehen! Die Kerle sind fast durchgedreht. Sie sind von den Stühlen aufgesprungen! Was meinst du, was erst los war, als ich schließlich meine Brüste gezeigt habe!«

Ich nahm das Ganze mit meinem Handy auf, um mich später an alles zu erinnern. Es schien Betty keineswegs zu stören, dass ich sie filmte – falls sie es überhaupt bemerkte.

»Da gab es eine Menge Männer«, fuhr sie fort. »Aus den Komikern habe ich mir allerdings nie etwas gemacht. Ich stand auf Saxofonspieler. Mit den klagenden Tönen aus ihren Instrumenten haben sie uns Mädchen ganz verrückt gemacht. Und da gab es diesen einen Saxofonisten, der in meiner Gegenwart immer so nervös wurde. Ich habe ihm bei seinem Auftritt tief in die Augen geschaut, bis er sich schließlich verspielte. Einmal habe ich sogar meine Brustwarzen-Pasties an seine Garderobentür geklebt. Er war bloß irgendein Junge. Aber er hat mir gefehlt, als ich nicht mehr aufgetreten bin. Danach habe ich ihn nie mehr wiedergesehen.«

»Warum haben Sie aufgehört?«, wollte ich wissen.

Einen Moment lang saß Betty reglos da wie eine Statue. Dann sprach sie leise weiter. »Mir blieb im Grunde nichts anderes übrig, Liebes. Ich habe den Sprung zum Film nicht geschafft. Ich war einfach eine zu schlechte Schauspielerin.«

»Aber Sie hätten doch trotzdem weiter tanzen können, oder?«

Die dünne Blondine, die Betty Lee die Haare machte, spritzte die Lockenwickler mit einer Flasche ein. Das Sonnenlicht traf auf den

Sprühnebel und ließ die winzigen Tropfen um ihren Kopf herum aufblitzen.

Betty schien meine Frage nicht gehört zu haben.

»Haben Sie noch Ihre alten Kostüme und all das?«

Sie wedelte mit der Hand, als würde sie eine Fliege verscheuchen. »Das, was noch übrig war, habe ich schon vor Jahren dem Exotic Land geschickt.« Ich beobachtete in dem hohen Friseurspiegel, wie sie niedergeschlagen den Blick senkte.

»Exotic Land?«

»Eine Art Museum. So etwas wie die Ruhmeshalle der Burlesque-Tänzerinnen draußen in Las Vegas. Sie haben Sheri Champagnes Asche bekommen, hab ich gehört. Und Jane Mansfields herzförmiges Sofa.«

»Haben Sie noch Kontakt zu irgendeinem der Mädchen?«

Sie schüttelte den Kopf, und ihre Augen wurden feucht.

Die Friseurin schaute mich böse an. »Aufregung ist nicht gut für sie«, sagte sie zu mir, als könne Betty sie nicht hören.

»Tut mir leid«, entschuldigte ich mich. »Das wollte ich nicht.« Ich schaltete mein Handy aus.

Aber Betty protestierte. »Lass es an.«

»Wie bitte?«

»Dein kleines Kameradings. Lass es ruhig an, wenn du willst. Das stört mich nicht.« Sie wandte sich an die Friseurin. »Sie können mich in ein paar Minuten fertig frisieren, Jordan.«

Schnaubend stolzierte die Frau davon.

Ich schaltete meine Kamera wieder ein und richtete sie auf Bettys Gesicht.

»Ich wollte nicht aufhören«, sagte sie. »Ganz bestimmt nicht.« Sie wischte sich eine Träne von der Wange. »Ich habe einen Mann hier aus der Gegend geheiratet, einen Freund der Familie, und er meinte, das sei nichts mehr für mich. Er war sehr konservativ. Schon nett, aber kontrollsüchtig. Das habe ich leider zu spät begriffen. Er wollte mich wieder zu einem anständigen Mädchen machen, denke ich. Das hat ihn an mir gereizt.«

»Warum haben Sie nicht widersprochen?«

»Was blieb mir anderes übrig? Es war sehr schwer, mit meiner Vergangenheit einen anständigen Job zu finden, deshalb bin ich wieder hierhergezogen und Hausfrau geworden. Ich hatte ein gutes Leben, aber ich habe es immer bereut, dass ich das Tanzen so schnell aufgegeben und den Kontakt zu den anderen Mädchen abgebrochen habe. Mein Mann ist vor ein paar Jahren gestorben und hat mir ein bisschen Geld hinterlassen. Einen Teil davon möchte ich nun dazu benutzen, um etwas Unartiges anzustellen. Verstehst du das, Tilly?«

»Ja«, sagte ich. »Das verstehe ich.«

»Ich habe zu viel Zeit meines Lebens darauf verschwendet, brav zu sein. Und das bedaure ich zutiefst.«

Ich schaltete die Kamera aus. Dann drücke ich ihre Hand und versprach, bald mit Vorschlägen für die Beerdigung zurückzukommen.

Auf dem Weg nach draußen war ich schon fieberhaft am Überlegen. Wer würde überhaupt zu Bettys Feier kommen? Sie hatte mir erzählt, dass sie ihren Kindern nicht sehr nahestand und sonst kaum Verwandte hatte.

Ich fuhr nach Hause und hörte mir unterwegs die Aufnahme noch mal an, als mir eine Idee kam. Nur Sekunden später hielt ich am Straßenrand, um eine Telefonnummer herauszufinden und an einem Ort anzurufen, von dem ich hoffte, dass er tatsächlich existierte.

23

In dieser Nacht rief Daniel nicht an. In der Nacht darauf auch nicht.

Ja, es stimmt, ich hatte es ihm verboten, trotzdem war ich überrascht, dass er sich daran hielt. Mir war durchaus bewusst, dass meine letzten Worte eine Art Ultimatum gewesen waren. Noch dazu ziemlich unvermittelt. Aber das war mir egal. Wieder war ich kurz davor gewesen, mich auf einen Menschen einzulassen, den ich nicht wirklich kannte. Das musste endlich ein Ende haben.

Das war mir schon einmal passiert, und die Person, die mich nie wirklich an sich herangelassen hatte, war nun fort. Für immer. Genau aus diesem Grund ruhte mein Laptop auf dem Grund eines Sees und stiftete Aufruhr in der hiesigen Fischwelt. Genau aus diesem Grund plante ich jetzt Beerdigungen, anstatt meinen Schulabschluss zu machen.

Ich musste zusehen, dass es mir besser ging, nicht schlechter. Und ich würde ihn nicht anrufen, auch wenn die Versuchung groß war. Ich würde ihn gehen lassen, wenn es sein musste. Und in der Zwischenzeit würde ich mit allen Kräften versuchen, nicht an ihn zu denken.

Stattdessen wollte ich mich auf Betty Lees Beerdigung konzentrieren. Jetzt, nachdem ich ihre Geschichte gehört hatte, musste ich ihr helfen, egal ob mein Vater mitmachte oder nicht. Zwei große Probleme gab dabei zu lösen: Als Erstes musste ich einen geeigneten Veranstaltungsort finden und zweitens Kontakt zu Bettys alten Freundinnen aufnehmen.

Ich begann mit dem Veranstaltungsort.

Meine ersten Versuche gingen leider in die Hose. Bei Haus Morgenröte wollte man weder mit Beerdigungen noch mit irgendetwas zu tun haben, bei dem die Hüllen fallen gelassen wurden, und mit einer Kombination aus beidem erst recht nicht. Bestattungsinstitute wiederum zogen tote Körper halb nackten lebenden Menschen vor. Und Gemeindehäuser kannten offenbar nur eine sehr enge Definition von »Gemeindefest«. Aus diesem Grund fuhr ich am späten Vormittag schließlich zu dem einzigen Ort, der mir sonst noch einfiel: ein Stripclub.

Um zwölf Uhr mittags stand ich also vor einem Laden, der Harry Palmer's hieß. Es war eine ziemliche Spelunke – weshalb ich es auch ausgewählt hatte. Bei einem Schuppen, der so heruntergekommen war, würde ich vielleicht eher Erfolg haben. Außerdem wusste ich von einigen notgeilen Highschool-Jungs, dass das HP's bekannt dafür war, keine Ausweise sehen zu wollen. Deshalb war ich auch etwas überrascht, als mich ein Mann in einem unauffälligen Westernhemd und einer Lederweste an der Tür aufhielt.

»Nicht so schnell, Kleine. Wo willst du denn hin?«

»Bedauernswerte nackte Frauen sehen?«, meinte ich.

Er blinzelte und zog seine buschigen grauen Augenbrauen zusammen. So eine Antwort hatte er offenbar noch nie gehört. »Unter einundzwanzig kommst du hier nicht rein«, knurrte er. »Und Damen brauchen einen männlichen Begleiter.«

»War nur ein Witz«, sagte ich. »Ich will keine Titten sehen. Ich bin Harrys Nichte. Ich muss nur kurz mit ihm sprechen.«

Nun wirkte der Mann zutiefst verwirrt. »Warte hier.« Er drehte sich um, vermutlich um sich auf die Suche nach Harry zu begeben. Die Lederfransen an seiner Weste raschelten. Er trottete durch den Raum und verschwand durch eine Tür neben der Bühne.

Postwendend marschierte ich hinterher und setzte mich an die Bar, die mit einer blinkenden roten Weihnachtslichterkette geschmückt war. Ich schaute zur Bühne.

Zum Glück arbeiteten dort gerade keine Mädchen in meinem Alter. Die anwesenden Frauen waren offenbar ausgewählt worden, um ein älteres Publikum anzusprechen. Beide Tänzerinnen – eine hatte gefärbte rote Haare und künstliche Brüste, die der Schwerkraft trotzten, die andere war eine dünne Koreanerin in einer Schulmädchenuniform – waren alt genug, um meine Mutter zu sein. Oder die Mutter meiner Mutter.

»Du bist nicht mit mir verwandt«, dröhnte eine Stimme durch den Raum. »Und ich brauche keine neuen Mädchen. Vor allem keine Minderjährigen. Für so was interessiere ich mich nicht.«

Ein Mann, von dem ich vermutete, dass er Harry Palmer war, trat hinter die Bar, eine Bloody Mary mit einem halben Kräutergarten darin in der Hand. Auf seinem Kopf thronte eine verschossene Militärmütze, unter der dicke schwarze Haare hervorschauten. Wenn er lächelte, erschien unterhalb seines Schnurrbarts eine gleichmäßige Reihe weinfleckiger Zähne.

»Du könntest als Hostess arbeiten«, meinte er. »Was anderes kann ich dir nicht anbieten. Das Trinkgeld ist trotzdem ganz ordentlich. Wichtig ist nur, dass du mit den Stammgästen klarkommst.« Er hob seine Bloody Mary an den Mund und trank.

»Ich bin nicht wegen eines Jobs hier«, erklärte ich.

Er schluckte. »Oh, dann hat man mich ohne Grund beim Trinken gestört. Einen schönen Tag noch. Francis bringt dich raus.« Da ich nicht wusste, was ich sagen sollte, überlegte ich hastig, was eine echte Geschäftsfrau in so einer Situation tun würde. Jemand wie Grace. »Ich will Ihnen nicht Ihre Zeit stehlen, Harry.«

Er drehte sich um. »Und warum sitzt du dann immer noch da?«

»Weil ich Ihnen einen Vorschlag machen möchte, der Sie vielleicht interessiert.«

Der Clubbesitzer verschränkte die Arme und setzte ein geschäftsmäßiges Gesicht auf, das sich allerdings nur unwesentlich von seinem normalen Ausdruck unterschied. »Schieß los«, sagte er. »Du hast dreißig Sekunden.«

Ich zeigte mit einer großen Geste durch den Club. »Wie viele Gäste haben Sie an einem durchschnittlichen Montag?«

Harry schnaubte nur verächtlich.

»Hab ich mir gedacht«, sagte ich. »Ich möchte Ihnen ein volles Haus anbieten, eine Veranstaltung wie zu den goldenen Zeiten des Varietés – mit ausschließlich respektablen Gästen. Sie müssten mir lediglich diesen Raum zur Verfügung stellen. Die Einnahmen von der Bar gehören Ihnen. Ich sorge für das Essen, die Dekoration und organisiere alles.«

Er musterte mich erneut, zum ersten Mal hatte ich seine volle Aufmerksamkeit. »Wie alt bist du?«

»Zwanzig«, log ich und musste mich anstrengen, nicht zu grinsen.

»Und wo ist der Haken?«

»Der Haken ist, dass es sich um eine Art Beerdigung für eine Frau handelt, die noch lebt«, erklärte ich.

Schwer zu sagen, ob er das kapierte. Oder ob er mir überhaupt zugehört hatte.

Harry sah sich in seinem Club um, und sein Blick verweilte auf seinen wenigen Gästen. Da war ein Mann in abgeschnittenen Jeans und Cowboystiefeln, der an einem doppelten Whiskey nippte. Ein anderer Typ vor der Bühne hatte einen Dollar zwischen den Zähnen klemmen und eine Truckermütze auf dem Kopf, auf der *Ich liebe dicke Weiber* stand.

»Scheiße, Mann«, sagte er. »Hier ist jeder Tag wie eine Beerdigung für Leute, die noch leben.«

24

Das ist die letzte Nachricht, die du von mir bekommst.

So lautete die finale Mitteilung aus den Händen von Daniel Torres. Sie poppte um exakt 9 Uhr 33 am nächsten Morgen auf meinem Handy auf, als ich allein beim Frühstück saß. Mein Vater war mal wieder unterwegs – keine Ahnung, wo –, und somit war niemand da, der mir verbot, am Esstisch meine Nachrichten zu checken. Während ich noch überlegte, ob ich antworten sollte, stand plötzlich ein Bote mit einem großen Paket vor der Tür. Ich brachte es ins Haus und las den Absender: *Exotic Land, USA*.

Ich hatte gestern den halben Tag am Telefon verbracht und der Kuratorin des Exotic Land von Betty Lee erzählt. Sogar mein Handy-Video hatte ich ihr gemailt. Sie hatte mir daraufhin versprochen, etwas per Express zuzusenden – wobei ich mir nicht ganz sicher gewesen war, ob ich ihr vertrauen konnte. Aber als ich den Karton öffnete, lag darin ein perfekt erhaltenes schwarzes Abendkleid, das mit Tausenden glitzernden Strasssteinen besetzt war.

Die Steine strahlten hell im Morgenlicht. Wie ein Sternbild zogen sie sich über das dunkle Satinmieder bis zur gerüschten Taille. Dem Kleid waren noch mittellange silberfarbene Handschuhe beigefügt, ein mit Fransen behängtes schwarzes Höschen und strassbesetzte Brustwarzen-Pasties mit Quasten. Außerdem ein Umschlag mit den Namen und Kontaktdaten von zehn noch lebenden Tänzerinnen aus Bettys Bühnenzeit.

Ich machte mich sofort an die Arbeit und rief sie der Reihe nach an. Zuerst sprach ich mit einer früheren Broadway-Schauspielerin, einer Frau mit rauchiger Stimme, die in die Branche eingestiegen war, nachdem sie keine Engagements mehr bekommen hatte. Sie war mittlerweile pensioniert und lebte in Arizona.

Dann unterhielt ich mich mit einem ehemaligen Pin-up-Girl, das inmitten seiner Erinnerungsstücke in einem Wohnwagen hauste, quasi als Leiterin und einzige Besucherin ihres eigenen kleinen Museums. »Klar erinnere ich mich an Betty«, krächzte die Frau. »'ne kleine Lady mit einem Mordsgestell!«

Ich telefonierte mit einer Frau, die einmal wegen unsittlichen Verhaltens verhaftet worden war und sich mittlerweile in der Kirche engagierte. Sie war mit lebenden Nymphensittichen aufgetreten, bis einer der Vögel während einer Show einen Zuschauer attackiert hatte und sie die Nummer aufgeben musste.

Außerdem sprach ich mit zwei Tänzerinnen, die immer noch im Geschäft waren. Sie standen nach wie vor auf der Bühne und hüpften mit ihren neunundachtzig Jahren aus Pappmuscheln heraus.

Am Ende sagten fünf von zehn Tänzerinnen zu. Drei weitere wollten es sich noch überlegen. Und zwei waren zu krank für die Reise. Immerhin ein Anfang. Ich beschloss, zum Seniorenheim zu fahren und Betty die gute Nachricht zu überbringen.

Es war ein perfekter Frühlingstag. Auf der Fahrt kurbelte ich sämtliche Fenster herunter und sog die frische Luft ein, bis sich der Nebel in meinem Kopf langsam lichtete. Erst auf dem Parkplatz von Haus Morgenröte fiel mir Daniels Nachricht wieder ein. Ich wollte wirklich gern zurückschreiben. Einfach nur ganz kurz etwas tippen. Stattdessen drückte ich auf die Stand-by-Taste, und mein Display wurde dunkel. Dann nahm ich den Karton mit dem Kleid und ging hinein.

An der Rezeption hieß es, Betty sei nicht zu sprechen, weil sie sich »erholen« müsse.

»Was meinen Sie damit?«, fragte ich die Frau mit den riesigen Zähnen. »Von was erholen?«

»Betty hat gestern das Gelände verlassen«, erklärte sie. »Sie ist zu einem Restaurant gelaufen und auf dem Rückweg gestürzt.«

»Wie, gestürzt?«

»Tut mir leid«, sagte die Frau. »Gehören Sie zur Familie?«

»Sie hasst ihre Familie«, entgegnete ich.

»Dann muss ich Sie bitten zu gehen.«

Danach stand ich ein paar Minuten in der Eingangshalle herum und schaute der Rezeptionistin dabei zu, wie sie ihren Touchscreen bearbeitete, als wäre nichts passiert. Schließlich sagte ich zu ihr, ich müsse kurz mal aufs Klo. Ich ging den Flur hinunter zu den Toiletten, bog schräg links ab und steuerte direkt auf den Durchgang zur Pflegestation zu.

Die Tür zu Bettys Zimmer war nicht abgeschlossen. Nachdem ich das Zimmer betreten hatte, stellte ich überrascht fest, dass niemand bei ihr wachte. Stattdessen waren die Vorhänge zugezogen und das Licht ausgeschaltet. Ich musste einen Moment warten, bis sich meine Augen an die Dunkelheit gewöhnt hatten, erst dann konnte ich die Nachttischlampe finden. Als ich sie anknipste, entdeckte ich Betty.

Sie hing an einem Tropf und hatte ein großes Pflaster auf der Stirn. Ihre Haare waren nicht frisiert, und ihrem ungeschminkten Gesicht sah man das Alter an: tiefe Falten zwischen Mund und Kinn, schlaffe Wangen und schwere Augenlider.

Ich legte das Kleid auf einen Stuhl und trat näher.

Sie schlug die Augen auf. »Du bist es«, krächzte sie heiser.

Ich setzte mich auf das Bett und nahm ihre Hand, die sich kühl und weich anfühlte.

»Oh Tilly«, sagte sie. »Ich fürchte, ich habe alles vermasselt.«

Ich drückte ihr tröstend die Hand. »Sie müssen sich nicht entschuldigen.« Ich hob ihre Hand von der Bettdecke und sah, dass der Nagellack von ihren Fingernägeln abblätterte. Entweder hatte sie schon lange keinen neuen aufgetragen, oder es lag an ihrem Sturz.

»Ich darf eigentlich keinen Besuch haben«, sagte sie. »Sie haben sogar meinen Mann weggeschickt.«

War ihr Mann nicht längst tot?

»Schon gut«, sagte ich. »Mir haben sie erlaubt, ein bisschen zu bleiben.«

Ich stand auf und sah mich nach ihren Schminksachen um. Betty hatte die elegante Aufmachung ihrer Bühnenjahre nie abgelegt, nicht einmal im Altersheim. Und tatsächlich stand auf der Kommode, am Fuß des Spiegels, eine Reihe grellbunter Nagellacke.

Ich wählte das Rot aus, das am meisten leuchtete, und ging zurück zum Bett. Vorsichtig nahm ich ihre Hand, schraubte das Fläschchen auf und trug eine dicke rote Schicht auf ihren Daumennagel auf.

»Ich habe folgenden Vorschlag«, sagte ich. »Sie müssen noch drei Tage durchhalten. So lange brauche ich, um alles zu organisieren. Aber ich kriege das hin. Die Feier findet statt.« Nach dem Daumen machte ich mit dem Zeigefinger weiter. Ich gab mir große Mühe, aber meine Hand wollte einfach nicht aufhören zu zittern.

Betty sah aus dem Bett zu mir hinauf.

»Es wird eine große Party werden, mit allen Ihren Freunden, und sie wird furchtbar skandalös sein und wunderbar, und es wird alles gut gehen, weil manchmal einfach alles perfekt läuft.«

Ich bemalte noch die übrigen Nägel der Hand und pustete dann darauf.

Plötzlich spürte ich Bettys andere Hand auf meinem Rücken. Als ich sie ansah, ließ sich kaum mehr sagen, inwieweit sie überhaupt noch anwesend war. Ihr Blick war ganz glasig.

»Kannst du es anziehen?«, fragte sie.

Fragend schaute ich mich um.

»Mein Kleid«, fügte sie hinzu. »Das du mir mitgebracht hast. Ich möchte, dass du es anprobierst.«

Mein Blick fiel auf das Kleid, das ich über einer Armlehne ausgebreitet hatte. Ich war davon ausgegangen, dass Betty es gar nicht gesehen hatte. »Das habe ich für Sie mitgebracht«, erklärte ich.

»Ich weiß«, sagte Betty. »Ich möchte mich so gern daran erinnern, wie ich darin ausgesehen habe.«

Es dauerte einen Moment, bis ich verstand, was sie meinte. Dann nahm ich das Kleid, ging damit in das kleine Badezimmer und zog in dem engen Raum meine Jeans und das Tanktop aus. Anschließend streifte ich mir den hauchdünnen Stoff über den Körper.

Im Brustbereich war es etwas zu weit, ansonsten passte es gut. Zum ersten Mal in meinem Leben sah ich so aus, als hätte ich Kurven. Ich betrachtete mich im Spiegel, prüfte, ob der Reißverschluss geschlossen war, und ging zurück ins Zimmer.

Betty lächelte. »Ich weiß noch, wie ich die Steine angenäht habe«, sagte sie. »Ich habe jeden einzelnen von Hand befestigt.«

Ich staunte. »Wirklich?«

»Meine Mutter hat uns beigebracht, wie man näht. Weil ich sparen wollte, habe ich alle meine Kleider selbst gemacht. Aber dieses war mein Lieblingskleid. Ich habe es bei meiner allerletzten Vorstellung getragen.«

Ich trat näher an ihr Bett, damit Betty den Stoff berühren konnte. Sie schloss die Augen, als sie mit Daumen und Zeigefinger danach griff. Vielleicht stellte sie sich ihren letzten Tanz noch einmal vor, vielleicht genoss sie auch einfach nur das samtige Gefühl.

»Danke, Liebes«, sagte sie.

»Wofür?«, fragte ich.

»Für die Party.« Ihre Stimme war nun so leise, dass ich sie kaum noch hören konnte.

»Sie hat aber doch noch gar nicht stattgefunden. Erst in drei Tagen. Haben Sie das vergessen?«

Bettys Augen schlossen sich wieder, und sie lächelte. »Nein. Ich war dabei. Es war wunderschön.«

Ich stand da und sah zu, wie sie langsam in den Schlaf sank.

Kurz darauf stürzte eine Krankenschwester herein und scheuchte mich aus dem Zimmer. Sie sagte, dass sie Betty wieder ins Krankenhaus verlegen würden. Auf dem CT wäre etwas aufgetaucht.

Ich bat darum, sie begleiten zu dürfen, was mir jedoch nicht gestattet wurde. Also blieb mir nichts anderes übrig, als aus der Ferne zu beobachten, wie sie die alte Dame auf eine Trage legten und davonfuhren.

Auf dem Weg zum Parkplatz merkte ich, dass ich immer noch das Kleid trug. Deshalb hatten mich die Pfleger und Schwestern auch so merkwürdig gemustert. Meine Sachen lagen noch in Bettys Zimmer, aber es war zu spät, um sie zu holen, und ich musste in einem jahrzehntealten Burlesque-Kostüm nach Hause fahren. Diesmal bekam ich von dem Wind, der durch das Auto wehte, eine Gänsehaut, während der blaue Himmel und die Felder wie durch einen Schleier an mir vorbeizogen.

Zu Hause saß mein Vater am Küchentisch und aß ein Sandwich. Er musterte meinen Aufzug von oben bis unten, sagte aber nichts. Der Ausdruck auf seinem Gesicht wirkte irgendwie schuldbewusst, und seine Kleider waren ganz zerknittert.

Ich goss mir einen Kaffee ein, der schon den ganzen Tag auf der Warmhalteplatte gestanden hatte und leicht angebrannt schmeckte. Dann ließ ich mich ebenfalls am Tisch nieder. Ich spürte, wie mein Dad mich beobachtete.

»Was ist los?«, fragte er.

Einen Moment lang brachte ich keinen Ton heraus. Es gab keine Worte, um auszudrücken, was in mir vorging. Mir fiel nichts anderes ein als: »Es gibt einfach keinen.«

Mein Vater starrte mich mit offenem Mund an. Zwischen seinen Schneidezähnen hing ein Stück Salat. Er legte mir die Hand auf die Schulter, dann nahm er sie wieder weg. »Das verstehe ich nicht.«

»Abschluss«, sagte ich und wischte mir mit dem Handrücken über die Augen, aber das half auch nichts. Die Tränen flossen, ob es mir passte oder nicht, und machten eine sabbernde Heulsuse aus mir. »Wir können keine Abschiedsfeier für Betty organisieren«, schluchzte ich. »Dabei wollte ich das so gern. Sie hätte es verdient. Aber es geht nicht mehr.«

Mein Vater umarmte mich, drückte mein Gesicht so fest gegen seinen Pullover, dass die grobe Wolle an meiner Stirn kratzte. Seine Arme waren lang und ungelenk, aber ich war froh, von ihnen gehalten zu werden.

Er stellte keine weiteren Fragen. Er saß einfach nur still da und ließ mich weinen. Zu wissen, wann man besser *nichts* sagt, war schon immer eine seiner Stärken gewesen.

Als ich mein Gesicht von seiner Schulter hob, prangte dort ein feuchter Fleck. Ich schaute zu ihm auf. »Es gibt keinen richtigen Abschluss«, sagte ich mit etwas ruhigerer Stimme. »Oder?«

»Ich weiß es nicht, Tess«, antwortete er.

»Aber was für einen Sinn hat das, was wir tun, dann überhaupt? Wenn wir nicht mal das bieten können.«

»Na ja ...«, sagte er und reichte mir eine Serviette für meine Tränen. »Vielleicht liegt unserer Aufgabe einfach darin, die Menschen zu bestärken.«

»Worin bestärken?«

Mein Vater wandte den Blick ab und kratzte sich an seinem mit schwarzen und grauen Stoppeln bedecken Kinn. Dann schaute er mich wieder an und sah ausnahmsweise mal nicht wie ein trauriger Clown aus. Er wirkte sehr ernst. »Dass ein richtiger Abschluss vielleicht gar nicht so wichtig ist, wie wir meinen.«

25

Eineinhalb Tage später starb Betty Lee. Bei ihrem Sturz hatte sie sich eine Schädelfraktur und einen Arterienriss zugezogen. Ihr Gehirn war bereits angeschwollen gewesen, als ich mit ihr gesprochen hatte. Als sie schließlich in den OP gebracht wurde, war es zu spät. Betty fiel ins Koma und starb. Am gleichen Tag noch erfuhr mein Vater, dass sie Geld für eine Beerdigung hinterlassen hatte, die unsere Firma ausrichten sollte.

»Tess«, sagte er, als er in mein Zimmer kam, »ich weiß nicht, was ich sagen soll.«

»Vielleicht, dass es dir leidtut?«

»Was genau?«

»Dass du Betty nicht ernst genommen hast«, sagte ich. »Und bitte versprich mir, dass wir, was ihre Beerdigung angeht, das Richtige tun.«

Er lehnte sich gegen den Türrahmen. »Okay. Und wie soll das gehen?«

Ich erzählte ihm vom Harry Palmer's.

»Himmel«, rief er. »Da bist du ganz alleine hin?«

»Harry ist ein wirklich gerissener Geschäftsmann.«

»Ich wünschte, du hättest mir davon erzählt.«

»Ja, das denke ich mir.«

Irgendwann entschuldigte er sich und akzeptierte meine Forderungen. Wir würden Betty Lees alte Freundinnen einfliegen lassen und das Palmer's wie ein New Yorker Varieté dekorieren. Und falls anschließend alles Geld, das sie beiseitegelegt hatte, aufgebraucht wäre, dann sollte es so sein.

In den Tagen vor der Beerdigung strichen wir also die Wände des Stripclubs rot und hängten Seidenvorhänge auf. Mein Vater engagierte einen Handwerker, der einen provisorischen Laufsteg baute und ein paar Theatersitze davorstellte. Die einzige Beleuchtung bestand aus Lichtern am Fuß der Bühne, um die Beine der Darstellerinnen besonders hervorzuheben. »Die halten sich nämlich am längsten frisch«, verkündete Candy, eine alternde Tänzerin, deren Haare die Farbe von Blutorangen hatte. Sie war um fünf Uhr morgens direkt vom Flughafen zu uns gekommen.

Wegen des kurzfristigen Termins waren es weniger Gäste, als ich gehofft hatte. Außer den Tänzerinnen nahmen nur ich, mein Vater, Harry Palmer und ein paar von den jüngeren Stripperinnen aus seinem Club teil. Und natürlich Bettys Leichnam, der in pinkfarbenes Scheinwerferlicht gehüllt, in einer Ecke aufgebahrt lag.

Sie trug ihr Strasskleid, und wir hatten eine der besten Visagistinnen der Stadt angeheuert, damit Betty so aussah, als würde sie jeden Moment auf die Bühne springen. Ihre Augen waren zu dunkel umrandeten Katzenaugen geschminkt, die von langen Fliegenbein-Wimpern umrahmt wurden. Ihr Mund glitzerte rot, und der weiße Betty-Page-Haarschnitt umgab in Wellen ihr Gesicht.

Gerade stand Lillian Orlando auf der Bühne und erzählte die Geschichte, wie Betty und sie einmal einen Autounfall verursacht hatten, weil sie in ihrem Bühnenoutfit die Straße überquert hatten, um beim Chinesen etwas zu essen zu holen. Anschließend führte sie der Toten zu Ehren einen Tanz auf. Ganze zehn Minuten stolzierte Lillian im Scheinwerferlicht umher und strich sich dabei mit zwei großen Fächern aus schwarzen Federn aufreizend über den Körper.

Es war alles wirklich sehr schön.

Na ja, es wärmt einem schon das Herz, wenn ältere Striptease-Tänzerinnen für ihre dahingeschiedene Weggefährtin die Brüste wackeln lassen. Trotzdem konnte ich meine Trauer nicht ganz abschütteln. Tatsache war: Betty bekam das alles nicht mehr mit. Sie war ohne ein Wiedersehen mit ihren früheren Freundinnen gestorben, ohne die Gelegenheit, sich noch einmal so zu präsentieren, wie sie sich am liebsten gesehen hatte.

Nach einer Weile beschloss ich, mich aufs Klo zu flüchten und kurz durchzuatmen. Als ich mich der Damentoilette näherte, kam gerade eine Frau in eleganter Trauerkleidung heraus. Trotz des Dämmerlichts erkannte ich sie sofort. »Grace. Was machen Sie denn hier?«

Grace spielte mit einer Haarsträhne und sah sich suchend um. »Die Burlesque-Bestattung einer gewissen Betty Ann Lee besuchen«, sagte sie. »Ich habe gehört, du hast das fast allein geplant. Herzlichen Glückwunsch! Es ist toll geworden.«

»Danke.«

Merkwürdigerweise freute ich mich, dass Grace da war. Ich musste zugeben, dass mir ein paar ihrer Ratschläge bei der Planung sehr geholfen hatten. Als ich mich dafür bedanken wollte, sah sie sich wieder nervös um.

»Kannten Sie Betty?«, fragte ich.

»Nein«, antwortete sie und sah sich wieder suchend um. Ich wartete, bis sich ihr Blick wieder auf mich richtete.

»Woher wissen Sie dann davon?«

»Dein Vater«, erklärte sie.

Sie sprach so schnell, dass ich sie beinahe nicht verstanden hätte.

»Was ist mit ihm?«

Die Haut um ihre Sommersprossen lief rosa an. »Er hat mich eingeladen. Wir haben ... uns ein wenig ausgetauscht.«

In diesem Moment kam mein Vater auf uns zu. »Grace, du hast es ja doch geschafft!« Dann drehte er sich zu mir. »Tessie, ich hoffe, es stört dich nicht. Ich dachte, Grace soll ruhig mal einen Blick auf die Konkurrenz werfen, jetzt, wo wir mit unserem Unternehmen so richtig durchstarten.« Er lächelte sein charmantes, leicht trotteliges Lächeln und legte eine Hand auf Grace' Arm.

»Entschuldigt«, sagte ich. »Ich muss mal.«

Die Schwüle im Club schien mich schlagartig zu erdrücken. Grace hatte also nur deshalb Interesse an mir gezeigt, weil sie sich an meinen vermeintlich verträumten und ungebundenen Vater ranmachen wollte. Ich entfernte mich von den Toiletten und trat vor die Tür in den kühlen Abend hinaus, um durchzuatmen.

Würde ich denn für den Rest meines Lebens jeden, der auch nur das kleinste Interesse an mir zeigte, sofort als besten Freund betrachten? Hörte das denn nie auf? Würde ich immer als Letzte kapieren, was wirklich vor sich ging? Ein solches Leben kam mir auf einmal unerträglich anstrengend vor.

Das Harry Palmer's lag neben den Bahngleisen, und ein paar Meter entfernt rollte gerade ein langer Güterzug gemächlich vorbei. Die Graffiti an den Waggons wurden von Wagen zu Wagen bunter und strahlender. Eine endlose vielfarbige Aneinanderreihung von seltsamen Worten, die ich nicht verstand. J-FISH. BOWLER. NADA-NADA. FUGUE. Einen Moment lang fragte ich mich, ob das vielleicht eine geheime Nachricht nur für mich sein sollte. Da summte mein Handy.

Geh nicht wieder rein.

Ich starrte auf Daniels Satz, und mein Herzschlag hallte in meinen Ohren wider.

Wo rein?

Der Zug ratterte an mir vorbei, aber es klang, als würde er durch meinen Kopf brausen.

Ich glaube, das weißt du.

Ich schaute von meinem Handy auf. Zwischen den Waggons war der Umriss einer Gestalt zu erkennen. Nachdem der letzte Güterwagen vorübergerumpelt war, kam sie auf mich zu. Es war jemand, den ich bislang nur nackt gesehen hatte. Heute trug er T-Shirt und Jeans, eine Reisetasche über der Schulter und auf seinem Kopf eine Baseballmütze.

Er ließ sich Zeit bei der Überquerung der Gleise. Zwei Meter von mir entfernt blieb er schließlich mit ausdruckslosem Gesicht stehen. Im echten Leben sah er sogar noch besser aus mit seinen dunkelbraunen Augen und den gelben Sprenkeln darin. Ein paar schwarze Haarsträhnen schauten unter der Kappe hervor und hingen ihm in die Stirn.

Er fuhr sich mit der Zunge über die trockenen Lippen. »Keine Telefone mehr.«

Er war ein echter Mensch, der sich am gleichen Ort befand wie ich.

»Keine Telefone mehr«, sagte ich und streckte die Hand aus. »Hi. Ich bin die echte Tess.«

Er nahm meine Hand und drückte sie kurz. Seine Handfläche war warm. »Und ich bin der echte Daniel.«

»Schön, dich kennenzulernen.«

Ich musste ihn anstarren, ich konnte nicht anders. Sosehr ich auch den Blick von ihm abwenden wollte, ich schaffte es nicht. Ich konnte einfach nicht fassen, dass er tatsächlich vor mir stand.

»Hast du jemanden mit anderer Hautfarbe erwartet?«, fragte er. »Ich hab dir doch ein Bild geschickt.«

Nun wandte ich den Blick doch ab. »Ich habe gar niemanden erwartet.«

Wir standen vor der offenen Tür des Stripclubs, wo soeben ganz andere Musik gespielt wurde. Den ganzen Tag über waren Blechbläser und schwungvolle Klavierklänge zu hören gewesen – krächzende alte Melodien, die krächzende alte Damen auf die Bühne lockten. Doch auf einmal erklang die beruhigende Stimme von Bobby Darin. Ich kannte den Song von dem Oldie-Sender, den meine Großmutter immer gehört hatte: *Beyond the sea*.

»Wie hast du mich gefunden?«, fragte ich Daniel. Ich war mir immer noch nicht ganz sicher, ob er wirklich vor mir stand. Aber ich konnte den Seifengeruch riechen, den seine Haut verströmte.

»Zauberei«, sagte er.

Ich schaute ihn an.

»Ich habe deinen Vater angerufen. Seine Nummer findet man im Internet.«

Ich sah in den Club hinter mir und lauschte dem Song. »Somewhere beyond the sea. She's there watching for me.«

Die alten Tänzerinnen hatten den ganzen Tag getrunken und befanden sich mittlerweile in unterschiedlichen Phasen der Entkleidung. Lillian trug noch immer das Korsett von ihrem Auftritt, Candy war in ein schimmerndes lila Abendkleid gehüllt und hatte sich eine riesige Federboa um den Hals geschlungen, und Maggie L'Amour stand oben ohne da, ihre hängenden Brüste nur von dollargroßen Pasties bedeckt.

»Das ist jetzt also dein neuer Job?«, erkundigte sich Daniel.

»Kann man so sagen, ja.«

Bettys Freundinnen schwangen die Beine und wackelten Arm in Arm über die Bühne wie eine Revuetruppe vor dem letzten Abgang. Und während der Song schneller wurde und in einen flotten Orchesterteil überging, legte sich eine alte Dame nach der anderen auf den Boden, reckte die Beine hoch in die Luft und strampelte wie wild, bis nur noch wackelnde Schenkel zu sehen waren. Dazu sang Bobby Darin: »Happy we'll be beyond the sea. Never again I'll go sailing.«

»Passiert das hier gerade wirklich?«, fragte Daniel.

Ich spürte, wie er aus den Augenwinkeln schüchtern mein Gesicht musterte, das er nur von Bildern kannte. Seine Nähe irritierte mich, aber mein Herz wollte einfach nicht langsamer schlagen. Ich hatte keine Ahnung, wohin das alles führen würde, und starrte weiter zur Bühne.

»Ich glaube schon«, sagte ich. Mehr fiel mir nicht ein.

26

Und dann wohnte Daniel Torres auf einmal bei uns.

Noch vor einem Tag war er nur eine Textzeile gewesen, eine körperlose Stimme, und nun schlief er auf dem Sofa in unserem Wohnzimmer.

Na ja, genau genommen im Wohnzimmer meines Vaters.

Als ich Dad nach Bettys Beerdigung fragte, ob Daniel ein paar Tage bei uns übernachten könne, wählte er ausgerechnet diesen Moment, um sich wie ein echter Vater aufzuführen, und stellte lauter Fragen, die er für echte Elternfragen hielt. Vermutlich, weil Grace neben ihm stand.

Ob Daniels Eltern wüssten, dass er hier war? (Ja.) Ob er Drogen nähme und uns beklauen wolle? (Vermutlich nicht.) Woher ich ihn kennen würde? (Über einen gemeinsamen Freund.) Ich sah ihm an, dass er krampfhaft versuchte, sich weitere, bessere Frage auszudenken, doch ihm fiel nichts ein.

»Na gut«, sagte er schließlich. »Aber er schläft auf dem Sofa.«

Daniel schien das nicht zu stören, nur ging er offenbar davon aus, seinen gesamten Aufenthalt ausschließlich auf dem Sofa verbringen zu müssen. Die ersten Tage lag er also einfach nur ausgestreckt da und balancierte einen Laptop auf seinem Bauch. Währenddessen huschte ich immer wieder durch das Zimmer und startete ziemlich klägliche Versuche, mit ihm ein Gespräch anzufangen.

»Wie bist du überhaupt hergekommen? Das hast du gar nicht erzählt.«

»Mit dem Bus.«

»Ah. Mit dem Bus. Interessant.«

»Ja. Und ganz hinten saß ein Typ und hat das Klo bewacht.«

»Echt jetzt?«

»Ja, ehrlich. Er hat keinen reingelassen. Er meinte, das würde seine Bürgerrechte verletzen.«

»Hmm. Seltsam.«

»Ja.«

Und das war so ziemlich das Beste, was wir zustande brachten.

Irgendwie wollte sich zwischen uns nichts entwickeln. Und ich hatte zunehmend das Gefühl, dass es vielleicht ein schrecklicher Fehler gewesen war, durchblicken zu lassen, dass er herkommen sollte. Ich konnte einfach nicht verstehen, warum alles so verkrampft zwischen uns war. Auch nach ein paar Tagen relativer Stille zeigten sich noch immer keine Anzeichen der Besserung.

Dann tauchte er in meinem Zimmer auf.

Und zwar nachts.

Eine halbe Stunde vorher war ich noch mal in die Küche runtergegangen und hatte mir etwas zu essen geholt. Ich hatte gehört, wie er sich auf dem Sofa herumwälzte und leise seufzte.

Ich konnte ebenfalls nicht einschlafen und war daher noch wach, als es kurz darauf an meine Tür klopfte.

Langsam stand ich auf. Erst dachte ich, es wäre mein Vater, der wissen wollte, was zum Teufel es mit diesem merkwürdigen jungen Mann auf unserem Sofa auf sich hatte. Aber stattdessen stand Daniel im dunklen Flur und blinzelte mich an.

Da ich die Jalousie nicht geschlossen hatte, fiel genug Mondlicht ins Zimmer, sodass wir uns sehen konnten. Er trug ein ausgebeultes T-Shirt, und seine Haare klebten an seiner Stirn. Als er mich anschaute, wurde ich auf einmal furchtbar unsicher. Ich trug zerrissene Boxershorts und ein ärmelloses Top – nicht gerade ein sexy Outfit.

»Darf ich reinkommen?«, fragte er flüsternd.

Ich überlegte kurz. Was hatte ein Mann wohl im Sinn, wenn er mitten in der Nacht vor deinem Schlafzimmer stand? Doch sein Gesichtsausdruck wirkte nicht besonders pervers oder so. Eher nachdenklich und verletzlich. Und solange mein Dad zwei Türen weiter schnarchte, würde er bestimmt nichts Blödes anstellen. Auch wenn es vermutlich nicht besonders klug war, ließ ich Daniel also rein.

Er ging zu meinem Bett, legte sich auf die Matratze und starrte an die Decke.

Ich zögerte eine Weile, bevor ich mich auf die andere Seite legte, mit der Bettdecke als eine Art Wall zwischen uns.

»Ich hätte nicht gedacht, dass es so seltsam sein würde«, sagte Daniel schließlich.

Ich seufzte. Einerseits war es erleichternd, dass er es aussprach. Andererseits bestätigte er damit, dass die Situation für uns beide merkwürdig war.

»Vielleicht hast du ja ein Problem mit der Realität«, sagte ich. »Kann doch sein, oder?«

»Wie meinst du das?«

»Die hypothetische Tess ist vielleicht viel toller als die echte. Vielleicht ist die echte Tess irgendwie scheiße. Ich meine, im Vergleich gesehen. So insgesamt bin ich nämlich eigentlich schon verdammt cool.«

»Kann sein. Aber ich mag die echte Tess.«

Ich merkte, wie ich rot wurde.

»Soll ich wieder nach Hause fahren?«, fragte er.

Ich wusste ehrlich nicht, was ich darauf erwidern sollte. Und für die nächsten Minuten lagen wir einfach, jeder auf seiner Seite des Betts, wie Geschwister in einem Hotelzimmer.

»Was machst du eigentlich den ganzen Tag?«, fragte ich irgendwann.

Ich spürte, dass er den Kopf zu mir drehte. »Wie meinst du das?«

»Auf dem Sofa. Mit deinem Computer. Was machst du da?«

Er holte tief Luft. »Ich kann's dir zeigen.«

Ich nickte, und er verschwand augenblicklich die Treppe hinunter. Als er kurz darauf zurückkehrte, hatte er seinen Laptop dabei. Er klappte ihn auf, und das Leuchten des Monitors erhellte das Zimmer.

Nach dem Öffnen des Browsers erschien die Homepage von Twitter auf dem Bildschirm. Ein vertrautes Gesicht tauchte in dem kleinen weißen Rahmen auf, und ich schnappte nach Luft. Es war Jonah. Das gleiche Foto hatte er auch für sein Facebook-Profil benutzt.

Es war inzwischen eine Weile her, dass ich es zuletzt gesehen hatte, und der Anblick war ebenso tröstlich wie beunruhigend. Ich hatte es einmal sehr geliebt und mich in letzter Zeit aus gutem Grund davon ferngehalten. Nach dem Lesen des letzten Tweets verspürte ich augenblicklich ein vertrautes Gefühl von Unbehagen. »Der Post ist ja von gestern!«

Daniel nickte.

So viele neue Planeten!, stand da, und dann folgte ein Link zu einem Artikel über neue Planeten, die von Kepler, dem Weltraumteleskop der NASA, entdeckt worden waren. Ein ganz gewöhnlicher Twitter-Post.

»Das verstehe ich nicht«, sagte ich. »Tust du immer noch so, als wärst du er?«

Daniel schüttelte den Kopf. »Ich programmiere eine App«, erklärte er. »Das war unsere allererste Aufgabe in Informatik. Erst wollte ich ein Spiel entwickeln, aber dann hab ich hiermit angefangen.«

Ich vermied es, in Jonahs Augen auf dem Foto zu schauen. »Was für eine App?«

»Sie heißt *Post-Life* und ermöglicht einem, auf sozialen Netzwerken aktiv zu bleiben, wenn man nicht mehr da ist.«

»Wie – nicht mehr da? Du meinst ...«

»Tot«, sagte Daniel.

Ich las noch einen dieser Post-Life-Tweets.

Wenn ich zwei Chili-Hotdogs hintereinander esse, hab ich immer die Filmmusik von *Braveheart* im Kopf.

»Wer schreibt das?«

»Er selbst«, sagte Daniel. »Also gewissermaßen. Das Programm durchforstet Jonahs gesamte Online-Identität, speichert seine Likes und Dislikes, seine Interessen und die Sprachmuster der früheren Posts. Dann verfasst es mithilfe dieser Informationen neue Tweets und schickt sie an seine Freunde.«

Ich starrte auf den Bildschirm. »Wie kann er Chili-Hotdogs essen, wenn er tot ist?«

Daniel strich sich die Haare aus der Stirn. »Das ist ein Fehler, den ich noch nicht beseitigt habe. Das Programm ist offenbar nicht in der Lage zu erkennen, was ein toter Mensch tun kann und was nicht. In einer perfekt funktionierenden Version würden nur die Interessen verwendet werden, damit es so wirkt, als wäre er noch am Leben. Verstehst du?«

»Aber er ist nicht mehr am Leben.«

»Ich weiß.«

»Und er hat dich nicht um so was gebeten.«

»Das ist mir klar.« Zum ersten Mal lag ein verärgerter Unterton in seiner Stimme. »Das Programm ist ja noch nicht fertig. Und es soll ja auch ein Dienst sein für Leute, die sich aktiv dafür anmelden. Leute, die nach ihrem Ableben weiterposten wollen. Jonahs Profil ist nur ein Test. Für mich.« Daniel klappte den Laptop zu, und das Zimmer lag wieder im Halbdunkeln. »Du findest das unheimlich, oder?«

»Ein bisschen«, meinte ich.

Er rieb sich die Augen. »Darin scheinen sich alle einig zu sein«, sagte er. »Mein Dozent hat mir empfohlen, dass ich mir ein anderes Projekt suche.«

Draußen begann es leicht zu nieseln. Es war eher ein feuchter Nebel als richtiger Regen.

»Das ist einfach nicht das Gleiche«, sagte ich. »Du kannst ihn so nicht am Leben erhalten.«

Eine kleine Pfütze bildete sich auf dem Fensterbrett.

»Ich habe ein Problem. Oder?«

»Nein«, sagte ich.

Er sah mich an.

»Du hast viele Probleme.«

Er lächelte, aber nur kurz. »Natürlich war mir klar, dass es falsch ist, dir an seiner Stelle zu schreiben. Aber ich hab's trotzdem getan. Auf diese Weise war er irgendwie weiter anwesend.« Daniel drehte sich zur Seite und schaute mich an. Doch es lag immer noch ein gefühlter Mount Everest an Bettdecke zwischen uns.

»Das mit den Staren«, sagte ich.

»Was ist damit?«

»Hast du das geschrieben?«

Er nickte.

»Das meiste stammt von dir, stimmt's?«

»Ja«, sagte er. »Jonah war immer besser im persönlichen Kontakt. Zumindest, wenn es ihm gut ging. Ich dagegen bin online besser.«

»Warum hast du aufgehört?«, wollte ich wissen. »Ungefähr eine Woche vor seinem Tod sind die Nachrichten ausgeblieben.«

»Nach dem Tag im Park konnte ich das einfach nicht mehr. Ich glaube, da habe ich zum ersten Mal begriffen, dass das kein Spiel ist. Jonah war ein echter Mensch, und er hatte ernsthafte Probleme.«

»Warte mal«, unterbrach ich ihn.

»Was ist?«

»Du hast mir nach der Sache im Park nicht mehr geschrieben?«

»Nein«, bestätigte Daniel.

»Bist du sicher?«

»Ganz sicher. Warum?«

Ich richtete mich auf, öffnete Daniels Laptop und loggte mich in meinen E-Mail-Account. Warum war mir das nicht gleich aufgefallen? Aber Jonah hatte gegen Ende nicht mehr viele Mails geschickt. Nur noch ganz selten. Trotzdem hätte ich wissen müssen, dass diese eine nicht von Daniel stammte.

Ich durchsuchte meinen Posteingang und stieß schließlich auf die Nachricht, die einsam in einem Meer aus Werbung und Newslettern trieb. Ich öffnete sie und reichte Daniel den Computer. »Hast du das geschrieben? Sei ehrlich.«

Hallo, Tess Fowler,

das Internet hat mir verraten, dass die Schwäne im Stadtpark von Boston Romeo und Julia getauft wurden, obwohl sie in Wahrheit beide weiblich sind. Aber die Leute mögen nun mal Liebesgeschichten. Die Schwäne dort sind sogenannte »stumme« Schwäne, was eigentlich nur heißt, dass sie weniger »Lautäußerungen« von sich geben als andere Arten. Dafür kommunizieren sie z. B. durch das Flattern ihrer Flügel beim Fliegen. Ich wünschte, ich könnte das auch. Ich denke, es würde mir besser gefallen als reden. Es gibt so vieles, was ich lieber mag als reden.
Seltsam, dass wir uns seit der Nacht in Iowa nicht mehr gesehen haben. Ich mache so viele Pläne, Tess Fowler. Ich male mir alles bis ins kleinste Detail aus und sehe es ganz deutlich vor mir. In einem dieser Pläne geht es auch um dich und mich. Wir spazieren irgendwo entlang, und es ist richtig schön und ungezwungen – so wie damals in der Nacht, als wir uns unterhalten haben. Aber alles, was einfach aussieht, kostet mich so viel Energie. Ich habe das Gefühl,

ich muss mit einer Geschwindigkeit von tausend Stundenkilometern gehen, damit es so aussieht, als wären es zehn. Der neue Plan, an dem ich gerade herumtüftle, funktioniert sozusagen rückwirkend: Ich will dich auf der Party treffen. Aber diesmal werde ich am nächsten Morgen meine Mitfahrgelegenheit zum Flughafen verpassen und damit auch den Flug zurück nach Boston. Stattdessen bleibe ich ein paar Tage bei dir. Ich wohne heimlich wie ein blinder Passagier in deinem Zimmer, und du schmuggelst für mich Essen aus der Mensa. Ich komme nur nachts raus, und niemand außer dir weiß von mir. So weit mein Plan bis jetzt. Aber mir würde das schon reichen. Was meinst du, Tess?

Dein J.

Ich las die Mail zusammen mit Daniel, und wir waren ungefähr gleichzeitig fertig.

Daniel starrte auf den Desktop, auf die wirbelnde Galaxie aus winzigen weißen Sternen, die dort aufgetaucht war. »Das hab ich nicht geschrieben.«

»Bitte lüg mich nicht an«, bat ich.

Er verteidigte sich nicht, sondern blieb stumm.

»Ich fasse es nicht«, meinte er schließlich.

»Was?«

»Er hat sich von dir verabschiedet.«

Inzwischen waren wir doch näher zusammengerückt und lagen nun nur noch ein paar Zentimeter voneinander entfernt. Die nächtliche Kälte war mittlerweile ins Zimmer gedrungen, aber ich hatte keine Lust, aufzustehen und das Fenster zu schließen.

»Klingt das so für dich? Wie ein Abschied?«

Daniel runzelte die Stirn. »Entschuldige. Ich weiß, ich sollte nicht eifersüchtig sein. Das ist kleinlich. Und ich bin auch nicht stolz darauf.«

»Ich versteh das schon«, meinte ich und richtete mich auf. »Warum schreibst du dir nicht selbst einen Abschiedsbrief?«

»Wie meinst du das?«

»Was bringt deine blöde App denn sonst?« Ich klickte auf das Symbol der Post-Life-App.

Zögernd legte Daniel die Hände auf die Tastatur, tippte aber nichts.

Immer wenn ich Jonahs Profilbild betrachtete, konnte ich mir für einen kurzen Moment einbilden, er wäre noch irgendwo da draußen und würde Updates aus der Fremde schicken. Aber dieses Gefühl einer Verbindung zu ihm war nie von Dauer. Es war nicht echt, nur eine digitale Taschenspielerei.

Daniel klappte den Laptop zu.

Ich hätte gedacht, dass er aufstehen und nach unten gehen würde. Doch er blieb, wo er war. Und statt von mir wegzurücken, streckte er die Hand aus.

Ich musterte sie in der Dunkelheit. »Ich fand's schön, was du mir geschrieben hast.«

»Danke«, sagte er.

»Aber es ist ein bisschen kompliziert.«

»Ich weiß«, sagte er.

»Ich dachte eben, sie wären von ihm.«

»Ich weiß.«

Der Regen wurde stärker und prasselte gegen das Fliegengitter. Meine Hand wanderte über das Bett und legte sich auf seine.

27

Am nächsten Morgen wachte ich in einem leeren Bett auf.

Die Sonne stand schon hoch am Himmel, und Daniel war fort. Und als ich aufstand, um zu pinkeln, war das Haus ganz still. Da bekam ich, ehrlich gesagt, ein bisschen Panik. Vielleicht, dachte ich und setzte mich auf die kälteste Klobrille aller Zeiten, hatte Daniel nun bekommen, was er wollte. Wir hatten ein paar Dinge besprochen, und mehr brauchte er nicht. Als ich in mein Zimmer zurückkehrte, zog ich eine lange Schlafanzughose an und ging nach unten.

Das Sofa war leer.

Auch sein Laptop war weg.

Ich tapste durch den Flur zur Küche und seufzte erleichtert auf.

Daniel saß am Küchentisch. Vor ihm stand eine unberührte Schale mit Cornflakes, daneben eine Tasse mit dem angebrannten Kaffee meines Vaters. Diesmal war er richtig angezogen, mit einer gut sitzenden Jeans und einem hellblauen Hemd. Seine Haare waren gescheitelt und locker zur Seite gekämmt.

Ich hätte ihn fast nicht erkannt. Er wirkte irgendwie älter und jünger zugleich. Er saß über einige Dokumente und Broschüren gebeugt – Unterlagen von der Firma meines Vaters, wie ich beim Näherkommen feststellte.

»Dein Vater ist schon ein bisschen seltsam«, meinte er. »Ein Science-Fiction-Hundebegräbnis? Ganz schön abgefahren.«

Am liebsten hätte ich ihm gesagt, wie froh ich war, dass er noch da war. Stattdessen fragte ich: »Warum bist du denn so schick?«

Daniel musterte sein Hemd und strich es über der Brust glatt. »Ich dachte, wir könnten ein bisschen spazieren gehen. Bis jetzt habe ich von der Stadt nicht viel mehr als einen Stripclub gesehen.«

Ich schaute auf die Schlafanzughose, in der ich seit Tagen herumlief. Sie hing noch loser an mir als sonst. Ich wurde immer dünner. »Du sagst das so, als sei es etwas Schlechtes«, meinte ich und blieb neben dem Tisch stehen.

Daniel sah mich an.

»Gut.« Ich seufzte. »Gib mir eine Minute.«

Draußen schien die Sonne von einem Himmel, der so strahlend blau war, als würde er von hinten erleuchtet. Nachdem wir uns tagelang im Haus verkrochen hatten, mussten wir in dem grellen Licht unmittelbar die Augen zusammenkneifen.

Seit ich meinem Computer ins Wasser gefolgt war, hatte ich den See gemieden und wusste nicht recht, weshalb ich mich jetzt veranlasst sah, dorthin zurückzukehren. Aber da mein Vater unterwegs war und der Tank meines Autos leer, waren die zu erreichenden Sehenswürdigkeiten, die unsere Stadt zu bieten hatte, doch sehr beschränkt.

Daniel schien das jedoch nicht zu stören. Er schlenderte einen halben Meter hinter mir und freute sich sichtlich, seiner selbst auferlegten Gefangenschaft entkommen zu sein. Er krempelte die Ärmel seines Hemds hoch und hielt das Gesicht gen Himmel, als wäre er seit Jahren nicht mehr in der Sonne gewesen.

»Und warum machst du das?«, fragte er mit geschlossenen Augen.

Ich betrachtete sein Gesicht. »Was? Ohne Grund draußen rumlaufen?«, fragte ich. »Weil du das so wolltest.«

Er lächelte. »Deinem Vater in seiner Firma helfen.«

»Ich bin seine Partnerin.«

»Ich habe nicht nach deiner Position dort gefragt. Ich will wissen, *warum* du das machst.«

Für jemanden, der nicht so gerne redete, stellte Daniel sehr gezielte Fragen.

»Es hilft, wenn man etwas zu tun hat«, meinte er nach einer Weile. »Geht dir das auch so?« Er steckte die Hände in seine Hosentaschen. »Als ich nach Jonahs Tod nach Hause zurückgekehrt bin, hab ich meinem Vater erst mal geholfen, die Garage neu zu streichen. Und dann hab ich noch das ganze Haus gestrichen, obwohl es gar nicht nötig gewesen wäre. Jeden Tag bin ich auf die Leiter gestiegen und hab noch eine Schicht aufgetragen. Mein Dad hat mir bereitwillig die Farbe besorgt. Harte Arbeit ist in seinen Augen immer noch das beste Heilmittel, selbst wenn sie völlig sinnlos ist. Eine Weile hat das auch geklappt. Ich hab mich wirklich besser gefühlt. Vielleicht waren es die Endorphine. Oder weil ich einfach ein Ziel vor Augen hatte. Aber hauptsächlich, denke ich, war es die Ablenkung –«

»Und du glaubst, dass mein Leben im Moment so aussieht?«, unterbrach ich ihn. »Das symbolische Streichen einer Garage?«

Meine Stimme klang lauter, als ich beabsichtigt hatte, aber Daniel kümmerte das nicht. »Keine Ahnung«, sagte er. »Deshalb frage ich ja.«

Wir gingen den Hügel hinunter. Der See lag ruhig da, und außer uns war niemand unterwegs. Ganz kurz verspürte ich dieses Sommerferien-Freiheitsgefühl, wenn man allein und unbeaufsichtigt tagsüber durch die Gegend streunt. Gleichzeitig musste ich die ganze Zeit an meinen letzten Ausflug zum See denken.

»Tess?« Daniel holte mich in das Hier und Jetzt zurück.

»Sorry«, sagte ich. »Ich war in Gedanken.«

Der See vor uns war in so etwas wie zwei Hälften geteilt: Die eine Seite funkelte grell, weil sich die Sonne darin spiegelte, der andere, schattige Teil verströmte die düstere Atmosphäre eines einsamen Sumpfs.

»Es ist nicht nur Ablenkung«, sagte ich schließlich.

Daniel drehte sich zu mir.

»Ich kann mich nämlich sehr gut ablenken, mit allem Möglichen, weißt du. Zum Beispiel liebe ich Bücher und Partydrogen, oder ich flirte auch gern mit heißen Cowboys. Und es gefällt mir ganz und gar nicht, wenn du behauptest, ich würde mir mit dem Job bei meinem Vater nur die Zeit vertreiben.«

»Okay«, sagte er. »Warum machst du es dann?«

»Er braucht einfach Hilfe. Das ist ein Grund. Sonst schafft er es nicht. Und vielleicht ist das eine seiner letzten Chancen im Leben. Er hat einfach schon zu viel verbockt.«

»Und …?«, fragte Daniel.

»Und … außerdem kann ich das tatsächlich richtig gut«, sagte ich. »Ich kann eine Beerdigung planen wie ein Profi, und es ist ein schönes Gefühl, wenigstens eine Sache gut zu können. Ich weiß, du und Jonah, ihr seid so was wie Computergenies, aber ich habe meine Begabung noch nicht wirklich gefunden.« Ich schaute auf das Wasser, auf dem hellgrüne Algenklumpen schwammen.

»Ist das der wirkliche Grund?«, fragte Daniel.

Ich steuerte auf den Steg zu. Beim Anblick des Schildes, auf dem vor dem Baden im See gewarnt wurde, schlug mein Herz schneller. »Nein«, sagte ich und musste an die schleimigen Fasern denken, die wie eine zweite Haut an meinen nackten Armen geklebt hatten, als ich es zurück an die Oberfläche geschafft hatte. Ich schloss die Augen. Unter meinen Lidern flackerte das Sonnenlicht orange und gelb. »Ich mache es auch, weil ich Angst habe.«

»Wovor?«, erkundigte Daniel sich.

»Ach, vor allem. Aber hauptsächlich vor meiner eigenen Vergänglichkeit. Manche Leute tröstet dieser Gedanke. Mich nicht. Ich lebe gern. Wenigstens meistens. Ich mag es, dass ich einen Körper habe, und möchte, dass das auch so bleibt. Aber eines Tages wird das nicht mehr so sein. Und das beunruhigt mich.« Ich öffnete die Augen und betrachtete das Holzgeländer des Stegs, das von Kerben übersät war. »Und ich habe Angst davor, in der Erde vergraben und von Würmern und Käfern aufgefressen zu werden. Mir ist schon klar, dass ich das nicht bewusst miterleben werde, aber trotzdem. Es ist einfach keine schöne Vorstellung. Oder findest du den Gedanken angenehm? Auf der anderen Seite habe ich aber auch Angst, zu einem Haufen Asche zu verbrennen. Und ich habe Angst davor, zu vermodern und zu verfaulen.« Langsam kam ich in Fahrt.

»Ich habe Angst, dass ich bedeutungslos bin, dass niemand und nichts von Bedeutung ist. Aber ich habe auch Angst, dass alles von Bedeutung ist, und dass ich es versaue. Ich habe Angst, dass ich mein viel zu kurzes Leben total falsch lebe. Ich habe Angst, dass ich viel zu viele Fehler gemacht habe und mir nicht genug Zeit bleibt, sie wieder in Ordnung zu bringen. Ich habe Angst, dass ich irgendwann ohne einen winzigen Rest an Würde sterbe, zum Beispiel auf dem Klo oder während einer Realityshow im Fernsehen. Ich habe Angst, dass es niemanden kümmert, wenn das passiert. Ich habe Angst, dass der einzige Mensch, den ich je geliebt habe, vielleicht nicht echt gewesen ist. Ich habe Angst, dass ich nie über ihn hinwegkomme. Und ich habe Angst, den gleichen Fehler noch einmal zu machen.«

Daniel hörte sich das alles schweigend an. Dann machte er einen Schritt auf mich zu. Ich wollte ihm nicht in die Augen sehen. Ich wusste nicht, was als Nächstes geschehen würde. Also ging ich hastig an ihm vorbei auf den Steg.

»Ich lebe mit diesen Ängsten, so wie viele Leute«, fuhr ich fort, »und meistens bekomme ich das auch ganz gut hin. Aber wenn jemand stirbt, dann geht etwas kaputt. Und dann fallen diese Ängste auf einmal alle über einen her. Vielleicht kann eine gute Beerdigung den Menschen dabei helfen, damit fertigzuwerden.« Ich schaute auf das sumpfige Wasser, in der Hoffnung, meinen geliebten Laptop als winziges, futuristisches Wrack in der Tiefe schimmern zu sehen. Aber natürlich war in der trüben Brühe nichts zu erkennen.

»Vielleicht gibt eine gute Beerdigung den Leuten genug Halt, damit sie nach vorn schauen können. Zumindest zeigt sie einem, dass man nicht allein ist. Ich wünschte, ich hätte so etwas erlebt. Aber so war es nicht. Und vielleicht kann ich jetzt meinem Vater helfen, anderen Menschen so etwas zu ermöglichen.«

Wir schwiegen eine Weile. Ich starrte noch tiefer in das Wasser.

»Tess«, sagte Daniel. Er stand nun neben mir.

»Keine Fragen mehr«, sagte ich. »Mehr hab ich nicht zu sagen.«

»Tess«, wiederholte er.

Ich drehte mich zu ihm. Seine braunen Augen waren riesengroß.

»Wir müssen eine Beerdigung planen.«

Völlig reglos hörte ich ihm zu.

»Für Jonah.«

Ich blies mir ein paar Haare aus dem Gesicht.

»Ich glaube, das könnte uns helfen«, schloss er.

Ich trat zu ihm, und er legte die Arme um mich und hielt mich ganz fest. Und es war in Ordnung. Es fühlte sich gut an. Ich erwiderte seine Umarmung. Keine Ahnung, was das für uns beide bedeutete, aber es tat gut, sich für einen kurzen Moment aneinander festzuhalten. Wie zwei Bruchstücke, die zusammengehörten.

Ich: *Hier, Jonah: Der Mensch, mit dem du mich zurückgelassen hast.*

28

Mein Vater kam erst am Abend nach Hause. Ich beobachtete, wie er draußen im Garten stand und eine Zigarette rauchte. Eigentlich hatte er vor einem Jahr aufgehört, und bisher hatte ich ihn nur dann beim Schummeln ertappt, wenn er gestresst war. Aber im rötlichen Schein der Abendsonne wirkte sein Gesicht völlig entspannt.

Das sprach für einen anderen Grund. Bestimmt war er bei Grace gewesen. Bestimmt war er den ganzen Tag und auch immer dann, wenn er plötzlich unauffindbar war, bei ihr gewesen. Und ja, bestimmt war er auch im biblischen Sinne mit Grace *zusammen* gewesen (an dieser Stelle bitte ein lautes Kotzgeräusch einfügen).

Als er ins Haus kam, hielt er den abgebrannten Filter seiner Zigarette unter den Wasserhahn und warf ihn in den Mülleimer.

»Dein Hosenstall steht offen«, sagte ich und erschreckte ihn damit zu Tode.

»Himmel, Tess! Was machst du da? Wache halten?« Er schaute an sich herab. »Mein Hosenstall steht überhaupt nicht offen.«

»Aber du hast nachgeschaut!«, stichelte ich. »Du hast nachgeschaut, weil du schuldig bist! Weil du widerlichen Sex hattest!«

Er fuhr sich mit den Händen durch die Haaren. »Rede nicht so.«

»Sex«, sagte ich. »Ficken. Bumsen. Rumvögeln!«

Leicht beschämt stand er im Licht der Küche vor mir. »Bist du fertig?«

»Vielleicht«, sagte ich. Und bevor er etwas anderes sagen konnte, fuhr ich fort: »Wenn du deine Zeit mit einem hinterhältigen Flittchen verschwenden willst – bitte, das ist deine Sache. Aber mir gefällt das nicht.«

»Flittchen?«, fragte mein Vater.

»Sie hat so getan, als würde sie sich für mich interessieren, nur um sich an dich ranzumachen. Ich denke, das dürfte mittlerweile jeder Idiot gemerkt haben.«

»Tess, das stimmt doch gar nicht. Sie ist geschieden, und wir haben viel gemeinsam.«

»Ja, ihr seid beide egoistische Arschlöcher.«

Allmählich wurde er wütend. Nicht einmal der Zorn der Hölle gleicht dem eines getadelten Mannes mittleren Alters. »He! Sei mal nicht so streng mit mir!«

»Das solltest du dir auf ein T-Shirt drucken lassen.«

Mein Vater schüttelte den Kopf. Sein Gesicht war rot.

»Ich dachte, sie will *meine* Freundin sein«, erklärte ich.

Er ging zum Küchentresen, füllte ein Glas mit Wasser und nahm einen tiefen Schluck. Danach schien sein Zorn ein wenig zu verfliegen. »Wie bitte?«, fragte er. »Ich dachte, du kannst sie nicht leiden.«

»Das war ja auch so.«

Nachdem er das Wasser ausgetrunken hatte, stand er da und starrte mit hängenden Schultern auf die Spüle, in der sich das schmutzige Geschirr stapelte. »Warum wohnst du überhaupt hier, wenn es mit mir so schrecklich ist?«, erkundigte er sich und setzte sich an den Küchentisch.

»Gute Frage.«

Er wartete darauf, dass ich weitersprach. Eigentlich wäre es ganz leicht gewesen, aufzustehen und wegzugehen, aber meine Füße weigerten sich. Es war so anstrengend, immer allem aus dem Weg zu gehen.

»Ich habe jemanden verloren.« Ich holte tief Luft.

Mein Vater sah mich an.

»Jemanden, den ich geliebt habe.« Ich mied seinen Blick. »Ich komme mir dumm vor, wenn ich das sage, weil sich mittlerweile herausgestellt hat, dass wir uns kaum gekannt haben. Aber es ist wahr. Ich habe ihn geliebt. Oder wenigstens die Vorstellung von ihm. Jedenfalls war er der Grund, warum es eine Zeit lang besser lief bei mir. Und letztes Schuljahr habe ich das echt gebraucht. Irgendwie hab ich es aus eigener Kraft nicht mehr hinbekommen.«

Dad sah mir in die Augen. »Tess«, sagte er.

»Als ich gehört habe, dass er tot ist, wusste ich nicht, wohin. Ich wollte weg aus dem Internat und für eine Weile abtauchen. Und dann bin ich irgendwie zu dir gefahren. Mittlerweile bin ich aber vor allem deshalb hier, weil du wenigstens nicht so tust, als ob.«

Mein Vater schaute mich verwirrt an. »Als ob was?«

»Als würde der Tod nicht zum Leben dazugehören. Ich kapiere nicht wirklich, warum du tust, was du tust, und vielleicht ist es ja hauptsächlich wegen des Geldes, aber du gehst auf eine gute Weise mit dem Tod um. Und ich denke, das habe ich vielleicht gewusst. Deshalb bin ich hergekommen. Obwohl wir uns nicht mehr besonders nahestehen. Beantwortet das deine Frage?«

Er kratzte sich am Ohr. »Du meine Güte, Tess. Ich hätte dir doch viel besser beistehen können, wenn ich gewusst hätte, was los ist. Dann hätte ich nicht –«

»Das weiß ich doch«, sagte ich. »Aber ich konnte nicht darüber sprechen.«

Mein Vater schwieg.

Ich hatte geglaubt, er würde verärgert sein, wenn er mein Geheimnis erfuhr. Es war sicher nicht leicht für ihn gewesen, die ganze Zeit herumzurätseln, was mit mir los war. Aber nun wirkte er eher erleichtert.

»Tut mir leid«, sagte er und legte den Arm um mich. »Ich liebe dich, und es tut mir wirklich sehr leid für dich.«

Ich lehnte mich an ihn.

Leise sagte er: »Ich dachte, du wärst nur deshalb hier, weil du gewusst hast, dass ich mich nicht traue, dich rauszuschmeißen.«

Das Gesicht an seine Schulter geschmiegt, sagte ich: »Das mag auch ein Grund gewesen sein.«

Er lächelte und schob die Ärmel seines Hemds hoch.

»Es gibt da eine Sache, die du für mich tun kannst«, sagte ich. »Wenn du mir wirklich helfen willst.« Ich lehnte mich wieder gegen seinen Arm.

»Und das wäre?«

»Gib mir meinen Anteil am Gewinn von Betty Lees Beerdigung.«

»Okay. Aber viel ist nicht mehr übrig. Und warum gerade jetzt?«

»Ich muss ein Flugticket nach Syracuse kaufen.«

29

Daniel kam nun ebenfalls nach unten, und wir erläuterten meinem Vater, so gut wir konnten, was wir vorhatten.

Wir erzählten ihm von Jonah und wie viel er uns beiden bedeutet hatte, und von unserem Wunsch, eine angemessene Abschiedsfeier für ihn zu arrangieren. Ich wiederholte, was ich Daniel über den Sinn und Zweck von Beerdigungen erklärt hatte und was mir durch die Arbeit für sein Beerdigungsinstitut bewusst geworden war.

Die ganze Zeit über saß mein Vater am Tisch und hörte uns zu. Seine Augen wanderten zwischen uns hin und her, und immer wieder strich er sich die Haare aus dem Gesicht, obwohl sie jedes Mal wieder nach vorne fielen. Als wir mit unserem Vortrag fertig waren, richtete er sich auf und legte die gefalteten Hände vor sich auf den Tisch. »Tess«, sagte er. »Ich bin wirklich froh, dass du dich mir anvertraut hast. Aber dir ist schon klar, dass ich verrückt wäre, wenn ich dich allein durch das halbe Land reisen lassen würde?«

»Nein«, sagte ich. »Das ist mir nicht klar.«

»Sie wäre ja auch nicht allein«, warf Daniel ein.

Mein Dad brachte ihn mit einem strengen Blick zum Schweigen. »Du hast die Schule abgebrochen«, erklärte er mir, »und gerade erst einen Beinahe-Nervenzusammenbruch hinter dir. Außerdem wärst du mit einem älteren Jungen unterwegs, den ich nicht kenne. Nimm's mir nicht übel, Daniel. Auf meinem Sofa zu übernachten, ist eine Sache, aber meine Tochter nach New York zu entführen, geht dann doch zu weit.«

»Fairerweise muss ich zugeben«, meinte ich, »dass ich Daniel auch kaum kenne. Er ist eher so was wie eine unbekannte Größe.«

»Das beruhigt mich jetzt nicht wirklich«, meinte mein Vater.

Daniel senkte den Blick.

»Ich kann eure Beweggründe verstehen«, sagte mein Dad. »Und ich finde so eine Gedenkveranstaltung auch eine tolle Idee. Aber für mich klingt es so, als hättet ihr noch gar keinen richtigen Plan. Ihr wisst weder, wie ihr da hinkommt, noch habt ihr den Hauch einer Idee, was ihr tun wollt, wenn ihr in Syracuse eintrefft. Tess, wie kann ich dich unter diesen Umständen guten Gewissens mit einem Fremden in ein Flugzeug steigen lassen? Was wäre ich denn dann für ein Vater?«

»Genauso ein Vater wie in den letzten zwei Jahren«, meinte ich.

Er blinzelte nicht einmal. »Aber so bin ich nicht mehr.«

Ich lehnte mich gegen die Küchenwand und spürte, wie meine nackten Armen an der alten Tapete kleben blieben. Ich schaute zu Daniel, der an seiner Unterlippe kaute. »Und jetzt? Blasen wir alles ab?«

Mein Vater schaute uns ganz überrascht an. Er legte den Kopf schief. »Natürlich nicht. Entschuldigt. Ich habe mich wohl nicht deutlich genug ausgedrückt.«

»Und wie haben Sie es dann gemeint?«, fragte Daniel.

Ein kleines Lächeln huschte über das Gesicht meines Vaters. »Ich wollte sagen, dass ich euch wohl begleiten muss.«

30

In den folgenden Tagen puzzelten wir uns so etwas wie einen Plan zusammen. Je länger wir diskutierten, desto deutlicher wurde uns bewusst, dass wir zuallererst noch mehr über Jonah erfahren mussten. Um etwas zu organisieren, das seiner Persönlichkeit entsprach, mussten wir herausfinden, wie er wirklich gewesen war. Wie er gewesen war, wenn er seine Zeit nicht mit einem von uns verbrachte. Also beschlossen wir, Jonahs Mutter aufzusuchen.

Das Problem war nur, dass sie auf Daniels erste Kontaktversuche mehr als nur abweisend reagiert hatte. Sie hatte ihm nicht gestattet, zur Trauerfeier zu kommen, und nur wenig Bereitschaft gezeigt, mit ihm zu telefonieren. Daniel meinte daher, wir müssten uns auf eine ähnliche Reaktion gefasst machen, wenn wir es erneut mit einem Anruf versuchten. Und so entschieden wir uns, einfach bei ihr zu Hause aufzutauchen, in der Hoffnung, dass sie uns reinließ.

Von diesem winzigen Detail wusste mein Vater allerdings nichts. Wir erzählten ihm bloß, dass wir mit Jonahs Mutter Marian verabredet waren. Dass sie uns erwarten würde. Und dass wir ihr Einverständnis wollten, bevor wir mit den konkreten Vorbereitungen loslegten.

Als wir in Syracuse landeten, war es noch zu früh, um in unserem billigen Hotel einzuchecken. Dad hockte sich in eine Bar, während Daniel und ich in einen Bus stiegen, der uns in ein Viertel namens Eastwood brachte.

Es galt als das »Dorf inmitten der Stadt«, passend zu der Einkaufsstraße mit den kleinen Läden, an denen wir vorbeikamen. Ein Tabakladen, ein Zahnarzt, ein renoviertes Kino mit einer terrakottafarbenen Fassade. Die Straße, in der Jonahs Mutter wohnte, wirkte ein bisschen trostlos, aber die meisten Fenster waren mit Blumenkästen geschmückt und die Gärten gepflegt. Ihr Haus war grün gestrichen und der Vorgarten von Minze überwuchert.

Daniel und ich gingen die betonierte Einfahrt entlang und blieben vor der Treppe stehen. Es war Samstag, aber das Haus sah dunkel aus.

»Vielleicht arbeitet sie ja am Wochenende«, meinte Daniel.

»Vielleicht bist du ja ein Feigling«, sagte ich und klingelte.

Nichts regte sich, kein Licht ging an.

»Wir sollten später noch mal herkommen«, schlug er vor.

Ohne ihn zu beachten, lief ich die Treppe wieder hinunter und um das Haus herum.

Die Hälfte des Gartens war geteert, in der anderen Hälfte reihten sich Hochbeete aneinander, die völlig von Unkraut überwuchert waren. Die Pflanzen wuchsen eineinhalb, zwei Meter hoch und bewachten das Gemüse, das vielleicht darunter verborgen lag. Und das Unkraut, stellten wir fest, bewegte sich.

Ich öffnete das Gartentor und trat auf die Asphaltfläche. Daniel folgte mir. An der Seite ragte ein Pfosten mit einem Basketballkorb in die Höhe, dessen Ring längst abgefallen war und nur das schmutzig weiße Brett zurückgelassen hatte.

»Hallo?«, rief ich.

Das Unkrautmeer hörte einen Moment lang auf zu wogen. Dann raschelten die Stängel wieder, und eine Hand mit einem erdverkrusteten Spaten kam hervor, gefolgt von einer kleinen hübschen Frau mit einem roten Kopftuch. Sie war verdreckt und verschwitzt, doch die Ähnlichkeit mit Jonah war unverkennbar. Hinten aus ihrem Kopftuch ergossen sich seine blonden Haare, und die Augen, die mich nun musterten, hatten die gleiche grau-blaue Farbe wie Jonahs.

Die Frau wischte sich mit einem Gartenhandschuh über die Stirn, was jedoch nur noch mehr Dreck hinterließ. »Tut mir leid«, sagte sie. »Dieses Jahr kann ich nichts für die Blaskapelle der Schule spenden.«

Wir starrten sie an.

»Ich habe gerade einen kleinen finanziellen Engpass. Ich hoffe, ihr bekommt das Geld für den Ausflug trotzdem zusammen.« Sie stellte den kleinen Spaten ab, nahm eine Hacke und wandte sich wieder dem Unkrautwald zu, ohne uns auch nur eines weiteren Blicks zu würdigen.

»Warten Sie«, sagte Daniel. »Bitte. Ich bin –«

Sie drehte sich mit fragendem Blick wieder um. Daniel verstummte. Ihr Gesicht sah so schmerzerfüllt aus, als wäre der kleinste menschliche Kontakt eine Zumutung.

Nun meldete ich mich zu Wort. »Wir spielen in keiner Blaskapelle«, erklärte ich. »Ich kann Blaskapellen nicht ausstehen. Überhaupt, wer hört denn heutzutage noch Blasmusik?«

Daniel warf mir einen Komm-endlich-zur-Sache-Blick zu.

»Wir sind Freunde von Jonah. Und wir würden uns gern mit Ihnen über Ihren Sohn unterhalten.«

Für einen kurzen Augenblick verschwand der gepeinigte Ausdruck aus ihrem Gesicht, und ich war mir nicht sicher, ob sie mich tatsächlich gehört hatte. Dann schloss Jonahs Mutter die Augen und verschwand in ihrem Garten. Ich hörte, wie sich die Hacke mit einem dumpfen Schlag in die Erde bohrte, was ein paar der riesigen Unkrautstängel erzittern ließ.

»Ich bin nicht in der Stimmung für Besuch, Kinder«, erklang es aus dem Dickicht. »Ich kann euch aber die Internetadresse von Jonahs Stiftung geben. Da könnt ihr gern eine Nachricht im Forum hinterlassen. Das wäre wirklich schön.«

Daniel und ich standen einen Moment stumm da und starrten auf das Unkraut, die vertrockneten braunen Stängel mit den Samenbüscheln an den Spitzen. Offenbar stammten sie noch aus dem letzten Jahr. Ich wollte nicht gehen – und irgendwie wusste ich, dass wir das auch nicht sollten –, aber was genau war unser nächster Schritt? Wie penetrant durfte man einer trauernden Mutter auf die Pelle rücken? Schließlich konnten wir sie nicht zwingen, mit uns zu reden.

Überrascht sah ich, dass Daniel einen Schritt vortrat. Doch anstatt den Garten zu verlassen, schnappte er sich ein Paar herumliegende, schmutzige Lederhandschuhe. Er zog sie über und machte sich daran, das Unkraut auszurupfen.

Ich konnte beobachten, wie sich seine Muskeln dabei anspannten. Und erst da fiel mir auf, wie stark er für seine Größe war. Er kämpfte leise ächzend mit der Pflanze und zog sie schließlich mit einem Ruck aus dem Beet. Dicke Erdklumpen hingen an den Wurzeln. Er knickte den Stängel um und nahm sich die nächste Pflanze vor.

Seltsamerweise kommentierte Marian das Ganze mit keinem Wort. Schweigend arbeitete sie weiter.

Eine Zeit lang verfolgte ich Daniels Tun, dann kam ich ihm zu Hilfe. Zu zweit ging es ein bisschen leichter, und das nächste Unkrautbüschel war schnell herausgezogen. Anschließend knöpften wir uns ein weiteres vor. Eine Stunde verging, ohne dass auch nur ein Wort gesprochen wurde. Jonahs Mutter war in einer anderen Ecke des Gartens beschäftigt und grub ein gejätetes Bett um. Unter den Pflanzen, die wir aus der Erde rupften, entdeckten wir Spargel und etwas, das wie ein Zucchinischössling aussah.

Als die Sonne heißer brannte, zog Daniel sein T-Shirt aus und band es sich wie einen Turban um den Kopf. Ich rollte meine Ärmel hoch, bis ich die Hitze auf meinen Schultern spürte. Ich weiß nicht genau, wie lange wir da draußen schufteten, aber nachdem wir den halben Garten von Unkraut befreit hatten und die Sonne einfach unerträglich geworden war, kauerten Daniel und ich uns schließlich in einen kleinen Schattenfleck.

Jonahs Mutter verschwand im Haus und tauchte mit einem Limonadenkrug wieder auf. Eiswürfel schwammen darin, und Kondenswasser perlte an den Seiten herab. Noch nie hatte ich eine so leckere Limonade getrunken. Das erste Glas kippte ich in einem Zug hinunter, das zweite versuchte ich zu genießen. Wir saßen da und tranken, bis der Krug leer war. Und endlich fing Marian an zu sprechen.

»Das war unser gemeinsames Projekt«, erzählte sie. »Jonahs und meins.«

Daniel und ich sahen sie aufmerksam an.

»Er hatte in der Schule ein Buch über Gemüseanbau in der Stadt gelesen. Ich war eigentlich viel zu beschäftigt für so was. Aber wenn Jonah sich etwas in den Kopf gesetzt hatte, machte er keine halben Sachen. Nach ein paar Wochen tauschte er schon mit den Leuten in der Nachbarschaft Samen aus. Und dreimal dürft ihr raten, wer die ganze Gartenarbeit machen musste! Ich habe fast alles hier gepflanzt, und er hat die Pläne für den Garten und die Beete an seinem Computer entworfen.« Sie lächelte, doch ihre Augen schienen sich dagegen zu wehren. »Aber als er dann auf dem College war, hörte er auf, sich danach zu erkundigen. Vermutlich das erste Anzeichen dafür, dass es wieder losging. Zuerst habe ich mich trotzdem noch um den Garten gekümmert, damit er bei Jonahs Besuchen einigermaßen gepflegt aussah, aber als es ihn nicht mehr zu interessieren schien, hab ich es einfach sein lassen.« Ihr Blick ruhte auf den Beeten und den kümmerlichen Gemüsepflanzen. Dann wanderte er langsam zu mir. Sie musterte mein Gesicht. »Du bist Tess.«

»Woher wissen Sie das?«

»Er hat von dir erzählt. Er hat nicht oft von Mädchen gesprochen, aber dich hat er erwähnt. Ich habe dich sofort erkannt. Du bist genauso hübsch, wie er gesagt hat.«

Ich wurde rot.

»Und du bist Daniel«, fuhr sie fort.

Daniel nickte.

»Und wo kommt ihr her?«, fragte sie.

»Aus Minnesota«, sagte ich. »Und aus einem Vorort von Chicago.«

Marian nahm diese Information ohne jede Reaktion zur Kenntnis. Still leerte sie ihre Limonade und ließ das Eis in ihrem Glas kreisen. »Und ihr seid gekommen, weil ihr das Gefühl habt, dass ihr ihn gar nicht richtig gekannt habt. Stimmt's?«

Wir schwiegen beide.

»Na dann, willkommen im Club.« Damit stand sie auf und ging ins Haus.

Daniel und ich folgten ihr. Und anstatt uns abzuwimmeln, hielt Marian uns die Tür auf.

Das Haus war vollgestopft, aber nicht unordentlich. In den Regalen standen Bücher über Diäten wahllos neben Selbsthilfe-Ratgebern. Es roch nach Duftkerzen – irgendetwas Zitroniges. Doch obwohl das Wohnzimmer richtig gemütlich war, fühlte es sich leer an. Schließlich wurde mir der Grund dafür klar: Es gab keine Familienfotos.

»Ich weiß nicht, was ich euch erzählen soll«, meinte Marian. »Ich bin mir nicht mal sicher, ob ich ihn wirklich gekannt habe. Und ich kann euch auch nicht erklären, wie es überhaupt so schlimm werden konnte. Seine Familie – also seine Großeltern und ich –, wir haben ihn immer unterstützt. Er war in Therapie. Er hat Medikamente genommen. Ich habe dafür gesorgt, dass er auch auf dem College einen Therapeuten hatte. Und ich habe nach ihm geschaut, so oft ich konnte. Am Ende war es wohl hauptsächlich sein eigenes Schamgefühl, das ihn dazu gebracht hat.«

»Scham?«, fragte ich.

»Seit man in der achten Klasse eine Depression und Angststörung bei Jonah diagnostiziert hatte, fühlte er sich mit einem Makel behaftet. Wenn er deswegen in der Schule fehlte, hat er seine Freunde immer belogen und eine andere Krankheit vorgeschoben. Pfeiffer-

Drüsenfieber. Asthma. Grippe. Er wollte unbedingt gesund werden, ein guter Tag oder eine gute Woche reichte ihm nicht. Er war furchtbar streng mit sich. Anstatt zu lernen, sich so anzunehmen, wie er war, versuchte er, ein ganz anderer Mensch zu sein. Jemand ohne jeglichen Fehler. Wenn er sich nicht ganz gesund fühlte, hielt er sich deshalb von allen Leuten fern. Seine Schulfreunde kannten ihn nur als einen klugen, lustigen Jungen. Sie wussten sonst nichts über ihn.«

»Ich auch nicht«, sagte ich.

Jonahs Mutter nickte. »Das hat ihn vermutlich sehr glücklich gemacht. Dass er sich dir gegenüber von seiner besten Seite zeigen konnte. Online konnte er genau so sein, wie er sein wollte.« Sie schloss die Augen. Sie sah aus, als würde sie gleich weinen.

Daniel spürte das und verkrampfte sichtlich. »Können Sie uns etwas über Sizilien erzählen?«, fragte er hastig.

»Wie bitte?«, sagte sie.

»Ich habe eins seiner Notizbücher gefunden. Darin stand, dass er nach Italien wollte. Genauer gesagt, nach Sizilien. Es schien ihm sehr wichtig zu sein. Aber vielleicht war es auch nur irgendein unbedeutender Gedanke. Ich bin mir nicht sicher.«

»Syrakus«, sagte Marian.

»Wie bitte?«, fragte Daniel.

»Das hatte ich ganz vergessen«, sagte sie. »Syrakus. Da wollte er hin.«

»Sie meinen, *hierher*?«, fragte ich.

»Nein. Ich meine das Syrakus auf Sizilien. *Siracusa*.«

Ich schaute Daniel an. Sein Gesicht war wie versteinert.

»Das ist eine Stadt auf Sizilien. Er hatte in einer Reisesendung davon gehört. Ich saß im Nebenzimmer und habe unsere Steuererklärung gemacht. Jonah war im Wohnzimmer und hat mir von den Seminaren erzählt, die er auf dem College belegen wollte. Dann ist er auf einmal verstummt und hat auch nicht mehr auf meine Fragen geantwortet. Schließlich bin ich hinübergegangen – er saß da und hat wie gebannt auf den Fernseher gestarrt. ›Schau mal‹, hat er zu mir gesagt, ›es gibt noch ein Syracuse.‹ Und dann haben wir zugeschaut, wie der Moderator durch die wunderschönen historischen Gassen der Altstadt geschlendert ist. Jonah war wie verzaubert. Irgendwann sagte er etwas so leise, dass ich es kaum hören konnte.

›Was hast du gesagt, mein Schatz?‹, habe ich ihn gefragt.

›Da lebe ich‹, hat er geantwortet.

›Da *willst* du mal leben?‹, habe ich gefragt.

›Nein‹, hat er gesagt. ›Da lebe ich jetzt schon. Mein anderes Ich.‹

›Welches andere Ich?‹, habe ich ihn gefragt.

›Der Jonah ... der nicht depressiv ist. Der lebt in diesem anderen Syrakus. Und geht jeden Tag bei strahlendem Sonnenschein durch diese Gassen.‹

Ich habe ihm erklärt, dass es keinen *anderen* Jonah geben würde. Dass er schon der perfekte Jonah sei. Aber er hat mir nicht zugehört. Irgendwie hatte er sich in diese Vorstellung verrannt. Dass es eine Doppelgänger-Stadt mit einem Doppelgänger-Jonah gab. Aber er hat nie davon gesprochen, selbst mal dorthin zu reisen.«

»Das wollte er machen, wenn es ihm wieder besser ging«, sagte Daniel. »So klang es jedenfalls.«

Nun fing Marian wirklich an zu weinen. Ein unfassbar trauriger Anblick.

Nach einer Weile stand ich auf und holte ihr ein Glas Wasser. Sie trank es halb leer und lächelte mich durch ihre Tränen hindurch an. »Wo übernachtet ihr beiden?«

»In einem Hotel«, erklärte ich. »In der Nähe der Uni.«

»Wir müssen auch allmählich los«, meinte Daniel.

Sie nahm noch einen Schluck und legte dann die Hand auf meinen Arm. »Ich würde mich freuen, wenn ihr hierbleibt. Nur für eine Nacht. Würdet ihr das tun?«

31

Natürlich blieben wir. Obwohl uns nicht ganz wohl dabei war, stimmten wir zu – wie hätten wir ihr das auch abschlagen können?

Marian kochte Spaghetti für uns, mit Basilikum, das wir aus dem Garten gerettet hatten. Wir aßen zusammen und tranken viele Gläser Diät-Limonade. Sie holte ein paar alte Fruchteis am Stiel aus der Gefriertruhe, und wir leckten uns höflich durch die dicke Reifschicht. Von Jonah sprach sie nicht mehr. Stattdessen stellte sie uns typische Mütter-Fragen.

Ich log und behauptete, ich wäre noch auf dem Internat, und Daniel erzählte vom College. Wir trauten uns nicht, ihr zu sagen, wie sehr der Tod ihres Sohnes uns erschüttert hatte. Dass wir uns deswegen – jeder auf seine Weise – vom Leben zurückgezogen hatten. Vielleicht hätte ein Teil von ihr gern gehört, dass das Leben ohne Jonah nicht weiterging, aber ich hatte zu große Angst davor, ihren Schmerz noch zu verschlimmern.

Irgendwann rief ich meinen ziemlich verwirrten Vater an und erklärte ihm, wo wir waren. Und dann war es Zeit, schlafen zu gehen. Diesmal war ich diejenige, die auf dem Sofa schlief. Was bedeutete, dass Daniel in Jonahs Zimmer übernachten musste. Marian hatte den ganzen Abend über keine Anstalten gemacht, uns sein Zimmer zu zeigen, aber als es Schlafenszeit wurde, teilte sie Daniel ganz beiläufig mit, dass er dort die Nacht verbringen würde. Das machte ihn ziemlich nervös, auch wenn er es Marian nicht zeigte. Er verschwand einfach über den Flur und schloss die Tür hinter sich.

Ein oder zwei Minuten später bekam ich eine Nachricht von ihm.

Keine Ahnung, was ich davon halten soll ...

Rasch schrieb ich zurück:

Wie ist es da drin?

Ein paar Sekunden vergingen.

Als wäre ich in seinem Kopf, als er ein Kind war. Es sieht aus wie das Zimmer eines kleinen Jungen.

Schläfst du in seinem Bett?

Auf dem Boden.

Das konnte ich verstehen. Das Bett wäre selbst mir zu viel gewesen.

Was siehst du?

Ich überlegte, ob ich ihn bitten sollte, ein paar Fotos zu machen, vielleicht ein Panoramabild des ganzen Zimmers, beherrschte mich aber und schickte die Nachricht so ab.

Soll ich es dir beschreiben?

Ja, bitte!

Bitte. Beschreib mir alles, was du siehst.

Es folgte eine lange Pause.

Ich nahm an, dass er an einer längeren Nachricht schrieb und sich Zeit nahm, jeden einzelnen Gegenstand im Raum aufzuführen. Aber seine nächste Nachricht war ganz kurz:

Dinge, die ich ohne dich sehe:

Eine Sekunde lang schloss ich die Augen. Dumm, wie ich war, hatte ich angenommen, dass ich dieses Spiel nur mit Jonah gespielt hatte und nicht mit Daniel. Aber natürlich wusste er davon.

Modellflugzeuge

Das war das erste Wort. Es hing da völlig allein in der Textblase. Gleich darauf folgte noch mehr.

Ich kenne mich mit Flugzeugen nicht besonders gut aus. Mein Dad würde sicher wissen, was das für Modelle sind. Vielleicht aus einem der Weltkriege. Sie hängen an Nylonfäden von der Decke. Vielleicht soll das einen Luftkrieg darstellen. Ich kann nur ihre Unterseiten sehen.

Ich schaute auf mein Handy und wartete auf das nächste Update.

Zitate an der Wand. In Schreibschrift. Vermutlich von ihm. Ich kenne seine Schrift von den Notizzetteln in unserem Zimmer. Es ist zu dunkel, um sie zu lesen. Aber neben seiner Schreibtischlampe hängt eins.

Wenn du die Wahrheit sagst, gibt es nichts, was du im Kopf behalten müsstest.

Ich unterbrach ihn kurz.

Mark Twain.

Dann schrieb Daniel wieder.

Trophäen und Urkunden von Denksport-Wettbewerben. Ein ganzes Regal voll. Fast immer für den ersten Platz. Sogar Landeswettbewerbe. Und Einzelwett-kämpfe. Er hat 'ne Menge Preise gewonnen. Da ist sogar ein Zeitungsartikel mit einem Foto, darauf schüttelt er dem Gouverneur die Hand.

Es folgt wieder eine Pause und dann:

Fotos von Schulbällen. Darauf sieht er ganz schön jung aus. Auf den meisten trägt er eine Zahnspange. Mit roten und blauen Gummis dran. Die Mädchen sehen nett aus. Niedlich. Auf einem ist er allein drauf und tut so, als würde er eine unsichtbare Partnerin im Arm halten. Eine Hand liegt auf ihrem Rücken, die andere an ihrer Taille. Er wirkt sehr ernst. Als wäre er verliebt.

Daniel tippte nun sehr schnell, die Nachrichtenfelder poppten eins nach dem anderen auf, und es widerstrebte mir, ihn noch einmal zu unterbrechen. Ich wollte jedes Detail des Zimmers wissen. Ich wollte jeden einzelnen Gegenstand genau beschrieben haben. Dennoch schob ich einen kurzen Satz ein. Ich konnte nicht anders.

Das bin ich.

Das brachte ihn aus dem Takt. Seine Auflistung brach ab.

Wer?

Das fehlende Mädchen auf dem Foto.

Dann fügte ich noch hinzu:

Das Mädchen, das nicht da ist.

Nun hatte ich Daniel endgültig aus dem Konzept gebracht. Der Satzfluss versiegte, und auf meinem Display tat sich nichts mehr. Ich fragte mich schon, ob er völlig verstummt war, aber dann kam doch noch eine Antwort.

Manchmal wünschte ich, ich könnte wieder so tun.

Was denn?

Als wäre ich er. Das war viel einfacher. Einfacher, als ich selbst zu sein. Und vielleicht wärst du dann glücklicher.

Das wäre kein echtes Glück.

Ein paar Sekunden vergingen. Dann erwiderte er:

Ich hatte gehofft, ihn vollständig kennenzulernen, wenn ich hier bin. Antworten auf alles zu bekommen und es endlich zu verstehen.

Ich dachte, hier könnte ich das Rätsel lösen. Aber hier gibt es keine Antworten. Nur Flugzeuge.

Ich lehnte den Kopf gegen die Armlehne des Sofas. Sie war unbequem hart. Ich schrieb, ohne groß nachzudenken. Die Worte strömten einfach aus meinen Fingerspitzen.

Die Beerdigung wird nicht hier stattfinden, oder?

Nein.

Meine Handflächen schwitzten, als ich schrieb:

Ich habe eine Idee, die mir nicht mehr aus dem Kopf geht. Ich will sie nicht mal aussprechen.

Seine Antwort kam sehr schnell.

Sag es.

Du weißt sicher schon, was es ist, oder?

Ich glaube schon.

Aber das ist total verrückt. Das können wir nicht tun.

Warum nicht?

Ich ordnete kurz meine Gedanken.

Wenn wir an das Gleiche denken, und da bin ich mir noch nicht so sicher, dann weiß ich nicht, wie ich das meinem Vater beibringen soll. Wie sollen wir ihn überzeugen?

Es schien Stunden zu dauern, bis Daniels nächste Nachricht erschien, dabei waren es höchstens zwanzig Sekunden.

Keine Ahnung. Vielleicht gar nicht?

Mein Kopf fühlte sich auf einmal ganz leicht an.

Wir sollen ihn einfach hier zurücklassen?

Exakt.

Ich spürte, wie mein Herz in meiner Brust klopfte.

Hast du deinen Pass dabei?

Diesmal kam seine Antwort sehr schnell. Nachdem sie eingetroffen war, fiel es mir schwer, einzuschlafen. Stattdessen las ich sie wieder und wieder und überlegte, was ich tun sollte. Sie lautete nämlich:

Ja. Und deinen hab ich auch mitgenommen.

32

Wie sich herausstellte, spukte Daniel, seit er Jonahs Notizbuch entdeckt hatte, diese Sache mit Sizilien durch den Kopf. Und nun, nachdem Marian uns erklärt hatte, was es damit auf sich hatte, schien ihm die Reise dorthin das einzig Richtige zu sein.

Ich war mir da nicht so sicher. Es kam mir zwar irgendwie logisch vor, aber auf der anderen Seite war es auch eine ziemlich große Sache. Und was genau wollten wir dort tun oder finden? Nachdem ich am nächsten Morgen eine halbe Stunde lang meine Bedenken heruntergebetet hatte, brachte Daniel mich mit zwei Sätzen zum Schweigen.

»Es ist das Leben, das Jonah leben wollte«, sagte er. »Ich finde, wir sollten es uns anschauen.«

Eine Stunde später buchte ich mit meiner Notfall-Kreditkarte zwei Flugtickets nach Palermo. Sie kosteten fast dreitausend Dollar – so viel Geld hatte ich in meinem ganzen Leben noch nicht ausgegeben. Das würde mit Sicherheit ein paar harte familiäre Konsequenzen nach sich ziehen. Und vermutlich würde ich die nächsten fünf Jahre mit der Rückzahlung meiner Schulden beschäftigt sein. Trotzdem tippte ich mit zittrigem Finger auf den Kaufen-Button, der auf meinem Handydisplay erschien, und bevor ich auch nur blinzeln konnte, war die Transaktion vollzogen.

Dann holte ich tief Luft und schickte meinem Vater eine Nachricht, in der ich ihm mitteilte, dass wir noch etwa einen halben Tag bei Marian bräuchten. Und während wir angeblich einer trauernden Mutter Trost spendeten, fuhren Daniel und ich in einem Taxi zum Flughafen. Ganz easy.

Ich erwartete, aufgehalten zu werden. Ich erwartete, von Sicherheitsleuten angesprochen und nach Hause zurückgeschickt zu werden. Aber ich war ein gut gekleidetes Mädchen aus der Mittelschicht, das offenbar mit seinem Freund unterwegs war, deshalb kümmerte es keinen. Doch zur Sicherheit hatten wir uns eine Geschichte ausgedacht. Wenn jemand nachfragen sollte, dann waren wir College-Studenten auf dem Weg zu einem Sprachkurs in Italien.

Ich meldete mich bei meinem Vater erst wieder, als wir unseren ersten Zwischenstopp in Toronto erreicht hatten. Mittlerweile suchte er sicher schon seit Stunden nach uns. Ich schrieb:

Ich weiß, dass du mir das niemals verzeihen wirst. Und vermutlich wird Mom versuchen, dich dafür hinter Gitter zu bringen. Aber mir ist nichts anderes eingefallen, um meine Trauer zu bewältigen.

Ich muss das ohne dich tun. Ich rufe dich von Sizilien aus an.

Erst als ich sicher in dem Flugzeug saß, das uns über den Atlantik bringen würde, dachte ich wieder an den kleinen Behälter, den ich in meinem Handgepäck an Bord geschmuggelt hatte. Er steckte zwischen meinen letzten sauberen Unterhosen und ein paar Müsliriegeln: eine kleine Tupperdose mit der pulverisierten Ausgabe von Jonah – gräulich weiße Asche, mit ein paar kleinen harten Stückchen darin.

Marian schien von unserem Plan nicht wirklich überrascht, trotzdem hatte sie zunächst geschwiegen, als wir ihr davon erzählten. Schließlich war sie vom Sofa aufgestanden und hatte uns eine kleine Schaufel voll von Jonahs Asche gebracht, die sie in eine Tupperdose mit blauem Deckel füllte.

Nachdem sie mir die Dose übergeben hatte, hielt ich sie ganz fest umklammert, nicht bereit, sie in Daniels Reisetasche zu stecken. Wortlos hatte uns Jonahs Mom vor die Tür begleitet. Um ihre Augen klebte noch die restliche Schminke vom Tag zuvor, ihr Lächeln, mit dem sie sich von uns verabschiedete, war knapp und schmallippig. Alles, was sie sagte, war: »Grüßt ihn von mir, wenn ihr ihn trefft.« Dann umarmte sie uns beide lange und verschwand wieder in ihrem dunklen Haus.

Jetzt saß ich hier ganz allein auf einem Gangplatz, zwölftausend Meter über dem Boden, in den Händen die Überreste eines Jungen, den ich einmal geliebt hatte. Zehn Reihen vor mir saß Daniel mit einer Schlafmaske über den Augen. Wir hatten keine Plätze mehr nebeneinander bekommen. Und eigentlich hatte ich während dieser letzten langen Etappe unserer Reise schlafen wollen, aber natürlich fand ich keine Ruhe.

Ich blätterte in einem Magazin, aber die Menschen darin verströmten einfach viel zu viel Lebensfreude und Selbstvertrauen. Und je länger ich dort in meinem Sitz saß, desto größer wurden meine Zweifel, was unser Vorhaben anging. Ich holte ein paarmal tief Luft und atmete durch Nase wieder aus. Irgendwann beugte sich die Frau auf dem Platz neben mir herüber und hielt mir eine Packung Kaugummi hin.

»Der Druck in der Kabine macht mir auch immer zu schaffen«, sagte sie lächelnd.

Ich zog einen Streifen heraus. Das war einfacher, als ihr Angebot abzulehnen.

Die Frau war etwa so alt wie meine Mutter, hatte blondierte Haare mit einem hellgrauen Ansatz. Und sie hatte offenbar Lust zu plaudern. »Was führt dich nach Italien?«, fragte sie.

»Eine Beerdigung«, sagte ich und wandte mich ab.

»Das tut mir leid. Wie schade.«

Ich steckte mir den Kaugummi in den Mund, und die künstliche Süße breitete sich auf meiner Zunge aus. »Warum ist das schade?«

Die Frau errötete leicht. »Ich wollte damit nur sagen, dass Italien so ein wunderschönes Land ist. Ich würde nicht wegen eines solchen Anlasses dorthin fliegen wollen. Aber mein Beileid für deinen Verlust. Ich wollte nicht –«

»Keine Sorge«, sagte ich. »Alles okay.«

Eigentlich die perfekte Möglichkeit, das Gespräch zu beenden. Stattdessen sprach ich weiter. »Ich stimme Ihnen in gewisser Weise sogar zu. Wissen Sie – der Tote stammt in Wahrheit nicht mal aus Italien. Wir bringen nur seine Asche dorthin. Ich hab ihn hier bei mir.«

Sie starrte auf die Tupperdose und rückte etwas von mir weg in Richtung Fenster.

»Das ist natürlich nur ein Teil von ihm«, erklärte ich. »Aber wenn man mal genauer darüber nachdenkt, ist das Ganze eigentlich eine Riesenverschwendung. Er ist ja sowieso nur noch ein Haufen Staub. Es interessiert ihn nicht mehr, wo er sich befindet. Und als er noch gelebt hat, war er nie auf Sizilien. Warum sollte er also ausgerechnet jetzt dorthin wollen, obwohl er es gar nicht mehr miterleben kann?«

Das Gesicht der Frau war zu einer schmallippigen Grimasse erstarrt.

»Und Sie müssen mir glauben, dass ich Italien bestimmt nie auf diese Weise kennenlernen wollte. Mein Plan war, irgendwann mit einem heißen Philosophiestudenten nach Venedig zu reisen, Bellinis zu trinken und in einer Gondel rumzuknutschen. Ich hätte nie gedacht, dass ich mal wegen eines Toten herkommen würde. So hatte ich mir das nicht vorgestellt, das kann ich Ihnen sagen.«

Erstaunlicherweise hatte die Frau den Blick immer noch nicht von mir abgewendet. Dafür hielt sie ihre Armlehnen fest umklammert.

»Auf der anderen Seite denke ich, dass es so vielleicht genau richtig ist. Denn das Gute an den Toten – falls sie überhaupt etwas Gutes an sich haben – ist doch, dass sie uns daran erinnern, dass es irgendwann jeden erwischt. Und zwar jederzeit.« Ich deutete auf das kleine Fenster rechts von mir. »Aber bevor es so weit ist, sind da all diese schönen Dinge. Die schönen Dinge des Lebens. Und wir sind die ganze Zeit blind dafür. Oder zumindest bin ich das. Ich weiß ja nicht, wie es Ihnen geht, aber ich hab dafür momentan echt keinen Sinn. Seit Monaten laufe ich wie ein hirntoter Zombie durch die Gegend. Ich höre nicht mal mehr die Vögel singen. Ich höre sie nicht mehr! Sie zwitschern so wunderschön vor sich hin, und mich juckt das einfach nicht. Es ist mir total egal. Mir ist egal, ob sie einen Partner finden. Dabei möchte ich doch nichts lieber, als diesen schönen Dingen des Lebens mehr Beachtung zu schenken. Verstehen Sie, was ich meine?« Ich holte tief Luft und stellte meinen Lehne wieder aufrecht. Ein Passagier aus der Reihe vor uns spähte durch den Spalt zwischen den Sitzen zu mir nach hinten. Ich schloss die Augen.

Die Frau neben mir schwieg. Nach einer Weile beugte ich mich zu ihr und sagte: »Danke für den Kaugummi.«

Dann schaute ich durch den Gang nach vorn zu Daniel und fragte mich, ob er von dem Gespräch etwas mitbekommen hatte, aber vermutlich war es dafür im Flugzeug zu laut. Plötzlich kam mir in den Sinn, dass er wegen des Berufs seines Vaters vielleicht Schwierigkeiten mit dem Fliegen haben könnte. Ich hatte ihn schon seit Tagen nichts Persönliches mehr gefragt.

Auf einmal wünschte ich mir, dass er neben mir saß. Einfach nur dasaß und in seiner ruhigen, bedächtigen Art mit mir über alles redete. Außerdem mochte ich es, wenn beim Landen jemand meine Hand hielt, und auf den beiden vorherigen Flügen hatte er das bereitwillig getan. Ich hatte nach seiner Hand gegriffen, und er hatte mich nicht einmal angeschaut. Er hatte lediglich mit geschlossenen Augen meine Hand gedrückt. Und damit beide Male meine Angst verscheucht.

Aber die Frau neben mir würde bestimmt nicht Plätze tauschen wollen. Nicht nach unserem Gespräch. Ich konnte von Glück sagen, wenn sie mich nicht beim Flugpersonal verpfiff. Deshalb blieb ich einfach still sitzen, betrachtete den Ausschnitt von Daniels Gesichts, das so viele Reihen von mir entfernt war, und fragte mich, ob er wohl der einzige Mensch auf der Welt war, der mich nicht für komplett durchgeknallt hielt.

33

Das ist vermutlich ein guter Moment, um zuzugeben, dass ich noch nie so richtig im Ausland war. Als Kind war ich mal in Kanada, aber das zählt nicht. Dort ist es wie in Minnesota, nur mit Mounties. Der einzige Grund, warum ich überhaupt einen Reisepass hatte, war wegen Mom, die mir immer wieder damit drohte, mich auf ihre spirituellen Reisen mitzunehmen. Aber egal. Was ich eigentlich damit sagen wollte: Ich war nicht wirklich auf Palermo vorbereitet.

Wir landeten um die Mittagszeit, und der Verkehr war ein einziges Chaos: ein Kräftemessen zwischen Hunderten von Fiats und Motorrollern, die alle eine unfassbare Anzahl an Menschen transportierten. Auf der Fahrt zum Quattro Canti, ein Platz im historischen Zentrums Palermos, düste eine ganze Familie auf einem Roller an unserem Taxi vorbei. Ernsthaft: vier Menschen. Ein Roller.

Ganz vorne, auf dem Schoß des Vaters, saß ein kleiner Junge. Dahinter der Vater, eine Hand am Gasgriff, Zigarette im Mundwinkel. Hinter ihm saß die Mutter und klammerte sich an ihren Mann, als müsste sie ihn mit dem Heimlich-Handgriff vor dem Ersticken retten. Und als Letztes, kaum noch auf dem Sitz, klemmte ein mürrischer Junge im Teenageralter. Alle vier waren braun gebrannt. Und keiner trug einen Helm. Und noch bevor ich Daniel darauf aufmerksam machen konnte, düste die Familie wie eine Artistentruppe in einem wahnwitzigen Tempo auf dem kleinen Gefährt davon.

Daniel hing sowieso halb ohnmächtig neben mir. Er vertrug das Fliegen nicht besonders, hatte er mir anvertraut, und ich hegte den Verdacht, dass er vor dem Abflug eine halbe Packung Reisetabletten geschluckt hatte. Während er mit offenem Mund schlief, versuchte ich auf der Fahrt zum Hotel, das Leben auf der Straße in mich aufzusaugen. Die von der Sonne gebleichten Barockkirchen und rauchende Ladenbesitzer, Scharen von Jugendlichen, die hektisch auf ihren Smartphones herumtippten. Ich erhaschte immer nur kurze Blicke, während sich das Taxi wie eine Flipperkugel durch den Verkehr schlängelte.

Schließlich erreichten wir unser Hotel, das Centrale Palace, das eigentlich viel zu nobel war für uns. Wir stolperten in eine Lobby mit prunkvollem Deckengemälde und blieben unter einem funkelnden alten Kronleuchter stehen. Daniel hatte das Hotel gebucht, ein ehemaliger Adelssitz aus dem achtzehnten Jahrhundert, der zu einem Hotel umfunktioniert worden war. Völlig abgefahren. Und, mit anderen Worten, die Sorte Hotel, in dem ich sonst nie übernachtete. Und es vermutlich auch niemals wieder tun würde.

»Wie kannst du dir so einen Laden überhaupt leisten?«, fragte ich ihn.

»Ich streiche im Sommer Häuser«, erklärte Daniel und schaute zu dem Kronleuchter empor. »Das Zimmer kostet etwa so viel wie … zehn Häuser.« Er ging zur Rezeption und betätigte die Klingel.

Ein Angestellter in einem puderweißen Leinenanzug kam gemächlich über den Marmorboden geschlendert. Sein Hals und sein Gesicht waren von einem fachmännisch gepflegten Dreitagebart bedeckt. *»Benvenuti a Sicilia!«*, sagte er. »Sie sind auf Hochzeitsreise, ja? So stand es in Ihrer Reservierung. Aber, *ragazzi*, Sie sind doch noch so jung!«

Ich starrte immer noch auf seinen Anzug. Zum Glück erwachte Daniel neben mir wieder zum Leben.

»Ja«, sagte er. »*Si*. Wir sind auf Hochzeitsreise. Wir sind jung, aber sehr christlich. *Bambino Gesù!* Wir lieben ihn und haben uns für den Herrn aufgespart. Sexuell, meine ich.« Er war offenbar immer noch völlig high von seinen Reisetabletten.

Der Empfangschef lächelte, seine blauen Augen funkelten dabei im Licht des Kronleuchters. »*Bene*«, sagte er. »*Bambino Gesù. Bene.*« Dann nahm er unsere Pässe und tippte unsere Daten in den Computer. Dabei warf er uns die ganze Zeit heimliche Blicke zu, als würde er unsere Identitäten stehlen. Oder er stellte sich uns beim Sex vor. Schwer zu sagen, was mir lieber gewesen wäre. Dann marschierte er unvermittelt zu einem winzigen Fahrstuhl und rief uns über die Schulter hinweg zu: »*Andiamo.* Ich zeige Ihnen das Zimmer, *ragazzi.* Folgen Sie mir. Folgen Sie mir.«

Wir fuhren ein paar Stockwerke nach oben, wo er uns in ein Zimmer führte, das wunderschön, aber recht klein war. Im Bad gab es zwei Klos. Fragend huschte mein Blick zwischen den beiden Schüsseln hin und her.

»Das eine ist ein Bidet«, las Daniel meine Gedanken.

Ich öffnete den Hahn, und ein Schwall kochend heißen Wassers schoss heraus. »Woher weißt du so was?«

Schulterzuckend setzte er sich aufs Bett. »Mein Vater war früher bei der Luftwaffe. Da sind wir viel gereist. Ich habe schon einige Badezimmer gesehen.«

»Verstehe. Ein echter Klo-Kenner.«

»So ähnlich.«

Ich nickte.

Und dann wurde es auf einmal ganz still. Es dauerte einen Moment, bis ich kapierte, woran das lag: Wir waren in einem Hotelzimmer. Nur wir zwei. Ganz allein. In einem fremden Land.

Ach, und sagte ich schon, dass wir allein waren?

Bisher war immer jemand bei uns oder zumindest in der Nähe gewesen – auch wenn es bloß mein Vater war, der im Schlafzimmer vor sich hin schnarchte. Aber nun waren nur wir beide in dem Zimmer. Deshalb blieb ich vorläufig im Bad, drehte das Bidet auf und zu und tat so, als würde es mich total faszinieren. Als ich ins Schlafzimmer zurückging, sah ich Daniel auf dem Bett liegen. Sein Gesicht wirkte müde.

»Was machen wir hier eigentlich?«, fragte ich.

Er machte die Augen etwas weiter auf. »Wir suchen eine Ruhestätte für Jonah.«

»Wirklich?« Ich ging zum Bett und setzte mich ans Fußende. Die frischen Blumen im Zimmer verströmten einen furchtbar intensiven Duft. »Ich weiß nichts über diesen Ort. Ich weiß nicht, was er hier wollte. Und ich weiß nicht, ob ich wirklich wegen ihm hier bin.« Ich streckte mich auf meiner Bettseite aus und beobachtete, wie der hauchdünne Vorhang sich im Wind kräuselte.

»Und warum bist du dann hier?«, fragte Daniel leise.

»Weiß ich noch nicht«, sagte ich. »Vielleicht ist es einfach nur eine Flucht. Vielleicht aber auch … aus einem anderen Grund.«

Er lehnte sich an ein Kissen und schloss die Augen. »Und wenn es so wäre. Wäre das so schlimm?«

»Aber es ging doch darum, ein Begräbnis für Jonah zu planen.«

»Na und?«

Ich schaute ihn mit zusammengekniffenen Augen an. »Was meinst du mit ›Na und‹?«

»Ich meine damit, dass uns niemand vorschreibt, wie das hier ablaufen soll, Tess. Wir sind allein mit unserer Trauer. Aber wenigstens tun wir nicht so, als wäre nichts passiert. Wenigstens unternehmen wir was. Vielleicht können wir uns dadurch irgendwann selbst ein wenig verzeihen.«

»Wenn du darauf scharf bist, mit mir in einem Hotelzimmer zu schlafen, hätten wir dazu nicht bis nach Italien fliegen müssen. In New York gibt es auch schmuddelige Motels.«

»Das ist nicht fair«, sagte Daniel.

Er klang aufrichtig gekränkt, trotzdem drehte ich mich nicht zu ihm.

Wir schwiegen ein paar Minuten. Draußen war immer noch der Straßenlärm zu hören. Das wilde Stakkato der Autohupen. Ich hörte Daniel atmen und dachte, er wäre eingeschlafen.

Aber dann fragte er plötzlich: »Du glaubst nicht wirklich, dass er uns beobachtet, oder?« Er verstummte einen Moment. »Also, du glaubst nicht, dass ...«

»Eher nicht«, meinte ich. »Es fällt mir schwer, aber nein, ich glaube das nicht. Eine Zeit lang hab ich gedacht, er würde online weiterleben, aber das war nur so ein widerlicher Typ, der mich gestalkt hat.«

Daniel seufzte. »Warum sollte jemand, der tot ist, seine Zeit damit verbringen, die Lebenden zu beobachten? Wenn es ein Leben nach dem Tod gibt, muss es dort doch interessantere Dinge geben.«

»Was denn?«, fragte ich.

»Keine Ahnung. Fliegen zum Beispiel. Den fleischlichen Körper hinter sich lassen. Jenseits der Zeit existieren. All das würde einen Fernsehsender über mein Leben definitiv um Längen schlagen.«

»Meins vermutlich auch«, sagte ich. »Außer, wenn ich nackt bin.«

Daraufhin erwiderte Daniel nichts.

Ich schob mich auf der Matratze etwas weiter nach oben, bis ich auf gleicher Höhe mit ihm war. Ganz still lagen wir nebeneinander, nur Zentimeter voneinander entfernt. Ich hatte das Gefühl, dass ich jeden einzelnen Milliliter Blut spüren konnte, der durch meinen Körper rauschte.

»Leg den Arm um mich«, bat ich und drehte mich zu ihm.

Daniel wandte sich mir zu und legte den Arm um mich.

»Nein. So.« Ich schob seinen Arm über meine Hüfte und Taille. Er ließ ihn dort liegen.

»Hör mal«, sagte ich. »Ich hab das vorhin nicht so gemeint. Das mit dem Hotel. Ich wollte nur, dass du weißt, dass ich wegen Jonah hier bin. Das ist momentan das Einzige, was mein Leben noch zusammenhält.« Ich legte die Hand auf Daniels Brust.

»Ich verstehe«, sagte er.

Ich musste blinzeln. Langsam machte sich der Jetlag bemerkbar, und ich konnte kaum noch die Augen offen halten. »Tolle Flitterwochen, was?«

Er atmete tief aus. »Ich hab keine Vergleichsmöglichkeiten. Vielleicht sind sie ja perfekt so.«

Und damit schlossen wir beide die Augen.

34

Am nächsten Morgen packten wir unsere Taschen, stiegen in einen Reisebus und machten uns auf den Weg quer durch Sizilien. Im Bus hätten fünfzig Leute Platz gehabt, aber wir waren nur zu fünft. Da waren ich, Daniel und ein zweiköpfiges Filmteam aus den USA. Der eine kräftige Typ hieß Paul und hatte die größte und dickste Brille auf der Nase, die ich je gesehen hatte. Sein Kumpel Archie, der eine todschicke Bauchtasche trug und dessen Arme komplett tätowiert waren, war nicht ganz so stämmig.

Die beiden Jungs hatten sich mit ihren schwarzen Ausrüstungskisten ganz hinten im Bus niedergelassen und reichten sich schweigend ein Tablet hin und her, auf dem sie *Scrabble* spielten.

Und dann war da natürlich noch unser Fahrer, ein weißhaariger Sizilianer, der nur reagierte, wenn man *Capo*, Chef, zu ihm sagte. In den ersten zehn Minuten der Fahrt brüllte er die ganze Zeit ein Wort, das wie *cazzo* klang. Ich bat Daniel, es zu googeln, woraufhin wir erfuhren, dass es »Scheiße« bedeutete.

Ich hatte ständig das Gefühl, dass ich eigentlich viel entspannter sein müsste – schließlich saß ich in einem Bus und befand mich endlich auf dem Weg nach *Siracusa*, dem Ort, der Jonah so viel bedeutet hatte. Stattdessen flatterten meine Nerven wie verrückt. Das Problem war, dass immer noch so viel ungeklärt war. Wir wussten nicht, wie die Zeremonie genau aussehen oder wo sie stattfinden sollte. Wir wussten nicht einmal, wo wir übernachten würden. Und irgendwann demnächst musste ich mein Handy anschalten und mich der Nachrichtenflut stellen.

Sobald der Bus anhielt, würde ich mit nichts als einer kleinen

Tupperdose voll Asche irgendeine Art von Beerdigung durchführen müssen.

Ich atmete tief durch und sog die abgestandene Luft im Bus durch die Nase ein. Nach ein paar Atemzügen spürte ich eine Hand an meiner Schulter. Es war Daniel, der sich über den leeren Sitz zu mir nach vorn beugte.

»Schau mal«, sagte er und zeigte aus dem Fenster. »Es ist alles so grün.«

Er wirkte immer noch etwas ausgeknockt von den Reisetabletten. Seine Haare waren zerzaust und seine Augen glasig.

Ich folgte seinem Zeigefinger und betrachtete die Landschaft, die draußen vorbeirauschte – und sie war tatsächlich ganz schön grün.

Ich wusste nicht viel über Sizilien, aber ich hatte mir die Insel sonnenverbrannt und staubig vorgestellt, mit sandfarbenen Dörfern vor einem funkelnden türkisblauen Meer. Momentan jedoch befand sich der Frühling auf seinem Höhepunkt, und um uns herum erstreckte sich eine endlose Landschaft grüner Hügel bis zu den Ausläufern olivfarbener Berge. Die einzige Abwechslung in dieser grünen Weite waren vereinzelte Zitronenhaine mit dicken gelben Früchten.

Eine tiefe Ruhe überkam mich. Was sollte an einem so schönen Ort schon Schlimmes passieren?

Ich war übrigens nicht die Einzige, die von der Schönheit der Landschaft ergriffen war. Hinter mir richtete Paul einen hochmodernen Camcorder aus dem Fenster, um den von mir bewunderten Anblick einzufangen. Dabei präsentierte er uns eine beeindruckende Poritze. Neben ihm stand sein Kumpel Archie und half ihm, die Kamera ruhig zu halten.

So verging eine Stunde. Wir passierten wunderschöne Landschaft und schmale Straßen mit engen Haarnadelkurven. Nach einer Weile gewöhnte ich mich an die Aussicht. Das Grün der Landschaft verschmolz vor meinen Augen zunehmend mit dem Blau des Himmels.

Ich döste immer wieder ein, bis der Bus auf einmal um eine scharfe Kurve bog und ich die Augen wieder aufschlug. In der Ferne konnte ich etwas erkennen. Auf einem steilen, grasbewachsenen Hügel, der von einer Reihe Zypressen in zwei Hälften geteilt wurde, thronte eine Ansammlung von Häusern. Eine kleine ummauerte Stadt.

Die Häuser waren in einem perfekten Rechteck angeordnet. Noch nie hatte ich eine so kompakte und perfekt geplante Stadt gesehen. Das lag allerdings daran, dass es keine richtige Stadt war. Beim Näherkommen konnte ich erkennen, dass die kleinen Häuser aus Stein gemauert waren. Und gar keine Häuser waren. Sondern Grabstätten.

»Anhalten!«, rief ich. »Bitte halten Sie an!«

Beim Klang meiner Stimme trat Capo mit aller Kraft auf die Bremse, und der Bus kam auf der kurvigen Straße schlingernd zum Stehen.

Ich klammerte mich an Danicls Arm, um den Aufprall abzufangen. Hinter mir knallte Paul gegen die Sitzlehne. Die schwarz umrandete Brille flog ihm von der Nase, trotzdem schaffte er es irgendwie, die Kamera festzuhalten.

»Was zum Teufel soll das?«, schimpfte er.

»Bitte entschuldigt diesen abrupten Halt, Leute, aber ... ähm ... ich würde gern kurz aussteigen und mir etwas ansehen. Danke. *Grazie.* Danke.« Ich winkte den verdutzten Daniel mit mir aus dem Bus.

Außer uns waren keine Fahrzeuge unterwegs, und die Luft war unfassbar frisch. Ich überquerte die Straße und stieg den Hügel zu dem ummauerten Friedhof hinauf. Daniel folgte mir auf dem Fuß.

Unsere Mitfahrer verließen den Bus etwas gemächlicher, aber nach einer Weile vernahm ich ihre Stimmen hinter mir.

Als ich ein offenes Tor erreichte, ging ich hindurch und fand hinter der Mauer ein Netz aus kleinen Gassen mit gefliesten Schildern vor. Sie waren gesäumt von einstöckigen Gruften, an denen kleine Schwarz-Weiß-Bilder der Verstorbenen hingen.

Ich bog in eine Straße namens Viale San Giovanni ein. Je mehr ich mich dem Mittelpunkt der Anlage näherte, desto prunkvoller wurden die Gräber. Einige Fassaden waren mit steinernen Engeln geschmückt und erinnerten eher an Kirchen als an Häuser. Aber bestimmt gab es hier irgendwo auch Kirchen; immerhin befand ich mich in einer Stadt der Toten.

Eigentlich hätte es hier ziemlich gruselig sein müssen. Wir waren die einzigen Menschen auf diesem Friedhof und spazierten buchstäblich durch eine Geisterstadt. Aber als ich auf ein Mausoleum mit einem kleinen Kuppeldach zukam, fiel mein Blick auf das Bild eines Ehepaars, das mich in Schwarz-Weiß anlächelte – und irgendwie tröstete mich das. Wenigstens lagen sie zusammen hier.

Ich drehte mich um und stellte fest, dass Daniel mich beobachtete. Ich wollte etwas sagen, wusste aber nicht, was. Da ertönte hinter mir plötzlich ein lauter, unverständlicher Satz.

»Wie bitte?«, fragte ich.

Capo trat einen Schritt vor. »*Un terremoto*«, sagte er. Dann verstummte er kurz und kniff die Augen zusammen, als suche er etwas am Horizont. Dazu wackelte er mit seinen Hände. »Die Erde ... beben! *Capito?*«

»Hier war ein Erdbeben?«, fragte Daniel.

»*Sì*«, sagte Capo. »*Un terremoto terribile.*«

Erst da bemerkte ich, dass Paul das alles filmte.

Capo baute sich nun direkt vor der Kamera auf, als hätte er nur darauf gewartet, seine eigene Fernsehsendung zu moderieren. »Die ganze *città* ... *tutto* kaputt. *Abbandonato!*«

Wieder schaute ich auf die kleinen Häuser. »Sind das hier die Opfer des Erdbebens?«

Capo schien mich zu verstehen. Er nickte und zeigte auf die Grabstätten.

Ich streckte die Hand aus und berührte eine Wand. Sie fühlte sich rau und kalkig an. »Ist nur dieser Friedhof übrig geblieben?«

Niemand antwortete.

Ich musterte die Grabmäler um uns herum. Die meisten Bilder zeigten die Toten in ihrer Jugend. Ich wusste nicht, ob sie tatsächlich jung gestorben waren oder ob man keine anderen Fotos von ihnen gefunden hatte. Sämtliche Gesichter sahen nicht viel älter aus als Jonah.

»Es muss eine Erleichterung sein«, sagte ich.

Daniel blinzelte. »Wie meinst du das?«, fragte er.

»Für die Familien. Zu wissen, dass die Toten nicht allein sind. Es gibt hier eine ganze Stadt. Sie leisten sich gegenseitig Gesellschaft.«

Capo bekreuzigte sich, dann ging er zurück zum Bus und ließ den Motor an. Paul und Archie verstauten ihr Equipment und kehrten ebenfalls zu unserem Reisegefährt zurück.

Dic nächsten Stunden fuhren wir schweigend weiter, bis der Bus schließlich am frühen Nachmittag am Rand von Syrakus anhielt. Wegen der schmalen Straßen konnte Capo nicht weiter in die Stadt hineinfahren.

Daniel und ich stiegen mit unseren Reisetaschen aus. Paul und Archie standen, umringt von ihren Kamerawagen, Mikros und Gegenlichtblenden, da wie Schiffbrüchige.

Ich ging zu ihnen. »Was wollt ihr hier eigentlich filmen?«, erkundigte ich mich.

Sie schauten sich an. »Das wissen wir nicht so genau«, sagte Paul. »Eigentlich sollte es eine Natur-Dokumentation über Italien werden. Aber wir haben von unserem Auftraggeber schon seit Tagen nichts mehr gehört. Die Anweisungen waren etwas vage.«

Ich musterte die beiden. Eine Idee blitzte in meinem Kopf auf. »Hätten die Herren vielleicht Interesse an einem kleinen Nebenjob?«

35

Mein erster Fehler war, einfach so eine Filmcrew zu engagieren. Der zweite war, mein Handy einzuschalten. Sobald wir den Ponte Umbertino überquerten, eine Brücke, die in die historische Altstadt von Syrakus führte, überhäufte Daniel mich mit Fragen zu der ersten dieser beiden Entscheidungen.

»Wozu brauchen wir diese Typen überhaupt?«, wollte er wissen. »Ich dachte, wir würden das allein durchziehen. Ernsthaft, Tess, warum hast du sie gefragt? Das verstehe ich nicht.«

In der Zwischenzeit explodierte mein Handy förmlich vor wütenden Nachrichten. Ich las Sätze wie *Botschaft informieren* und *ihn verhaften lassen*. Und ganz frisch eingetroffen: *Ich habe Angst um dich, Tess. Ich bin mir nicht sicher ob du überhaupt noch bei Verstand bist.*

Ich drehte mich wieder zu Daniel, der weiter vor sich hin meckerte.

»… will einfach nicht so was Übertriebenes machen wie dein Dad. Jonah ist doch kein Kunde, den man übers Ohr hauen kann. Er war unser Freund. Es fühlt sich einfach falsch an, so was Aufwendiges –«

»Wie war das?«, unterbrach ich ihn.

»Was denn?«

Auf der spiegelnden Wasseroberfläche des Kanals unter uns stießen ein paar aneinandergebundene Kajaks gegeneinander.

»Was hast du da gerade gesagt?«

Daniel nahm die Sonnenbrille ab, wischte sie an seinem T-Shirt sauber und blinzelte in das grelle Licht. Er mied meinen Blick und schob seine Reisetasche auf die andere Schulter. »Ich hab doch nur gesagt, dass ich nicht weiß, warum du die beiden Typen gebeten hast –«

»Das danach.«

Er seufzte. »Hör mal, Tess. Ich mag deinen Vater. Er ist wirklich cool und einzigartig, aber seine Ideen sind schon ein bisschen schräg. Findest du nicht? Ich möchte nur nicht, dass Jonahs Feier auch so ein lächerliche Veranstaltung wird.«

Mein Hals wurde eng, meine Hände ballten sich zu Fäusten. »Bettys Beerdigung war also lächerlich?«

»Die mit den *Stripperinnen*?«

»Exakt«, sagte ich. »Die, bei der eine Frau, die ihr Leben lang von ihrem Mann unterdrückt wurde, ein letztes Mal mit ihren alten Freundinnen feiern konnte. Indem sie das getan haben, was sie früher geliebt haben. Für dich war das also nur billiges Theater?«

»Tess«, versuchte Daniel mich zu beschwichtigen. »Komm schon. Du weißt doch, wie ich das meine.«

Doch das wusste ich in diesem Moment ganz und gar nicht. Und marschierte einfach davon.

»Warte!«, rief er. »Wo willst du hin?« Er lief los, um mich einzuholen.

Ich drehte mich um und hielt ihn mit ausgestreckter Hand auf. »Ich habe die Nase voll von dir. Such dir jemand anderen, dem du deine Freundschaft aufdrängen kannst.«

Seine Schultern sackten zusammen, er senkte den Blick und starrte auf die Pflastersteine. Ganz offensichtlich wollte er getröstet werden, aber dazu war ich gerade nicht in der Lage. Stattdessen marschierte ich einfach weiter in Richtung Ortygia, der Altstadt von Syrakus. Ich atmete tief durch und versuchte, mich nur auf das Hier und Jetzt zu konzentrieren.

Auf der Insel herrschte Mittagsruhe. Sämtliche Läden hatten ihre eisernen Rollläden heruntergelassen, und die Verkaufsständer mit Limoncello sowie die Klapptafeln, auf denen Meeresfrüchtegerichte angepriesen wurden, waren sicher im Innern verstaut.

Auf den Straßen waren nur wenige Touristen unterwegs. Dabei war es ein wunderschöner Ort. So ziemlich das hübscheste Städtchen, das ich je gesehen hatte: ein mediterranes Panorama aus zweigeschossigen Häusern in einer Farbpalette aus Rot, Pink, Beige und Gelb. Die Fassaden erinnerten in ihrer Gipsartigkeit an Korallen, und auf den Balkonen wuchsen Sukkulenten dicht an dicht. Mit zusammengekniffenen Augen fühlte man sich fast wie unter Wasser. Kein Wunder, dass Jonah so von diesem Ort geschwärmt hatte.

Ich ging weiter, bis ich auf das erste echte Wahrzeichen der Stadt stieß. Die Kathedrale Santa Maria delle Colonne. Das Bauwerk war riesig, blendend weiß und wunderschön verziert. Auf einem Schild stand, dass der ursprüngliche Bau aus dem fünften Jahrhundert vor Christus stammte. Daneben lag ein unglaublich schöner und sehr sauberer Platz. Ich hatte fast das Gefühl, mir die Schuhe abstreifen zu müssen, bevor ich auf die vom Lauf der Jahrhunderte glatt geschliffenen Steine trat.

Das weiße Gestein reflektierte die Sonnenstrahlen und ließ alles in einem hellen Licht erstrahlen. Ich steuerte auf eine Bank am anderen Ende der Piazza zu, doch noch bevor ich sie erreichte, wurde mir bewusst, dass ich jeden Moment zusammenklappen würde. Mir war das gerade alles zu viel. Entweder würde ich weinen oder umkippen oder auch beides.

Ich war noch halben Meter von der Sitzgelegenheit entfernt, als ich ihn plötzlich sah.

Völlig entspannt saß er unter einem Schild, auf dem *Caffe Minerva* stand, und nippte an einem Espresso. Er war keine hundertprozentige Kopie, aber fast. Seine Haare waren zerzaust und blond, und er trug eine Brille. Sein schlaksiger, schlanker Körper steckte in einer dunklen Jeans und einem frischen weißen T-Shirt. Das Café hatte anscheinend eben erst zugemacht, trotzdem war er der letzte Gast.

Der andere Jonah.

Als ich mich gerade an einen Tisch in seiner Nähe setzen wollte, trank er seine Tasse aus und ließ ein paar Euro-Münzen auf den Tisch fallen. Dann stand er auf und ging davon. Ich wollte ihm gern etwas nachrufen, aber was hätte ich sagen sollen? *Hallo, Fremder! Sie sind übrigens der Doppelgänger von meinem toten Internet-Freund!*

Also folgte ich ihm stattdessen über die Piazza zu einer schmalen gepflasterten Gasse. In gewisser Weise war mir durchaus bewusst, dass ich mich nicht wirklich rational verhielt. Die ganze Welt verlangte von mir, mich zusammenzureißen und nicht mehr so albern zu benehmen, und ich sagte nur ganz ruhig: *Nein, Welt. Tut mir leid. Ich mache genau so weiter.*

Ich folgte ihm an zahlreichen bunten Häusern vorbei. Schließlich näherten wir uns dem Meer – ich konnte hören, wie die Wellen gegen die Kaimauern schlugen. Ein staubiger Lieferwagen, der für eine BOOTSTOUR ZU DEN HÖHLEN warb, tuckerte mit einem kleinen Hund auf dem Beifahrersitz die Straße entlang. Als wir aus der schmalen Gasse traten, ragten vor uns dicke Palmen schief und krumm entlang der Uferpromenade auf. Ich beobachtete, wie der andere Jonah die Stufen zu einer Aussichtsplattform hinaufstieg. Mit ein paar Metern Abstand ging ich hinterher.

Außer ein paar Touristen, die in der Sonne Eis löffelten, befand sich niemand auf der steinernen Empore. Ich war mir nicht sicher, ob er mich bemerkt hatte. Ich beobachtete ihn weiter stumm, doch er drehte sich nicht um. Wir schauten beide auf das gleiche Meerespanorama: ein schaumiger Streifen himmelblauen Wassers, der die Steine eines felsigen Strandes umspülte. Leise plätschernd schlugen die Wellen gegen die verblichene pinkfarbene Kaimauer.

Es war der Boden der Aussichtsplattform, der schließlich meine Aufmerksamkeit erregte. LUCA + MARA stand direkt unter meinen Füßen. Die Namen waren mit roter Sprühfarbe auf den hellen Stein geschrieben, gefolgt von TI AMO. Ich trat einen Schritt zur Seite und entdeckte eine weitere Schriftzeile: GIO LIEBT GIULIA. Auf die Mauer, die den Aussichtspunkt umschloss, waren zahlreiche Herzen gepinselt worden und dazwischen vereinzelte Smileys. Auf einer Bank in der Nähe stand in fünfzig Zentimeter großen Buchstaben: SARA MI AMORE.

Je länger ich mich umsah, desto mehr Graffiti entdeckte ich. Ein paar wenige verblasste ältere Botschaften gab es auch, andere waren von neueren Liebespaaren übermalt worden. CESARE + TIZI prangte nun über GIORGIO + PINA. Ich rechnete ständig mit anzüglichen Sprühereien oder dem obligatorischen Penis, der für gewöhnlich überall auftauchte, aber so was gab es hier nicht. Das war ein heiliger Ort.

Dem anderen Jonah schienen die Liebesbotschaften herzlich egal zu sein. Er schlenderte an der Brüstung entlang und blickte aufs Wasser. Dann zog er sein Handy hervor und tippte etwas. Zehn Minuten später tauchte eine Frau auf und begrüßte ihn mit einem Kuss. Ihre Haare waren zu einem Pferdeschwanz zusammengebunden, und sie hatte einen Fotoapparat um den Hals hängen.

Sie besaß keinerlei Ähnlichkeit mit mir.

Das war vermutlich unvermeidlich gewesen. Warum sollte der andere Jonah mit der anderen Tess zusammen sein? Es war ja nur logisch, dass seine Freundin das absolute Gegenteil von mir war. Trotzdem versetzte es mir einen Stich, als ich sah, wie sie eine Landkarte hervorholten und auf etwas in der oberen rechte Ecke deuteten. Doch als er schließlich ihre Hand nahm und die beiden die Plattform verließen, verspürte ich keinerlei Drang mehr, ihnen zu folgen. Ich winkte nur grüßend zum Abschied und schaute ihnen hinterher, bis sie verschwunden waren.

Und dann war ich allein auf dem Aussichtspunkt. Die anderen Touristen waren mittlerweile ebenfalls verschwunden. Vermutlich machten sie Mittagspause, so wie die Einheimischen.

Noch einmal betrachtete ich die gemalten Liebesbekundungen. Schließlich griff ich in meine Tasche, wühlte darin herum und hoffte, dass ich das, wonach ich suchte, auch dabeihatte. Ganz unten, zwischen Kekskrümeln und einem alten Lippenstift, ertastete ich einen Filzstift. Als ich ihn herauszog und auf meiner Handfläche ausprobierte, floss dunkelrote Farbe daraus hervor.

Ich bückte mich und schrieb meinen Namen. Der salzige Gischtnebel, den der Wind vom Meer herüberwehte, legte sich angenehm auf mein Gesicht. Langsam malte ich das Pluszeichen und schrieb dahinter Jonahs Namen. Aber das war noch nicht alles. Ich fügte noch ein weiteres Wort hinzu, das ich auch bei einigen anderen Schriftzügen gesehen hatte: *sempre.* Ich konnte noch genug Spanisch aus der Schule, um die Bedeutung zu erraten. Wie das spanische *siempre* bedeutete es vermutlich »immer«.

Langsam schlenderte ich durch die kleinen Gassen zurück. Vorbei an einer Kirche namens Chiesa di Biagio e San Leonardo. Ihr gewölbtes Dach, das an eine Papstmütze erinnerte, erhob sich etwas zurückversetzt neben der Straße über einen kleinen Innenhof, der in einem wunderschönen Rautenmuster gepflastert war. Ich ging weiter, bis ich die Piazza Archimede erreichte. Dort ergossen sich in einem Brunnen Wasserstrahlen über die Jagdgöttin Diana, die von Männern auf Meereswesen umringt wurde.

»Tut mir leid«, sagte plötzlich eine Stimme hinter mir.

Ich drehte mich nicht um, sondern betrachtete den Brunnen noch eingehender. Eine Nymphe entfloh den ausgestreckten Armen eines Mannes. Diana stand zwischen den beiden und beschützte die junge Frau.

»Ehrlich. Ich hab das mit deinem Vater nicht so gemeint. Ich glaube, ich realisiere das alles erst jetzt so richtig. Wir sind wirklich hier, und ich möchte unbedingt was Tolles auf die Beine stellen.«

Ich bewunderte Dianas Bogen und ihren stoischen, harten Gesichtsausdruck. Schließlich drehte ich mich um und sah Daniel an. Er hatte einen leichten Sonnenbrand, und seine Augen waren rot. Möglicherweise hatte er geweint. »Lass uns ein Hotel suchen«, schlug ich vor.

Daniel nickte.

Ich streckte ihm meine Hand entgegen, und er ergriff sie.

Nahe der Kathedrale von Syrakus fanden wir ein Hotel. In der Lobby standen ganz ähnliche Säulen wie vor der Kirche. Ich überließ es Daniel, sich um alles zu kümmern.

Sobald wir die Zimmertür hinter uns geschlossen hatten, streifte ich ihm das T-Shirt über den Kopf und schmiegte mich an ihn. Zu Beginn war er noch etwas zögerlich, doch dann begriff er, zog mir mein Oberteil aus und öffnete meinen BH. Und dann küssten wir uns und ließen uns auf das kühle Bett sinken. Es war ein schöner Kuss, etwas vorsichtig, aber seine Lippen waren warm, und ich spürte, wie das Verlangen in mir größer wurde, als ich mich auf ihn legte.

»Wir können das Ganze auch abblasen«, sagte er. »Wir können einfach wieder nach Hause fliegen, wenn du willst.«

»Hast du ein Kondom dabei?«, fragte ich.

Daniel lag ganz still da. »Ja«, erwiderte er verlegen und holte es aus seinem Geldbeutel. Es sah neu aus. »Bist du sicher, dass du das willst?«

»Ja«, antwortete ich. Ich öffnete seinen Gürtel und zog den Reißverschluss von meiner Hose auf. Und auch wenn ich gerne berichten würde, dass wir den besten Sex aller Zeiten hatten, war es nicht wirklich so. Aber nachdem wir die anfängliche Unbeholfenheit überwunden hatten, fühlte es sich gut an. Ich klammerte mich eng an ihn und beobachtete, wie seine Schultern sich strafften. Sein Gesicht entspannte sich. Hinterher lagen wir auf dem Bett und schauten eine italienische Gameshow im Fernsehen.

»Fühlt es sich so an, erwachsen zu sein?«, fragte ich.

»Wie meinst du das?«

»Streiten und miteinander schlafen und keine Ahnung haben, was man tut?«

»Ich glaube nicht, dass Erwachsene Sex haben«, meinte er.

»Sag das mal meinem Vater.«

Im Fernsehen musste ein älteres Paar irgendein albernes Spiel für Jungvermählte spielen. Das Gesicht des Mannes lief knallrot an.

»Wenn wir schon von deinem Vater sprechen …«, sagte Daniel.

Ich drehte den Kopf vom Fernseher weg. »Ja?«

»Er hat ziemlich viele Nachrichten auf meiner Mailbox hinterlassen.«

»Aha«, sagte ich. »Restaurantempfehlungen?«

Daniel lachte nicht.

»Der letzte Anruf kam vor einer Stunde. Er hat gesagt, er hätte keinen Pass, aber er würde jemanden schicken, der uns nach Hause bringt.«

36 Stunden später wachte ich in einem dunklen Hotelzimmer auf. Ich war verschwitzt und durcheinander und wusste nicht, wo ich war. Auf wackligen Beinen stolperte ich ins Bad und setzte mich auf eine Schüssel, die ich für die Toilette hielt. Erst als ich beim Zurücklehnen an die Armatur stieß und von einem eiskalten Wasserstrahl am Rücken getroffen wurde, merkte ich, dass es sich um das Bidet handelte. Ich sprang auf und knallte dabei mit der Hüfte gegen das Waschbecken. Meine Hand tastete nach dem Lichtschalter, und endlich leuchtete das grelle Neonlicht auf.

Das Bidet hinter mir sprudelte immer noch wie ein Geysir. Ich zitterte, und mir war schwindelig, und ich hätte furchtbar gern laut gelacht, brachte aber keinen Ton heraus. Und so stand ich für einen Moment einfach nur da und fühlte mich ziemlich verwirrt und verletzlich. Ich befand mich in einem Badezimmer auf Sizilien. Ich hatte gerade mit dem Mitbewohner meines toten Freundes geschlafen. Und ich hatte absolut keine Ahnung, was ich als Nächstes tun würde.

Ich drehte den Wasserhahn zu und ging ins Zimmer zurück. Daniel bewegte sich unter dem zerknitterten Laken, doch er wachte nicht auf. Ich bereute nicht, was wir getan hatten. Aber ich wusste auch nicht, was ich davon halten sollte.

Ich nahm mein Handy und sah, dass ich eine neue Nachricht erhalten hatte, die nicht von meinem Vater stammte. Obwohl ich die Nummer nicht erkannte, war mir sofort klar, von wem sie kam.

Ich bin hier, Tess. In welchem Hotel seid ihr?

Ich schrieb sofort zurück:

Komm zum Ponte Umbertino.

Dann fischte ich ein paar frische Klamotten aus meiner Tasche und zog mich an. Ich nahm meinen Zimmerschlüssel, fuhr mit dem Aufzug in die verlassene Lobby hinunter und trat auf die nächtlichen Straßen hinaus.

Die Stadt war geisterhaft leer, und ich fragte mich, ob es klug war, um diese Uhrzeit hier allein herumzulaufen. Aber nachdem ich mich an die Stille und die unebenen Pflastersteine unter meinen Füße gewöhnt hatte, beruhigte sich mein Herzschlag langsam.

Ich ging an der Chiesa di Biagio e San Leonardo vorbei, die nachts noch kleiner aussah als am Tag. Nicht mehr als eine Tür und ein Fenster, davor der mit einer Kette versperrte Zugang zu dem winzigen Innenhof. Ich fragte mich, ob darunter wohl Menschen begraben lagen. Vielleicht ein paar Priester. Oder ein Heiliger.

Auf dem Ponte Umbertino wankten ein paar betrunkene Touristen im Schein der bernsteinfarbenen Straßenlaternen nach Hause. Auf der anderen Seite des Kanals lag ein kleines Weinlokal. Eine *enoteca* hatte Daniel das genannt. Davor spielte ein etwa zehnjähriger Junge Akkordeon und wartete geduldig darauf, dass ihm jemand etwas Geld zuwarf.

Ich zog mein Handy hervor und richtete die Kamera auf die Szene vor mir. Ich beobachtete, wie die Welt zwischen scharf und unscharf wechselte. Seit meiner Ankunft auf Sizilien hatte ich noch kein einziges Foto gemacht. Nun überkam mich der Drang, alles auf einmal festzuhalten.

Bevor ich auf den Auslöser drücken konnte, hörte ich Schritte hinter mir. Eine Frau kam von der anderen Seite der Brücke auf mich zu.

Grace, die Ruderin.

Diesmal kam sie auf dem Landweg.

Ich hatte eine Strafpredigt erwartet. Mit liebevoller Strenge, oder auch nur streng und ohne Liebe. Doch die Frau, die mir entgegenkam, war ganz und gar nicht in der Verfassung, um zu schimpfen. Ihre Augenlider waren schwer, und der Haarknoten auf ihrem Kopf hatte sich gelöst. Als sie sich näherte, stellte ich fest, dass sie eine Weinflasche in der Hand hielt.

»Das ist ein Tischwein«, erklärte Grace. »Das weiß ich, weil ich ihn von einem Tisch mitgenommen habe.« Sie setzte sich auf den Bordstein und stellte die Flasche neben sich. Dann schloss sie die Augen und lehnte sich an das Brückengeländer.

»Grace, geht es dir gut?«

Sie schwieg und atmete ein paar Mal tief ein. Dann schlug sie die Augen auf und deutete auf etwas Hohes in der Ferne. »Siehst du die Kirche da drüben? Diesen riesigen tränenförmigen Betonklotz? Das soll angeblich der Ort eines Wunders sein. Wusstest du das? Darin befindet sich ein Gipsbild der Jungfrau Maria, das in den Fünfzigerjahren drei Tage lang echte Tränen geweint hat. Und jetzt pilgern die Menschen dorthin, um dort um Heilung zu beten.«

Ich blickte über die Häuser der Stadt hinweg und entdeckte die Kirche. Ich konnte gar nicht glauben, dass ich sie bisher übersehen hatte. Das Gebäude sah total merkwürdig aus. Ein grauer, kegelförmiger Bau, der oben spitz zulief. »Sieht aus wie eine umgedrehte Eiswaffel«, meinte ich.

Grace lächelte, aber nur für einen kurzen Augenblick.

»Mal im Ernst: Was ist los?«

»Ich bin hier, um dich nach Hause zu bringen«, erklärte sie und trank einen Schluck Wein.

Ich nahm ihr die Flasche aus der Hand. »Das weiß ich. Aber warum bist du betrunken?«

Sie schloss die Augen. »Heute ist der Jahrestag.«

»Von was?«, fragte ich.

»Heute vor drei Jahren ist meine Tochter gestorben.«

»Oh Mann«, sagte ich. »Warum bist du denn dann überhaupt gekommen? Mir geht's gut. Das muss dir doch klar gewesen sein.«

Sie griff nach der Weinflasche, doch ich zog sie weg.

»Dein Vater hat sich solche Sorgen gemacht«, sagte Grace. »Er war fix und fertig. Und ich dachte, es würde mir helfen, wenn ich heute ganz weit weg von zu Hause bin.« Sie hielt inne. »Außerdem ... hab ich mich wohl in deinen Vater verliebt.«

Diese Bemerkung verblüffte mich so sehr, dass ich die Flasche ganz vergaß. Sofort riss Grace sie mir aus der Hand.

»Ich hoffe, das ist dir nicht unangenehm oder so«, meinte sie. »Aber irgendwann musste ich es dir ja mal sagen, warum also nicht hier und jetzt?«

Mir fehlten die Worte.

»Wenn ich gewusst hätte, dass es hier einen Ort gibt, wo Wunder geschehen, wäre ich sofort hergekommen, als Avery krank wurde. Ich hätte alles getan. Auch die Tränen einer weinenden Statue aufgefangen.«

Ein älteres Paar trat aus der *enoteca* und ging, sich gegenseitig stützend, über die Brücke. Ich schaute ihnen nach.

»Jonah wollte unbedingt nach Syrakus«, erklärte ich. »Und irgendwie dachte ich, ich würde ihn hier vielleicht finden. Vorhin hab ich mir sogar eingebildet, ich hätte ihn gesehen, aber er war es nicht.«

Grace stellte die Weinflasche auf den Boden.

Ich hob sie auf und nahm einen Schluck. Der Wein schmeckte süß.

»Ich war nach dem College mal in Italien«, erzählte sie. »Ich hatte ganz vergessen, dass sich hier alles um den Tod dreht. Im Reiseführer stand, dass es nordwestlich von hier einen Ort gibt, wo fünftausend Gräber in die Kalksteinfelsen gehauen sind. Ein ganzes Gräbermeer. Als dein Vater mich gebeten hat, dich nach Hause zu holen, dachte ich, ich könnte dem Tod für eine Weile entfliehen. Aber hier bin ich genauso davon umzingelt.«

Ich setzte mich neben sie. Die Brücke war nun leer. »Warum liebst du ihn?«, fragte ich sie.

Grace sah mich an.

»Meinen Dad, meine ich.«

»Keine Ahnung. Er gibt sich solche Mühe.«

»So würde man einen jungen Hund beschreiben«, sagte ich.

»Ich bewundere das. Er zieht es wirklich durch. Seine verrückte Idee. Er glaubt daran.« Sie lachte. »Und er liebt dich, Tess. Noch einmal die Chance zu haben, dich kennenzulernen, das ist das Größte für ihn. Du hättest sein Gesicht sehen sollen, als er herausgefunden hat, wo du bist. Er war drauf und dran, ein Privatflugzeug zu mieten.«

Unter mir schwappte der Fluss gegen die Brücke. Ich fragte mich, ob Jonah die Stelle, wo ich jetzt saß, damals auch im Fernsehen gesehen hatte. Ob er sich vorgestellt hatte, hier langzugehen.

»Wo ist er übrigens?«, fragte Grace.

Erst wusste ich nicht, wen sie meinte. »Im Hotel. Er schläft. Er hat bestimmt noch nicht gemerkt, dass ich weg bin.«

»Weiß er, dass du immer noch in seinen Freund verliebt bist?«

Der Wein hatte einen sauren Nachgeschmack in meinem Mund hinterlassen. Ich versuchte, ihn zu ignorieren. »Ich denke schon.«

Sie nickte und nahm noch einen Schluck.

»Woher weiß man überhaupt, dass man über jemanden hinweg ist? Über jemanden, der tot ist?«, fragte ich und trank noch etwas Wein, nur um den Nachgeschmack zu vertreiben.

»Das weiß ich nicht«, meinte Grace. »Ich sag dir Bescheid, wenn es irgendwann mal der Fall sein sollte.« Sie straffte die Schultern und stand dann unvermittelt auf. »Tess, wenn du nach Hause zurückwillst, ohne dein Vorhaben auszuführen, dann ist das völlig in Ordnung. Nur weil du hier bist, musst du es nicht auf Teufel komm raus durchziehen. Es war schon sehr mutig, überhaupt nach Italien zu kommen.« Sie schaute mir in die Augen. »Aber wenn du meine Hilfe brauchst, unterstütze ich dich. Dein Vater hat gesagt, du fändest es sicher nicht so gut, dass wir zusammen sind. Dass es sich für dich wie Verrat anfühlt. Aber ich habe mir von Anfang an Sorgen um dich gemacht. Seit dem Tag am See. Und wenn ich dir irgendwie helfen kann, das alles zu überstehen, möchte ich, dass du mich das wissen lässt.«

Schwankend stand sie da. Kurz fürchtete ich, sie könnte über das Geländer kippen und ins Wasser fallen, und streckte die Hand aus, um sie zu stützen. Als sie versuchte, noch einen weiteren Schluck aus der Weinflasche zu nehmen, hielt ich sie zurück.

»Du musst damit aufhören«, sagte ich.

»Und warum?«

»Weil du mir mehr von diesen Höhlen erzählen sollst.«

37

Daniel war wach, als ich zurück ins Hotel kam, und saß mit einem grauen T-Shirt und Boxershorts bekleidet auf dem Bett. Die Vorhänge waren zugezogen, und im Fernsehen lief eine italienische Seifenoper ohne Ton. Seine Reisetasche stand gepackt auf dem Kofferständer.

Ich betrat das Zimmer, unsicher, in welcher Stimmung ich ihn vorfinden würde, und setzte mich neben ihn. Die Morgensonne begann langsam durch die Vorhangritzen zu dringen und warf einen weichen Schein auf sein Gesicht. Seine dunklen Augen bohrten sich in meine.

»Es ist vorbei«, sagte er. »Stimmt's?« Er leckte sich die trockenen Lippen.

»Nein«, sagte ich. »Ist es nicht. Grace ist hier. Wir haben eine Idee.«

Daniel rutschte auf dem Bett herum und strich sich über die Ärmel seines T-Shirts. »Ich meinte uns«, sagte er gerade laut genug, dass ich es hören konnte.

»Ich weiß es nicht«, entgegnete ich. »Ehrlich gesagt, kann ich dir das gerade nicht beantworten. Aber wir haben einen neuen Plan – darauf müssen wir uns jetzt konzentrieren.«

Seine Hände strichen immer noch unaufhörlich über seine Ärmel. Als ich seinen Oberarm berührte, fuhr er zusammen.

»Ich hab geglaubt, du wärst weg«, sagte er.

Ich wollte etwas erwidern, aber Daniel fuhr fort: »Ich dachte, du wärst ohne mich nach Hause zurückgeflogen. Immerhin ist es meine Schuld, dass wir hier sind, und ich dachte, du bist vielleicht sauer deswegen.«

»Aber ich bin hier«, sagte ich.

»Du bist hier«, wiederholte er.

Ich sah ihm in die Augen. »Warum sollte ich sauer sein? Ich hab mit dir geschlafen, schon vergessen?«

»Nein.«

»Ich schlafe nicht mit Leuten, auf die ich sauer bin.«

Er blinzelte.

»Eigentlich«, sagte ich, »schlafe ich auch sonst mit niemandem. Du hast also richtig Glück gehabt.«

Seine Augen wanderten zum Fernseher. Dort stritt ein Paar miteinander. Ein attraktiver Mann mit pechschwarzen Haaren warf eine Lampe durch den Raum.

»Ich sag dir Bescheid, bevor ich verschwinde. Okay?« Ich berührte sein Bein. »Oder ich schicke dir eine Nachricht über *Post-Life*.«

Er lächelte leicht.

»Hast du eine hosige Hose dabei?«, fragte ich.

»Eine was?«

»Eine hosige Hose. Du weißt schon. Eine richtige Hose eben.«

»Ich glaube schon ...«

»Super«, sagte ich. »Dann zieh sie an.«

»Warum?«

»Weil wir auf eine Beerdigung gehen.«

Die Fahrt aus der Stadt war heiß und windig.

Grace hatte einen Transporter gemietet, bei dem die Klimaanlage nicht funktionierte, und steuerte ihn nun mit blutunterlaufenen Augen durch die Morgensonne. Ich saß neben ihr. Auf dem Rücksitz beobachtete ein schweigsamer Daniel, wie die sizilianische Felsenlandschaft an den Fenstern vorbeiraste.

In dem Fiat, der hinter uns fuhr, saß Paul vom Filmteam. Die Sache mit der Natur-Doku hatte sich zerschlagen, und sein Kumpel

Archie war nach Hause zurückgeflogen. Aber Paul war geblieben und hatte sich bereit erklärt, uns zu helfen.

Die letzten Stunden waren so schnell verflogen, dass ich dankbar war, einen Moment durchschnaufen zu können. Die Fahrt zur Nekropole von Pantalica mit ihren fünftausend Kammergräbern würde eine halbe Stunde dauern, und ich wollte bis dahin jede Minute nutzen, um zu überlegen, wie wir am besten weiter vorgingen.

Der Wunsch, zu diesen Gräbern zu fahren, war ganz plötzlich in mir erwacht, als ich mit Grace auf der Brücke gesessen hatte. Und dank ihm hatte sich der riesige Knoten in meiner Brust gelöst. Syrakus war die Stadt, in der der andere Jonah lebte, und deshalb nicht als Ruhestätte für den echten Jonah geeignet. Er brauchte seine eigene Totenstadt, so etwas wie den Friedhof, den wir bei unserer Anreise gesehen hatten.

»Im Norden«, las ich Daniel aus Grace' Reiseführer vor, »in der Nähe des Örtchens Sortino befinden sich mehrere Kalksteinschluchten, die über Tausende von Jahren von den Flüssen Anapo und Calcinara in das Gestein gegraben wurden. Zwischen den üppig grünen Flusstälern befindet sich ein Berg, dessen Felswände von rund fünftausend Höhlengräbern durchlöchert sind, die zum Teil noch aus dem 13. Jahrhundert vor Christus stammen.«

Gerade schlängelten wir uns durch die engen Kurven im südöstlichen Teil der Insel. Nachdem wir schon mehr als die Hälfte der Strecke zu der magischen Gräberschlucht zurückgelegt hatten, wurde mir langsam bewusst, was wir da eigentlich vorhatten.

»Ich hätte es vielleicht früher schon erwähnen sollen«, sagte Grace, »aber ich habe keine Lizenz für so etwas. Es könnte gut sein, dass unser Vorhaben gegen irgendwelche Gesetze verstößt. Schließlich handelt es sich um ein UNESCO-Weltkulturerbe.«

Ihr Fahrstil war ziemlich gewagt – während sie den braunen Hinweisschildern nach Pantalica folgte, überfuhr sie immer wieder in scharfen Kurven die Mittellinie. Die Autofenster standen offen, und warme Luft wehte herein. Daniel sagte kein Wort. Als ich ihm von unserem Vorhaben erzählt hatte, galt seine einzige Nachfrage dem Kameramann.

»Er ist wegen Marian dabei«, hatte ich ihm erklärt. »Um das Ganze für sie zu filmen.«

Bis Daniel mich danach gefragt hatte, hatte ich selbst nicht gewusst, weshalb ich Paul dabeihaben wollte. Aber in dem Moment war es mir auf einmal klar geworden: Sie sollte es miterleben können, was auch immer »es« war.

Schließlich erreichten wir den Eingang zum Gräberfeld. Die letzten Kilometer legten wir auf einem schmalen Sträßchen zurück, das eine Kalksteinmauer säumte. Jeder Stein sah aus wie ein Puzzleteil, das vor uralten Zeiten von einem Maurer an die richtige Stelle gelegt worden war. Der Anblick beruhigte mich, er war ein Beweis für eine Welt, in der selbst die kantigsten Formen zusammengefügt eine Einheit ergaben.

Bei unserer Ankunft war die Nekropole noch geschlossen. Doch die Absperrung war eigentlich kein ernst zu nehmendes Hindernis, und so beschlossen wir in stillem Einvernehmen, das Gelände trotzdem zu betreten. Grace wirkte nicht mehr ganz so verkatert, aber als sie fast über den niedrigen Zaun stürzte, zweifelte ich ein wenig, wie weit sie zu Fuß wohl kommen würde.

»Dein Vater wäre entsetzt«, sagte sie und wischte sich die Schweißperlen von der Oberlippe. »Ich hätte eigentlich gestern mit dir zurückfliegen sollen. Und nun begehe ich einen Einbruch mit dir. Noch dazu mit Restalkohol im Blut.« Sie nahm einen tiefen Schluck aus ihrer Wasserflasche.

»Mein Vater hat an einem Strand tote Hunde in die Luft gejagt«, sagte ich. »Er hat keinen Grund, sich moralisch überlegen zu fühlen.«

Daniel sprang mit einem Satz über den Zaun. Leise fluchend hievte Paul die Kamera über seinen Kopf und folgte ihm. Dann standen wir vier da – die einzigen Menschen in dieser endlosen Landschaft. Unsere einzige Gesellschaft waren ein paar Vögel, die bereits mit ihrem morgendlichen Ruf-und-Antwort-Spiel beschäftigt waren.

Grace trank ihre Wasserflasche leer und betupfte sich mit den letzten Tropfen die Schläfen. »Hast du ihn dabei?«, fragte sie.

Ich deutete mit einem Nicken auf Daniel, der die Dose mit Jonahs Asche aus seiner Tasche holte. Die Sonne schien auf den dünnen Plastikdeckel und ließ sie leuchten.

»Guten Morgen, Jonah«, sagte ich zu der Tupperdose.

Ich legte eine kurze Schweigeminute ein und steuerte dann einen Pfad an, wo der Asphalt in Erde überging. Grace und Daniel folgten mir. Paul trug seine Kamera an einem Riemen über der Schulter. Es dauerte ein paar Minuten, bis die Schlucht in Sicht kam, aber als wir um die erste Kurve bogen und sich das Tal vor uns ausbreitete, hielten wir alle stumm inne.

Unter uns erstreckte sich eine Landschaft aus steilen Steinklippen, die von Gestrüpp überwuchert und mit roten Wildblumen und Kakteen übersät war. In die Felswände waren Tausende rechteckige Öffnungen gemeißelt – schwarze Türen und Fenster zu den Grabmälern. Es war wie eine Hochhaussiedlung voller Grab-Apartments, bewohnt von den Seelen längst Verstorbener. Und ganz unten zog sich, kaum sichtbar, ein glitzerndes Band aus dunkelblauem Wasser über den Boden der Schlucht.

»Wie weit willst du runtergehen?«, fragte Daniel.

Ich drehte mich nicht um. »Bis ganz nach unten.«

Wir begannen mit dem Abstieg, folgten dem gewundenen Pfad an Orchideen und Oleandern vorbei und unterhalb der Felsenkammern entlang, die eher an Hobbithöhlen erinnerten als an Gräber. Auf halber Strecke gab ich Paul ein Zeichen, damit er das Ganze filmte. Mein inneres Chat-Programm schaltete sich ein, und diesmal wehrte ich mich nicht dagegen. Ich wusste, dass ich irgendwann mit Jonah sprechen musste.

Ich: *Wildkräuter und riesige Fenchelpflanzen am Wegrand. Ein einzelner Falke, der am Himmel kreist. Der funkelnde Fluss links von mir, der immer näher rückt. Ein Parkwächter auf dem Pferd fünf Meter unter uns.*

Ich blinzelte.

Als ich wieder hinsah, war er immer noch da, in seiner schicken babyblauen Uniform, auf dem Rücken eines langsam trottenden Pferdes.

»Oh Shit«, flüsterte ich.

»Was?«, fragte Daniel einen Tick zu laut.

Ich drehte mich um, legte ihm hastig die Hand auf den Mund und deutete über die Felskante. Paul und Grace kapierten sofort und lauschten mit schief gelegten Köpfen. Das Klappern von Pferdehufen hallte den Pfad hinauf.

Ich schaute mich um. Grace trug einen ihrer beigefarbenen Hippie-Beerdigungskittel. Daniel drückte die Aschedose an seine Brust. Pauls Kameraausrüstung war riesig und ließ sich nicht verbergen. Wir sahen auf keinen Fall so aus, als wären wir rein zufällig außerhalb der Öffnungszeiten hier gelandet. Eher, als hätten wir etwas verdammt Illegales vor.

»Wartet hier«, flüsterte ich. Ich verließ den befestigten Pfad, bog die langen Ranken beiseite und schob mich durch das Gestrüpp zu meiner Rechten. Es gab hier so viele Gräber, dass ich bald auf eins stoßen musste. Und tatsächlich entdeckte ich kurz darauf oberhalb und unterhalb von mir einige Öffnungen, die meisten waren jedoch lediglich schmale Löcher im Gestein, gerade groß genug, um einen einzelnen Körper zu bergen. Ich suchte weiter und erreichte eine zerklüftete Felsrampe. An ihrem oberen Ende öffnete sich ein Eingang zu einer größeren Kammer.

Schnell lief ich zu den anderen zurück. Das Geräusch der Pferdehufe kam immer näher.

Auf mein Winken hin rannten die anderen drei los, durch raschelnde Wildgräser, über knacksende Stöcke und scharfkantige Steine.

In großer Hektik erreichten wir die Höhle. Über den Schotter der Rampe rutschend, flüchteten wir uns in das dunkle Innere, wo wir eine schlafende Vogelfamilie und eine kleine Eidechse zu Tode erschreckten. Wir verharrten stumm, ängstlich darauf bedacht, ja kein Geräusch zu machen, und lauschten auf den berittenen Wachmann, der uns bestimmt entdecken und in ein italienisches Gefängnis stecken würde.

Aus der Schwärze der Höhle sah ich das Pferd vorbeitraben, darauf der junge Polizist mit einer Sonnenbrille auf der sonnenverbrannten Glatze. Er schaute nicht in unsere Richtung.

Dennoch war die Illusion, ganz allein hier zu sein, zerstört. Inzwischen war es einfach nicht mehr früh genug am Tag, um den Parkwächtern aus dem Weg zu gehen. Und ganz sicher gab es mehr als einen. Was bedeutete: Wir saßen vorläufig in der Höhle fest.

Zunächst sagte keiner ein Wort. Paul regte sich als Erster. Er zog eine kleine Taschenlampe hervor, richtete ihr Licht auf uns und vergewisserte sich, dass niemand verletzt war. Grace' Kleid war längst nicht mehr so sauber wie noch vor einer Stunde, hatte aber keine Löcher oder Risse abbekommen. Daniel war erschöpft, aber unversehrt. Und als das Licht auf mich fiel, entdeckte ich nur ein paar kleine Kratzer an meinen Armen.

Ich stand auf und tastete mich an den Wänden der Kammer entlang, um herauszufinden, wie tief sie in den Fels hineinführte. »Leuchte mir mal«, bat ich, worauf Paul den Lichtstrahl auf mich richtete. Ich trat tiefer in die Höhle und hoffte, dass es keine Bären auf Sizilien gab, und wenn, dann nur ganz kleine, niedliche, die sich nicht mit scharfen Krallen auf mich stürzten.

Schließlich stieß ich auf ein paar große Erhebungen, die sich im Schein der Taschenlampe als Säulen entpuppten. Sie hatten keine stützende Funktion, sondern waren nur zur Zierde gedacht. Das Ende der Höhle bestand aus einem steinernen Halbkreis, und ungefähr auf Augenhöhe waren einige wenige verblasste Überreste von Wandmalereien zu erkennen.

»Das ist kein Grab«, meinte Grace.

Ich schaute zum Eingang, wo Daniel und sie sich als dunkle Umrisse vor dem hellen Tageslicht abzeichneten.

»Was ist es dann?«, fragte Daniel mit müder Stimme.

»Ich vermute, es ist eine Kapelle.«

38

Ich hatte keine Rede vorbereitet.

Die letzten zwei Tage hatte ich versucht, mir etwas auszudenken. Leider vergeblich. Vielleicht lenkte es mich zu sehr ab, in einem anderen Land zu sein. Vielleicht war es wegen der Sache mit Daniel. Und nun stand ich in einer Felsenkapelle, die möglicherweise schon seit der Eisen- oder Bronzezeit existierte, und mir lief die Zeit davon.

Natürlich wusste ich, dass die Faszination für diese uralte Höhle nur eine begrenzte Zeit anhalten würde. Die Kapelle war vor so langer Zeit in den Felsen gehauen worden, dass man sich das Leben dieser Menschen eigentlich nicht mehr vorstellen konnte. Und so faszinierend das alles auch war, würde ich zu lange warten, würde die Höhle sich wieder in ein modriges Loch verwandeln mit massenweise Vogeldreck und Eidechsen, die sich irgendwo versteckten. Das durfte ich nicht zulassen. Also sagte ich: »Leute, lasst uns anfangen.«

Nachdem ich die Worte ausgesprochen hatte, standen die anderen auf einmal ganz still und stumm da. Vogelgezwitscher drang von draußen herein und hallte durch die Dunkelheit. Dann nickte Grace, Daniel hielt die Dose mit der Asche hoch, und Paul stellte die Kamerablende auf die dunklen Lichtverhältnisse ein.

Ich dachte an den einen Abend zurück, den ich mit Jonah verbracht hatte. Auf der Party. Es war nicht besonders spektakulär oder romantisch gewesen. Und auch nicht der Beginn einer Liebesgeschichte, die andere Leute groß interessiert hätte. Aber als ich mit ihm in dieser Nacht auf dem Sofa gelegen hatte, hatte ich den Anfang von etwas gespürt, etwas, das untrennbar mit dem dumpfen Dröhnen der Musik draußen und dem Mondlicht, das durchs Fenster hineinfiel, verknüpft war. Und auch wenn sich der Rest als große Lüge herausgestellt hatte, so hatte ich doch immer noch die Erinnerung an diese Nacht. Dieser Moment war echt gewesen, und er gehörte mir. Für immer.

Und genau so einen Moment wollte ich noch einmal erschaffen.

Noch einen weiteren Moment, der es wert war, in Erinnerung zu bleiben.

Genau das musste ich hier in dieser Felskammer in Sizilien irgendwie hinkriegen.

Trotz der kühlen Temperaturen in der Höhle schwitzte ich. Räuspernd stellte ich mich in das Sonnenlicht, das durch die Öffnung hereinfiel. Ich schaute zu Grace und Daniel. Und als ich zu sprechen begann, fiel mir nur eine Sache ein. Etwas, das mir schon seit Monaten durch den Kopf ging.

»Irgendwie«, sagte ich, »ist nicht alles so gelaufen, wie es sollte.« Der kurze Satz hüpfte durch die Höhle und kam dann Wort für Wort zu mir zurück.

»Ich will nur ehrlich sein. Alles andere wäre jetzt einfach dämlich. In Wahrheit sollten wir gar nicht hier sein – das wissen wir alle. Wir sollten nicht in einer Kapelle stehen, die vor mehreren Tausend Jahren gebaut wurde. Wir hätten Jonah nicht hierherbringen sollen. Und uns nicht vor einem italienischen Parkwächter auf einem Pferd verstecken sollen.« Ich hielt inne und wartete, bis das Echo meiner Stimme verstummte.

»Und natürlich hätte Jonah nicht sterben sollen. Noch nicht. Nichts davon hätte so passieren sollen.«

Grace beäugte mich fragend.

»Das soll jetzt nicht total düster rüberkommen«, fuhr ich fort. »Auch wenn es so klingt. Ich will damit nur sagen, dass im Leben nie irgendetwas so abläuft, wie es soll. Alles kann schiefgehen. Nichts ist perfekt. Aber wenn es diese Unvollkommenheit nicht geben würde, was bliebe dann noch übrig?« Ich schaute in das Sonnenlicht draußen vor der Höhle. Es war so hell, dass die Landschaft wie ausgebleicht wirkte.

Paul kniete sich hin und filmte mich von unten.

»Also ich sehe das so: Unser ganzes Leben ist ein einziger Haufen unvollkommener Momente. Und genauso unvollkommen ist die Liebe, die wir für andere empfinden. Und ehe wir uns versehen, ist alles vorbei. Und auch wenn wir immer unser Bestes geben, ist es doch nie genug. Unser Leben wird nie genau so sein, wie wir es uns vorstellen. Die Zeit mit unseren Lieben wird nie genug sein. Aber schon allein darum zu kämpfen, gibt unserem Leben einen Sinn. Und die Liebe gibt ihm einen Sinn, auch wenn sie unvollkommen ist. Und vielleicht sollten wir dieses kurze, unvollständige Glück feiern. Denn wenn irgendwann alles zu Ende geht, sind die Erinnerungen daran vielleicht alles, was uns bleibt.«

Ich sah die anderen an, konnte aber nicht erkennen, was sie über meine Worte dachten. Und weil mich keiner unterbrach, sprach ich weiter. »Und nur weil etwas nicht so lange gehalten hat, wie man es sich gewünscht hätte, heißt das noch lange nicht, dass es nicht echt war. Jonah und mich hat eine unvollkommene Liebe verbunden. Na und? Das macht sie ja nicht ungeschehen. Sie ist immer noch da. Und heute möchte ich sie zurückholen. Ich möchte sie wenigstens für einen kurzen Moment spürbar machen.« Ich streckte die Hand aus, und Daniel reichte mir den Behälter. Vorsichtig öffnete ich den Deckel und griff hinein. Die Asche war pudrig und noch warm von Daniels Tasche.

»Jonah«, sagte ich. »Hier ist Tess.« Meine Stimme zitterte ein bisschen, aber dann gelang es mir, sie wieder zu beruhigen. »Daniel ist auch hier. Wir sind den weiten Weg gekommen, um uns von dir zu verabschieden. Wenn es stimmt, dass wir beide dich am besten gekannt haben, dann wünschte ich, du hättest uns dein ganzes Ich gezeigt. Und ich wünschte, du hättest mit dem Menschen, der du warst, deinen Frieden gemacht. Aber das können wir jetzt nicht mehr ändern. Wir können uns nur über das freuen, was wir von dir wissen. Und ich bin immer noch sehr dankbar, dass ich dich kennenlernen durfte.« Ich schaute Daniel an. Er nickte. »Daniel auch«, fügte ich hinzu. Ich nahm eine Handvoll Asche. »Wir vergessen dich nicht«, sagte ich. »Und wir lassen dich nicht einfach zurück. Aber wir müssen dich irgendwo begraben. Damit du nicht ... überall bist. Ich hoffe, du verstehst das.«

Ich ließ die Asche los, sie tanzte wie Rauch im einfallenden Licht und schwebte hinunter auf den Boden der Felskirche. Erst wollte ich erneut in die Dose greifen, aber dann hielt ich inne und reichte Daniel den Behälter. Er blinzelte im Dämmerlicht der Höhle und überlegte angestrengt, was er sagen sollte.

»Ich verzeihe dir«, sagte er schließlich und griff in die Tupperdose. »Und ich verzeihe mir.« Er ließ die Asche los, und wieder schwebten Flöckchen durch die Luft.

Zum Schluss nahm Grace die Dose und stellte sich mir gegenüber. »Erde zu Erde«, sagte sie. »Asche zu Asche. Staub zu Staub.«

Und während Paul die Kamera auf uns gerichtet hielt, leerte sie den Behälter ganz aus. Ein leichter Wind wehte herein und pfiff leise durch die Höhle. Ein Teil der Asche wurde durch die Luft gewirbelt, aber am Ende landete jedes Korn, jedes winzige Stückchen von Jonah, auf dem Boden zwischen uns. Und mir blieb nichts weiter zu tun, als die Höhle zu verlassen und mich durch das Gestrüpp zum Weg zurückzukämpfen.

Die anderen folgten mir zögernd. Der Hang war steil, und ich zog die Schuhe aus, um besser Halt zu finden. Paul blieb bei der Höhle und filmte, wie wir allmählich kleiner wurden und schließlich ganz verschwanden.

Als ich den Talkessel erreicht hatte, folgte ich schweigend dem kleinen Fluss, der sich allmählich zu einem steinigen Bach verjüngte und schließlich in einen ruhigen türkisblauen Teich mündete. Ich stand einen Moment lang an seinem Ufer, den Blick auf das Wasser gerichtet.

Ich: *Felsen im Teich, die abwechselnd scharf und unscharf werden. Kleine Algen, die im Wasser treiben.*

Ich merkte, wie ich die Luft anhielt. Mein Herz hämmerte in meiner Brust, und mir wurde schwindelig. Aber anders als damals auf dem Steg in Minnesota war ich diesmal nicht allein. Ich schaute zu Grace und Daniel.

Ich: *Das Sonnenlicht funkelt auf dem Wasser. Die kühlen Steine an meinen nackten Füßen.*

Ich watete in den Teich und spürte, wie meine Beine im eiskalten Wasser sofort taub wurden. Die Steine am Grund waren glatt und etwas glitschig aufgrund der Algen, das Wasser selbst jedoch war vollkommen klar. Ich betrachtete meine Füße, und es sah aus, als befänden sie sich hinter Glas. Ich watete weiter, bis das Wasser tiefer wurde.

Und endlich war der Monolog in meinem Kopf verstummt. Nur meine eigenen Gedanken zogen noch vorüber. Darunter einer, der fragte: *Willst du das wirklich tun?* Und ein anderer, der meinte: *Ja. Es ist gut so.*

Und so streckte ich meine Arme aus und tauchte in den blaugrünen Teich – mein gedämpftes Jaulen angesichts der Kälte war unter Wasser kaum zu hören – und schob mich mit kräftigen Armschlägen rasch vorwärts. Als ich wieder an die Oberfläche kam und die Luft in tiefen Zügen einsog, spürte ich die Sonne warm auf meiner ausgekühlten Haut.

Plötzlich schwamm Grace neben mir. Ihr Kleid kräuselte sich an der Oberfläche, und auf ihrem Gesicht lag so etwas wie Zufriedenheit.

Daniel sprang als Letzter hinein. Als er wieder auftauchte, klebten nasse Haarsträhnen an seiner Stirn, und er schrie wie ein Verrückter. Vielleicht hatte er sogar Tränen in den Augen – das war auf seinem nassen Gesicht nicht zu erkennen.

Ich schwamm zu ihm und hielt im kalten Wasser seine Hand. Dann ließen wir uns einfach treiben. Ich weiß nicht, wie lange. Irgendwann war mein Körper völlig taub, aber das war nicht schlimm. Ich brauchte ihn nicht. Das Wasser trug mich und blendete sämtliche Geräusche aus. Ich hätte den ganzen Nachmittag so verbringen können, aber ich wusste, dass das zu riskant war.

Und so versuchte ich, den Augenblick voll auszukosten und ihn mir wie eine Geschichte vorzustellen: Ich war durch ein Tal mit zerklüfteten Felswänden gewandert, in dem schwarze Öffnungen in uralte Grabkammern führten. Ich hatte mich in einem unberührten Teich mit himmelblauem Wasser treibend ausgeruht. Und für ein oder zwei winzige Augenblicke hatte ich einen Ort gefunden, an dem ich innehalten konnte.

Das Licht glitzerte auf dem Wasser, und es sah aus, als würde die Sonne unter uns scheinen, nicht über uns. An einem Ort der Toten hatte ich ein kleines bisschen Leben gefunden.

39

Am Abend saß ich wieder in einem Flugzeug. Der Gegensatz war kaum auszuhalten. In einem Moment hatte ich noch außerhalb meines Körpers geschwebt, im nächsten saß ich in einer engen Flugzeugkabine voller Touristen. Sie flogen heim nach einem Urlaub in Italien, wo sie Fotos von antiken Ruinen gemacht, in überteuerten Restaurants gegessen und die meiste Zeit mit ihrem Handy verbracht hatten. Ich hätte eine von ihnen sein können.

Keiner von ihnen wusste, dass ich gerade eine Totenrede in einer Felsenhöhle gehalten hatte. Keiner von ihnen wusste, dass ich die Schule abgebrochen und mein Kreditkartenlimit heillos überzogen hatte. Keiner von ihnen wusste, dass ich absolut keinen Plan hatte, was ich nach meiner Rückkehr machen sollte. Und – wichtiger noch – keiner von ihnen wusste, dass ich mich, sobald das Flugzeug wieder am Boden war, von dem schlafenden Jungen neben mir verabschieden musste.

Daniel lag wieder im Reisetabletten-Koma. Zumindest sah es so aus. Sein Kinn hing auf seiner Brust, und ein einsamer Spucketropfen prangte auf seiner breiten Unterlippe. Auf der Fahrt zum Flughafen hatten wir zitternd unter einer schäbigen Decke auf dem Rücksitz des Vans gesessen, zu benommen, um viel miteinander zu reden.

Den ersten Teil der Reise verbrachten wir noch zusammen, dann trennten sich unsere Wege. Daniels Eltern waren nicht gerade begeistert gewesen, als sie erfuhren, dass ihr Sohn im Ausland war. Sie deuteten an, die Studiengebühren fürs College nicht mehr zu bezahlen, wenn er nicht sofort nach Hause käme.

Das alles hatte mich kalt erwischt. Irgendwie war ich davon ausgegangen, dass Daniel nach unserer Reise mit mir nach Minneapolis kommen und wieder bei uns wohnen würde. Eine lächerliche Vorstellung, wie mir bei näherer Betrachtung klar wurde. Immerhin hatte mein Vater gedroht, ihn umzubringen. Man konnte also davon ausgehen, dass ihm sämtliche Sofa-Privilegien längst entzogen worden waren. Damit blieb uns also nur dieser Transatlantikflug, um uns voneinander zu verabschieden.

Nur taten wir das nicht.

Lieber schauten wir einen schlechten Film nach dem anderen. Wir drückten auf die Touchscreens an den Rückenlehnen vor uns und stierten geradeaus wie Lobotomie-Patienten. Dazu tranken wir Gingerale und verdrückten tütenweise »leicht gesalzene« Erdnüsse. Wir lachten nicht. Wir weinten nicht. Wir starrten nur vor uns hin.

Dann waren die Filme zu Ende, und mir blieb nichts anderes übrig, als Daniel beim Sabbern zuzuschauen. Grace saß irgendwo weiter hinten im Flugzeug. Als wir festgestellt hatten, dass es diesmal wenigstens zwei Sitzplätze nebeneinander gab, hatte sie uns diese ohne ein weiteres Wort überlassen. Wenn sie in der Nähe gewesen wäre, hätte sie die verkrampfte Stimmung zwischen uns vielleicht durchbrechen können.

»Ich hab darüber nachgedacht ...«, meldete Daniel sich unvermittelt zu Wort, »... wie es werden könnte, wenn ich wieder auf dem College bin.«

Ich war in Gedanken weit weg gewesen. Nun sah ich, dass er ein Auge geöffnet hatte. »Mann. Mach das nie wieder«, schimpfte ich.

»Was denn?«

»Sprechen, obwohl du schläfst. Das ist richtig gruselig.«

Er schlug auch das andere Auge auf. »Ich hab nicht geschlafen«, sagte er. »Ich hab nachgedacht.«

»Sah aber so aus.«

»Wir müssen darüber reden, finde ich.«

Ich holte tief Luft und nahm die Stöpsel meiner Kopfhörer aus den Ohren.

»Egal wie lange ich darüber nachdenke, ich komme immer wieder zu demselben Ergebnis. Es gibt zwei Möglichkeiten – und ehrlich gesagt, sind beide ein bisschen verrückt. Die erste ist: Wir trennen uns am Flughafen, und das war's. Wir haben uns von Jonah verabschiedet – das heißt, der Grund für ... unser Zusammensein hat sich sozusagen erledigt.«

Ich musterte sein Gesicht. Seine Miene verriet nichts.

»Die zweite Möglichkeit ist, dass ich zurück nach Hause fliege und in ein paar Monaten wieder aufs College gehe und dann ...«

»Sag es nicht«, bat ich.

»Ich muss es wenigstens einmal aussprechen.«

»Nein, musst du nicht.«

Er seufzte. »Fernbeziehung.«

»E-Mails?«, fragte ich.

»Unter anderem. So haben wir schließlich auch angefangen.«

»So hast *du* angefangen«, widersprach ich.

Das traf ihn sichtlich. Trotzdem schaute er mich weiter unverwandt an.

»Ich glaube nicht, dass ich das kann«, meinte ich.

Daniel legte die Hände auf den Tisch. Seine Fingernägel waren restlos abgekaut. »Und wenn es Regeln gibt?«

»Was denn für Regeln?«

»Ich weiß nicht«, sagte er. »Regeln, damit es ...« Er schwieg länger, als nötig gewesen wäre.

»Echter ist«, sagte ich.

»Ja. Genau.« Er sank tiefer in seinen Sitz und starrte nach vorn auf den Bildschirm. »Wie wäre es, wenn wir uns nur eine Nachricht pro Tag schicken, und alles andere läuft per Telefon oder Videochat, damit es sich persönlicher anfühlt. Und –«

»Ich kann das nicht«, sagte ich.

»Tess.«

»Tut mir leid. Ich will wirklich nicht uneinsichtig sein oder so. Aber ich kann das nicht. Für mich klingt es einfach nur schrecklich. Eine Rückkehr in die Hölle.«

Das brachte ihn zum Schweigen. Ich hatte nicht so schroff klingen wollen, aber nun konnte ich es nicht mehr zurücknehmen.

Daniels Miene verdüsterte sich.

Ich trank einen Schluck Gingerale, die Bläschen kitzelten mich an der Nase.

Wir saßen stumm da, bis ich nur noch das Dröhnen der Motoren hörte. Nach einer Weile wandte Daniel sich ab, und ich steckte mir die Kopfhörerstöpsel wieder ins Ohr. Die nächste Stunde verbrachten wir in qualvollem Schweigen nebeneinander, während das Flugzeug auf den amerikanischen Luftraum zusteuerte.

Wir landeten in O'Hare, schleppten uns durch den Zoll und fuhren auf einem Laufband unter der kitschigen Lichtinstallation entlang, die ich als Kind so geliebt hatte. Grace hielt Abstand zu uns – was besser für ihr Wohlbefinden war und für unseres auch. Kurz bevor wir uns trennen mussten, um zu unseren jeweiligen Gates zu gehen, blieb Daniel schließlich stehen. Er stand einfach da und umklammerte im Neonlicht des Flughafens seine Reisetasche.

Sein Gesicht war furchtbar bleich. Meins sicher auch. Eines Tages würde ich mich damit auseinandersetzen müssen, warum ich mich eigentlich immer zu den traurigen Jungs hingezogen fühlte. Aber darüber würde ich ein anderes Mal nachdenken.

Ich stellte mich dicht vor ihn. »Es war echt schön, dich kennenzulernen, Daniel Torres«, sagte ich und hielt dann inne. »Also, es war schon irgendwie beschissen und schräg. Aber auch schön. Also, nicht ohne schöne Momente. Jedenfalls … danke.«

»Wofür?«, fragte er. Er wirkte regelrecht bestürzt über meine Worte.

»Dafür, dass du so viele bescheuerte Entscheidungen getroffen hast, die das alles möglich gemacht haben.«

Er sah mich nur an.

»Das ist mein Ernst«, sagte ich. »Ich wüsste nicht, wo ich ohne sie jetzt wäre.«

Sein Gesicht lief leicht rot an, und ich hatte keine Ahnung, ob er lachen oder weinen oder mich einfach nur zum Teufel jagen würde. Stattdessen sagte er: »Ich weiß es nur noch nicht, Tess.«

»Was weißt du nicht?«

Er trat einen Schritt zur Seite und senkte den Blick. »Wer wir ohne ihn sind.«

Ich sah ihn an. Schlafsand klebte in seinem Augenwinkel, und ich verspürte auf einmal den Drang, ihn wegzuwischen. »Ich auch nicht«, sagte ich.

Um uns herum schleppten die Leute ihre Koffer an uns vorbei. Sie wichen einem Zwei-Personen-Hindernis aus, ohne sich dabei etwas zu denken. Flughafen-Szenen wie diese gab es in vielen Kinofilmen. Und jeder kannte sie.

»Wir könnten es herausfinden«, sagte ich.

Er nickte. »Ja. Das könnten wir.«

Aber er klang nicht überzeugt.

»Briefe«, verkündete ich.

»Wie bitte?«, fragte Daniel.

Ich war mir nicht sicher, ob ich das Wort wirklich laut ausgesprochen hatte, bis ich es noch mal sagte. »Briefe«, wiederholte ich. »Ich hätte gern, dass du mir Briefe schreibst.«

Er wollte etwas erwidern, doch ich redete weiter. »Ich möchte, dass du einen Stift nimmst und mir auf einem Stück Papier etwas schreibst. Egal was für ein Papier. Und dann steckst du dieses Papier in einen Umschlag und klebst eine Briefmarke drauf. Und diesen Brief schickst du mir dann. Und ich tue das Gleiche. Für dich.«

Daniel kniff die Augen zusammen. »Ich glaube, ich habe keine Briefe mehr geschrieben, seit ich ein Kind war«, wandte er ein.

»Super«, sagte ich. »Dann weißt du ja bestimmt noch, wie's geht.«

Daniel schaute auf sein Handy. Es wurde Zeit. Sein Flug würde bald aufgerufen werden. »Und wenn sie ganz furchtbar sind?«, fragte er. »Wenn sie so furchtbar sind, dass ich sie nicht abschicken kann?«

Ich schloss die Augen. »Dann kannst du sie eben nicht abschicken.«

Wir schauten uns ein letztes Mal in die Augen. Nun kam der Teil, wo wir uns im Film in die Arme fallen würden. Aber offenbar hatten wir das falsche Drehbuch bekommen, denn Daniel drehte sich einfach um und ging davon.

Ich beobachtete, wie er zwischen den anderen Passagieren verschwand. Einige schlurften wie Zombies herum. Andere saßen in den Wartezonen an den Gates, tippten auf Displays, schauten sich echte Filme an, lasen Bücher. Sie starrten mit großen Augen auf die Geschichten, die sie sich ausgesucht hatten, und vertrieben sich die Zeit, bis sie endlich ihren Zielort erreichten.

40

An dem Morgen nach meiner Rückkehr aus Sizilien wachte ich noch vor Sonnenaufgang im leeren Haus meines Vaters auf und dachte über meine eigene Beerdigung nach. Der Tod des Universums war mir einfach eine Nummer zu groß. Das musste warten. Stattdessen fasste ich den festen Vorsatz, mir nur noch über Dinge Sorgen zu machen, die ich irgendwie beeinflussen konnte. Mein Begräbnis zum Beispiel. Allerdings gab es, was das betraf, sehr viele Möglichkeiten, und darüber dachte ich in diesen frühen Morgenstunden nach. Leider hatte ich so viele völlig verschiedene Ideen, dass es nicht wirklich hilfreich war.

Ich könnte mich zum Beispiel im Krematorium zu Staub verbrennen lassen.

Oder zu Nährstoffen in der Erde umgewandelt werden.

Ich könnte als Feuerwerk an einem Nachthimmel enden.

Oder als Koralle in einem Unterwasser-Mausoleum am Meeresboden versenkt werden.

Es gab sogar eine Firma, die die Asche von Leuten zu Vinylplatten presste. Jemand könnte eine Beatles-Platte abspielen, die aus mir gemacht worden war, und zu meinen sterblichen Überresten singen.

Ich könnte mich einbalsamiert auf ein Motorrad setzen lassen, wie es ein Mann in Michigan gemacht hat.

Oder ich würde in einem Boxring aufgestellt wie jemand in Mexiko.

Ich könnte mich einfrieren lassen.

Ich könnte zerstückelt und unter einem Baum vergraben werden.

Und das war erst der Anfang, wenn es um ein Begräbnis ging. Es gab so vieles zu bedenken.

Ich ging nach unten und stellte fest, dass mein Vater nicht zu Hause war. Seit meiner Rückkehr hatte er kaum mit mir gesprochen. Nachdem ich aus dem Internat geflohen war, hatte ich die ganze Zeit vergeblich auf eine Reaktion von ihm gewartet, und nun endlich kam sie: eisernes Schweigen. Schon am Flughafen hatte er kaum etwas gesagt. Auch nicht bei der Gepäckausgabe. Erst auf der Fahrt nach Hause hatte er kurzzeitig die Fluttore geöffnet.

»Glaub ja nicht, dass ich dir deshalb nicht böse bin, Tess. Ich bin sauer! So richtig sauer.«

»Wirklich? Bei dem mürrischen Schweigen wäre mir das gar nicht aufgefallen.«

Sein Blick verriet mir, dass Sarkasmus in dieser Situation fehl am Platz war.

»Hauptsächlich bin ich gekränkt«, sagte er.

Ich musterte sein müdes Gesicht. Er hatte sich seit Tagen nicht rasiert und Bartstoppeln am Kinn. Laut Grace hatte er keine Minute geschlafen, während ich weg war.

»Ich dachte, wir kriegen das zusammen hin.« Er blinzelte ins Licht der frühen Morgensonne. »Ich dachte, du würdest mir erzählen, was mit dir los ist. Ich wollte derjenige sein, dem du dich anvertraust. Ich war bereit dazu. Aber so wird es zwischen uns nie sein, oder?«

In dem Moment wäre mir sein Schweigen lieber gewesen.

»Ich weiß, ich habe Fehler gemacht«, sagte er. »Das verstehe ich. Und ich weiß, dass du denkst, ich hätte unsere Familie kaputt gemacht. Aber so einfach ist das nicht, Tess. Und du bist inzwischen alt genug, um zu wissen, dass nicht immer alles schwarz oder weiß ist.«

»Was meinst du damit?«, fragte ich.

»Es lohnt sich nicht, darüber zu reden.«

»Und woher weiß ich dann, dass du nicht lügst?«

Er seufzte. »Hör zu. Es gab da einige Fehltritte.«

»Dad«, sagte ich. »Wann hörst du endlich auf, in Rätseln zu sprechen? Wenn du mir etwas sagen willst, dann sag es.«

»Deine Mutter hatte schon eine ganze Weile eine Affäre«, erklärte er.

Meine Lippen wurden schmal.

»Mit dem Kerl, mit dem sie jetzt zusammen ist. Und ich war nicht so ahnungslos, wie du vielleicht denkst.« Er drehte den Deckel seiner Thermoskanne auf, und der Geruch von verbranntem Kaffee zog durch das Auto. »Es hat auf dich vielleicht so gewirkt, weil ich mich so zurückgezogen hatte, aber in Wahrheit hab ich einfach nur getrauert. Meine Ehe war gescheitert, und das hat mich sehr traurig gemacht. Da blieb kein Raum für irgendwas anderes. Ich bin die ganze Zeit wie durch Nebel gelaufen. Jahrelang, vermutlich.«

»Aber damals hast du doch ständig neue Jobs ausprobiert ...«

»Alles nur Ablenkung«, sagte er. »Um aus dem Haus zu kommen.«

»Mein Gott, ich kann nicht fassen, dass sie so etwas getan hat.«

Er nahm einen Schluck Kaffee. »Es war nicht nur sie, Tess. Deine Mutter ist nicht die Böse. Ich war auch nicht gerade der tollste Ehemann der Welt.«

Ich schaute in den Rückspiegel und beobachtete, wie die Straße hinter uns verschwand. »Sie ist noch nicht mal gekommen, um mich abzuholen«, sagte ich dann.

»Wie meinst du das?«, fragte mein Dad.

»Als ich auf Sizilien war. Ich dachte, sie kommt vielleicht und bringt mich nach Hause.«

Mein Vater schwieg.

»Das wäre gar nicht möglich gewesen«, sagte er dann.

»Warum nicht?«

Er schlürfte laut einen weiteren Schluck Kaffee. »Weil ich ihr nicht gesagt habe, dass du in Italien bist.«

»Oh«, sagte ich und verstummte, um das sacken zu lassen.

»Wie hätte ich denn dagestanden?«, meinte er. »Da bist du nach zwei Jahren das erste Mal wieder bei mir und verlässt gleich fluchtartig das Land? Ich wusste, dass es schwierig zwischen uns ist, aber dass es so schlimm ist, hätte ich nicht gedacht.«

»Das war doch nur wegen einer Beerdigung«, murmelte ich.

»Ich weiß. Aber das macht es nur noch schlimmer! Beerdigungen sind schließlich mein Beruf.«

»Dad ...«, sagte ich.

»Ich will jetzt nichts mehr hören. Ich möchte dir nur mitteilen, dass ich eine Entscheidung getroffen habe. Und sie ist endgültig.«

»Was für eine Entscheidung?«

»Ich finde, wir sollten nicht länger zusammenarbeiten«, erklärte er. Er sagte es sehr leise, als fiele es ihm schwer, die Worte auszusprechen. »Es war von Anfang an eine dumme Idee und hat nicht funktioniert.«

Ich hätte nicht erwartet, dass mir das etwas ausmachen würde. Schließlich hatte ich *ihm* geholfen. Ich hatte *ihm* einen Gefallen getan. Trotzdem tat sich nach seinen Worten ein Loch in mir auf, das ich die ganze Fahrt bis nach Hause spürte. Ich spürte es, als ich an dem Abend ins Bett ging. Und als ich aufwachte und an meine Beerdigung dachte, war es immer noch da.

Nachdem mein Vater endlich nach Hause gekommen war, saß er am Küchentisch und erledigte geschäftliche Anrufe. Sobald er aufgelegt hatte, erkundigte ich mich, ob er ein neues Begräbnis planen würde, aber er antwortete nicht.

»Komm schon«, sagte ich. »Was ist es diesmal? Eine Beerdigung für eine streunende Katze? So eine süße getigerte Mieze?«

Schweigen.

»Nur ein klitzekleiner Hinweis.«

Noch mehr Schweigen.

Schließlich ging ich nach oben und rief Grace an. Ich fragte, ob ich für eine Weile zu ihr kommen könnte.

Überraschenderweise sagte sie, ich solle eine Tasche packen und das Wochenende bei ihr verbringen. »Dein Vater braucht noch Zeit, um über alles hinwegzukommen«, meinte sie.

»Worüber denn genau?«

»Sein gebrochenes Herz.«

»Oh«, sagte ich.

41

Und so tauchte ich mit meinem Rucksack bei Grace auf und saß auf ihrem Balkon, während sie zur Arbeit ging. Vor ihrem kleinen, stilvoll eingerichteten Apartment im Stadtzentrum hing ein eierförmiger Korbstuhl, den ich sofort mit Beschlag belegte.

Es war schon eine Weile her, seit ich mit einer Frau zusammengewohnt hatte, und die Vorzüge begeisterten mich auf Anhieb. Zum Beispiel das Thema Sauberkeit: Grace putzte ihre gesamte Wohnung jedes Wochenende gründlich durch, wie sie erklärte. Und sie benutzte einen teuren Apfelessig-Reiniger, der in allen Räumen einen angenehmen Duft verströmte. Außerdem wurde man bei ihr nicht von gruseligen langen Schamhaaren auf der Klobrille überrascht.

Der größte Vorteil aber war das Essen. Grace' Kühlschrank war gefüllt mit Bioprodukten – und ich durfte mich einfach bedienen! Und schließlich war da noch ihre Bibliothek, die zum großen Teil aus Büchern über alternative Bestattungsmöglichkeiten bestand. Nachdem ich die Titel eine Weile überflogen hatte, fing ich an, in den Büchern zu blättern, und fand jede Menge Informationen über Gartenbestattungen und Naturfriedhöfe.

Da Grace am Abend immer noch nicht zu Hause war, ignorierte ich jedes Schamgefühl und schlich mich in ihr Arbeitszimmer. Ich musste nur in zwei Schubladen schauen, dann hatte ich die Babyfotos gefunden. Grace war darauf ebenso abgebildet wie ein Mann, der die gleichen blauen Augen und die gleiche Stupsnase hatte wie ihr gemeinsames Kind. Und natürlich ähnelte das kleine Mädchen bei näherem Hinsehen auch Grace: Ihre Haare hatten den gleichen

Farbton, und ihre Oberlippe war ebenso hübsch geschwungen wie die ihrer Mutter.

Später, bei einer veganen Lasagne und einem Glas Wein, fragte ich sie, ob ich am nächsten Tag in ihrem Beerdigungsinstitut aushelfen dürfte.

Grace wirkte kurz überrascht. Sie schluckte einen Bissen Lasagne hinunter und sagte: »Ich weiß nicht, was dein Vater dazu sagen würde.«

Aber als ich am nächsten Morgen in ihrem Büro erschien, schickte sie mich nicht weg. Und während ich darauf wartete, dass mein Vater wieder mit mir sprach, verbrachte ich die restliche Woche in Grace' Büro. Ich half hauptsächlich bei der Ablage und ging ans Telefon, wenn Grace' Assistentin beim Mittagessen war. Nach ein paar Tagen jedoch begann ich, einen Blog zu schreiben, mit kurzen Informationen über handgemeißelte Steinurnen, Beerdigungsfotografen oder Recycling von Herzschrittmachern. Am fünften Tag schließlich machte ich mich an einen ausführlicheren Beitrag über die Möglichkeiten, verstorbene Familienmitglieder aus den sozialen Netzwerken zu löschen.

Am Anfang fiel mir das nicht weiter schwer; ich schrieb über Vollmachten und Log-in-Informationen. Erst als ich den Drang verspürte, einen Kommentar zu dem Thema zu verfassen, hielt ich plötzlich inne. Am späten Vormittag gab ich schließlich auf und ging auf Jonahs Facebook-Seite. Anders als erwartet, war die Seite noch nicht gelöscht worden. Vielmehr hatte sie sich seit meinem letzten Besuch in eine Gedenkstätte verwandelt.

Du fehlst mir, Jonah!, hatte ein früherer Mitschüler geschrieben. *Letzte Nacht hab ich geträumt, du wärst noch hier, Mann.*

Bald ist dein Geburtstag. Ich hab ihn nicht vergessen!

Auch entfernte Verwandte hatten sich gemeldet: *Wir halten dir dieses Jahr einen Platz am See frei, Jonah. Komm doch vorbei.*

Ich hoffe, du hast eine schöne Reise.

Dein Cousin hat gerade seinen Schulabschluss gemacht. Ich weiß, du wärst stolz auf ihn.

Ich wusste nicht, wie lange ich schon auf den Bildschirm starrte, als Grace mir auf die Schulter klopfte. Ich fuhr zusammen.

»Entschuldige«, sagte sie. »Ich wollte dich nicht erschrecken.«

Ich antwortete nicht, und Grace schaute über meine Schulter auf den Bildschirm.

»Unten an der Straße gibt es einen Foodtruck, der hat ziemlich gute Tacos. Lust auf Mittagessen?«

Ich hätte ganz einfach ablehnen und ihr erklären können, dass ich erst noch den Blogeintrag fertig schreiben wollte. Doch stattdessen schaltete ich den Computer in den Energiesparmodus und folgte Grace auf die Straße. Es war inzwischen Sommer, und ich fing sofort an zu schwitzen, als mir die heiße Sonne ins Genick brannte.

»Dein Blog ist richtig toll geworden«, sagte Grace. »Ich bekomme viel Lob dafür.«

»Danke«, sagte ich. »Das freut mich.«

»Ich finde, es wird Zeit, dass ich dich dafür bezahle.«

Ich hörte mich lachen. »Ich esse deinen Kühlschrank leer. Ich lebe in deiner Wohnung.«

»Das wird aber nicht auf Dauer so bleiben, Tess. Das weißt du doch, oder?«

Ihre Worte kamen nicht wirklich bei mir an. Ich wollte sie nicht hören.

»Ich fände es trotzdem gut, wenn du mit dem Blog weitermachst«, sagte sie. »Das wäre doch ein guter Nebenjob, wenn du wieder zur Schule gehst.«

Ich verlangsamte meine Schritte. »Ich hab die Schule abgebrochen.«

»Du hast *eine* Schule abgebrochen«, sagte Grace. »Eine bestimmte

Schule. Wegen eines Todesfalls und einer psychischen Krise. Ich denke, wir könnten ohne Probleme eine neue für dich finden.«

Wir schlenderten auf den Foodtruck zu.

»Hör mal, Tess«, meinte Grace. »Ich glaube, du könntest eine Menge erreichen, wenn du später wirklich mal in dieser Branche tätig sein willst. Du bist eine kluge, fähige und sehr mitfühlende junge Frau, und genau diese Eigenschaften braucht man, um in diesem Bereich zu arbeiten. Aber du bist auch ein siebzehnjähriges Mädchen in den letzten Phasen der Trauer, und ich finde, du musst nicht dein ganzes Leben mit Begräbnissen verbringen, nur weil dir das durch eine schwierige Zeit geholfen hat.«

Ich schirmte meine Augen mit der Hand vor der Sonne ab.

»Es gibt genug andere Möglichkeiten, Gutes zu tun. Und du brauchst Zeit, um das herauszufinden. Mach deinen Schulabschluss. Geh aufs College. Finde heraus, was du willst. Finde heraus, was du *nicht* willst. Mach Fehler. Lass dir noch mal das Herz brechen. Und versuche, dich dabei anständig zu verhalten. So wird daraus ein Leben.« Grace reihte sich in die Warteschlange ein. »Auf der Stelle zu treten ist einfach. Sich von einem schlimmen Erlebnis lähmen zu lassen. Aber das wäre eine Riesenverschwendung. Lass dich davon nicht aufhalten. Es hält dich nur von allem anderen ab.« Grace verstummte kurz, um Luft zu holen.

Ich sah sie an. »Das war doch bestimmt noch nicht alles.«

Sie lächelte. »Nein. Das war noch nicht alles. Lass dich gegen Hepatitis impfen. Und bestell dir endlich ein paar Tacos! Ich bin am Verhungern.«

Ich gab meine Bestellung auf, und als die Tacos kamen, biss ich ausgehungert hinein. Sie schmeckten gut. So salzig, dass meine Zunge beinahe taub wurde. Wir aßen und beobachteten, wie die Menge um den Taco-Wagen immer größer wurde. Ein paar gepiercte Jungs fuhren auf großen Fahrrädern vorbei und traten zielstrebig in die Pedale. Schließlich waren wir fertig und gingen zurück ins Büro.

Als ich wieder an meinem Schreibtisch saß, kam Grace noch mal zu mir.

»Hier«, sagte sie. »Das hat mir dein Vater gegeben. Es lag gestern bei ihm im Briefkasten.« Sie hielt mir einen Brief hin.

Ich nahm ihn entgegen und musterte ihn. Seine Handschrift, in blauer Tinte, war nicht gerade schön, aber lesbar. Schließlich öffnete ich den Umschlag.

Liebe Tess,
ich weiß nicht, wie man Briefe schreibt. Das wirst du ziemlich schnell merken. Ich glaube, ich habe keinen mehr geschrieben, seit ich nach der fünften Klasse im Ferienlager war und eine Zecke am Augenlid hatte. Ich bin schon so aus der Übung, dass ich diesen Brief zuerst tippen musste, und jetzt schreibe ich ihn mit Füller auf das Briefpapier meiner Mutter ab. Deshalb die Blumen unten auf dem Blatt. Ich hoffe, du magst Begonien.
Das wird auf jeden Fall kein langer Brief. Ich weiß, es ist schon viel gesagt worden. Und ich möchte auch nicht noch einmal auf unser Gespräch am Flughafen zurückkommen. Tatsächlich würde ich am liebsten vergessen, dass das am Flughafen überhaupt passiert ist. Deshalb fange ich lieber mit was Kleinem an. Ich weiß nicht, warum, aber ich will dir erzählen, wie ich dir zum ersten Mal begegnet bin.
Es muss im November gewesen sein. Ich war gerade von einem Abendseminar zurückgekommen, und in unserem Zimmer war es ziemlich düster. Im Fernsehen leuchtete ein Videospiel – eine kleine Spielfigur mit einem Schwert in der Hand rannte unaufhörlich auf der Stelle, mitten in der Mission erstarrt.
Zuerst hab ich Jonah gar nicht gesehen. Er lag auf dem Bett,

atmete schwer und rieb sich die Schläfen. Ich fragte, ob alles okay sei, und er sagte Ja. Nur Kopfschmerzen. Nichts Schlimmes.
Eine Woche früher hätte ich ihm vielleicht geglaubt. Aber in letzter Zeit hatte er ständig diese »Kopfschmerzen«, und ich hatte allmählich den Verdacht, dass da mehr dahintersteckte.
Ich setzte mich an seinen Schreibtisch und fragte, ob er was bräuchte. Als er das bejahte, dachte ich, dass er vielleicht eine Schmerztablette meinte. Oder ein Glas Wasser. Aber als ich nachfragte, bat er mich, ich solle dir doch bitte schnell antworten.
Zu dem Zeitpunkt hatte ich schon viel von dir gehört. Jonah hatte mir von Iowa erzählt und dass ihr beiden online weiter in Kontakt geblieben seid. Er hatte mir erzählt, wie schön du bist. Wie witzig. Dass er gern in Iowa leben würde, damit er die ganze Zeit mit dir zusammen sein kann. Und ich habe ihm natürlich geglaubt. Wenn es um Menschen ging, hat er nie gelogen.
Ihr wart offenbar gerade am Chatten gewesen, und er hatte den Computer einfach mittendrin verlassen, um sich hinzulegen. Nur hatte er dir das nicht gesagt. Er hatte vergessen, sich abzumelden. Und das sollte ich jetzt für ihn tun.
»Und was soll ich ihr schreiben?«, fragte ich.
»Das ist egal«, sagte er. »Irgendwas. Sag einfach, ich muss noch Hausaufgaben machen oder so.«
»Aber als du.«
»Genau.«
Und das tat ich dann auch. Ich schrieb in seinem Namen irgendeine Entschuldigung, dass ich noch Hausaufgabe hätte und aufhören müsste. Und ich hätte es dabei belassen, aber du hast richtig schnell zurückgeschrieben: Du hast mir gar nicht geantwortet.
Daraufhin sah ich zu Jonah rüber. Er lag mit schmerzverzerrtem Gesicht auf seinem Bett.
Auf welche Frage?, *schrieb ich zurück.*

Meine Güte, *hast du geschrieben.* Du hast echt Probleme mit dem Kurzzeitgedächtnis.
Ich weiß, *schrieb ich.*
Dann schriebst du: Die Eine-Million-Dollar-Frage: Hättest du lieber keinen Penis oder fünf?
Da hab ich dann laut aufgelacht, glaube ich. Und die Frage an Jonah weitergegeben. Aber er hat nicht geantwortet. Er hat geschlafen oder wenigstens so getan. Ich schaute auf den Bildschirm, und da war schon wieder was von dir gekommen.
War nur ein Witz. Jetzt hör auf, so herumzudrucksen, und schreib mir endlich, ob du schon mal verliebt warst.
Ich schaute auf den blinkenden Cursor. Und in diesem Augenblick dachte ich ernsthaft daran, dir zu verraten, wer ich in Wirklichkeit war. Aber irgendwie kam es mir nicht richtig vor, diesen Moment zu ruinieren. Das war der eine Grund, mit dem ich das vor mir gerechtfertigt habe. Und nach allem, was ich von Jonah wusste, meinte ich, die Frage ehrlich beantworten zu können. Das war der andere Grund. Deshalb schrieb ich: Das ist das erste Mal.
Es hat eine Weile gedauert, bis deine Antwort kam. Tut mir leid, aber in einen Mann mit fünf Penissen könnte ich mich nie verlieben.
Ich schrieb: Das macht nichts, ich hab nämlich gar keinen.
Und dann hast du mir einen Smiley geschickt und dich ausgeloggt. Auf der einen Seite hat es sich kein bisschen so angefühlt, als wäre da gerade etwas Besonderes passiert. Ich hatte für einen Freund geflirtet. Und ich hatte mich ganz passabel angestellt, dachte ich. Andererseits wurde mir dann klar, dass ich dir gesagt hatte, Jonah wäre in dich verliebt. Wortwörtlich. Und ich glaube nicht, dass ich in dem Moment nur für Jonah gesprochen habe.
Ich weiß, es klingt absurd. Ich hatte nicht das Recht dazu.
Und auf einer bestimmten Ebene war mir das auch bewusst.

Du hast mich nicht gekannt, ich wusste so gut wie nichts von dir. Trotzdem hatte ich das Gefühl, ich würde dich kennen. Oder vielleicht – wie ich dir ja schon erklärt habe – wollte ich auch einfach nur dazugehören.
Ich wusste allerdings, dass Jonah anfing, sich von dir zurückzuziehen. Er verkroch sich vor allem und jedem, und ich hatte keine Ahnung, wieso. Ich wusste nur, dass er dich gehen lassen würde, und ich wollte nicht, dass das passierte. Deshalb dachte ich am Anfang, ich würde etwas Selbstloses tun und eine Liebe am Leben erhalten.
Wie unvollkommen sie auch sein mochte.
Heute weiß ich, dass ich mir da was vorgemacht habe.
Und ich wünsche mir jeden Tag, dass ich dir unter anderen Umständen begegnet wäre. Nur glaube ich nicht, dass wir uns unter anderen Umständen überhaupt getroffen hätten, Tess. Und jetzt denke ich, dass ich vielleicht einfach Kontakt mit jemandem haben wollte, der diesen wunderbaren Menschen ebenfalls kannte. Jemanden, der mir vielleicht helfen konnte, als Jonah langsam aus meinem Leben verschwand.
Das ist jetzt doch ein ziemlich langer Brief geworden.
Bevor ich ihn beende, will ich dir noch sagen, dass ich nicht weiß, woher dieses Gefühl kam. Aber das ist mir auch egal. Ich fände es schön, wenn du ein Teil meines Lebens wärst. Und wenn ich dafür noch mehr Briefe schreiben muss, dann werde ich das tun. Und wenn ich einmal im Monat nach Minnesota kommen muss, um dich davon zu überzeugen, mit mir befreundet zu sein, dann werde ich das auch tun. Denn meine Antwort an diesem Tag war nicht gelogen: Ich bin zum ersten Mal verliebt.

Ich weinte, als Grace zurück an meinen Schreibtisch kam. Sie stand einen Moment lang stumm da und wusste nicht, was sie tun sollte. Schließlich legte sie mir die Hand auf die Schulter und lehnte sich an mich.

»Es ist nicht viel los«, sagte sie. »Wir haben keine Kundentermine. Warum gehst du nicht nach Hause?«

Ich wischte mir die Nase an meinem Ärmel ab. »Ich fahre mit dir zurück, wenn du fertig bist.«

»Nein«, sagte sie. »Ich meine dein eigentliches Zuhause.«

Ich hielt immer noch den Brief in der Hand und faltete ihn zusammen. »Oh«, sagte ich. »Da hin.«

Sie öffnete ihren Geldbeutel und reichte mir einen Zwanzig-Dollar-Schein. »Ich habe dir ein Taxi gerufen«, sagte sie. »Deine Sachen bring ich später vorbei.«

»Grace«, sagte ich, dann musste ich wieder weinen.

»Schon gut«, sagte sie. »Ich weiß.«

42

Das Taxi wartete bereits unten an der Straße auf mich. Während der Fahrer auf den Stadtteil zusteuerte, in dem mein Vater wohnte, beruhigte ich mich allmählich, und da fiel mir mit einem Mal ein, dass ich meinen Blogeintrag gar nicht beendet hatte. Ich hatte ihn halb fertig auf dem Computer zurückgelassen. Das war nicht weiter schlimm. Er würde noch da sein, wenn ich zurückkam. Trotzdem störte mich dieses unvollendete Werk. Schließlich dämmerte mir, dass es gar nicht um den Blog ging.

Ich zog mein Handy heraus und verstieß gegen eine Regel, die ich selbst aufgestellt hatte – ich schrieb Daniel eine Textnachricht.

Es gibt da noch eine Sache, die wir erledigen müssen.

Ich wartete ein paar Minuten, dann kam seine Antwort.

Und was?

Ich schrieb sofort zurück.

Lösch ihn. Ich weiß, dass du seine Passwörter hast. Es ist Zeit.

Diesmal war die Pause länger. Deshalb schrieb ich erneut.

Sämtliche Accounts. Sie sollten nicht mehr existieren. Sie gehören nicht uns.

Ich weiß. Aber es fühlt sich wie das Ende von etwas an.

Das ist kein Ende. Das hast du selbst gesagt.

Du hast den Brief bekommen.

Hab ich, ja.

Nachdem ich ihn abgeschickt hatte, ist mir was klar geworden.

Und was?

Du hast die Frage selbst nie beantwortet. An dem ersten Tag.

Stimmt.

Ich wartete. Aber es kam nichts. Er wartete darauf, dass ich mehr schrieb.

Meine Antwort hat sich seitdem verändert.

Immer noch nichts von ihm.

Ich bin zum zweiten Mal verliebt.

Die Sätze ließen sich so leicht tippen, dass ich fürchtete, es wäre nicht wahr. Aber als die Tränen zurückkamen, wusste ich, dass es stimmte.

Du schuldest mir einen Brief, Tess Fowler.

Ich lasse die Facebook-Seite als Gedenkstätte stehen. Alles andere ist bis heute Abend verschwunden.

Und was passiert dann?

Irgendetwas Unvollkommenes.

Und bevor er sich ausloggte:

Ich werde jeden Tag in den Briefkasten schauen.

Ich steckte das Handy in die Tasche und sah aus dem Autofenster, während die Nachmittagshitze die Luft draußen zum Flirren brachte. Es herrschte noch kein Feierabendverkehr, und die Straßen waren fast leer. Nachdem der Fahrer die Schnellstraße verlassen hatte, fuhren wir an einer Highschool vorbei. Ein langes Backsteingebäude mit gefühlt Hunderten von kleinen Fenstern. Es waren Sommerferien, und eine amerikanische Flagge bauschte sich träge in der leichten Brise. Ob ich dort vielleicht zur Schule gehen würde? Irgendwie schwer vorstellbar.

Das Taxi blieb vor dem Haus meines Vaters stehen, ich bezahlte mit Grace' Geld und stieg aus. Ein Teil von mir erwartete, ihren Jeep in der Einfahrt zu sehen, mit dem Ruderboot auf dem Dach. Aber dann hätte sie mir natürlich kein Taxi bezahlen müssen.

Ich ging durch die Fliegengittertür und ließ sie hinter mir zufallen. Das Haus wirkte sauberer als sonst, und die hässliche Tapete im Flur war entfernt worden. Lange Streifen kringelten sich auf dem Boden.

»Dad!«, rief ich.

Auf der Treppe standen Farbeimer, und die ersten der schäbig braunen Stufen waren in einem sauberen Weiß lackiert. Das Geländer war mit Plastikfolie abgedeckt.

»Dad«, sagte ich. »Hattest du einen Nervenzusammenbruch?«

Immer noch keine Antwort. Ich ging ins Wohnzimmer, wo mein Vater mit Tränen in den Augen auf dem Sofa lag.

»Du hast wirklich einen Nervenzusammenbruch«, stellte ich fest.

Er sah nicht zu mir, sondern zum Fernseher. Ich folgte seinem Blick und sah mich selbst. Ich in einer Höhle auf Sizilien. Dad schaute unser Filmmaterial an. Ich hatte gar nicht gewusst, dass Paul es schon geschickt hatte. Aber hier flimmerten die Bilder durch das Wohnzimmer meines Vaters.

»Woher hast du das?«, fragte ich.

Wieder schaute er nicht auf, sondern deutete nur auf einen offenen Umschlag auf dem Couchtisch. Ich erkannte den Absender, er war von Grace.

Er winkte mich zu sich.

Ich ging durchs Zimmer und setzte mich zu meinem Vater, der mit Farbspritzern und Flecken von einer gummiartigen Paste – vermutlich Tapetenkleister – übersät war. Er legte den Arm um mich, und es störte mich kein bisschen, dass er mich dabei mit Farbe beschmierte. Dann schaute ich wieder auf den Bildschirm. Staub wirbelte durch die Luft und glitzerte im Licht der mediterranen Sonne. Gerade standen wir vier schweigend in der Höhle.

»Mir haben deine Worte sehr gefallen«, flüsterte mein Dad.

Ich nickte. »Waren nicht übel.«

Pauls Film zeigte nun, wie wir den Pfad entlanggingen. Hinunter ins Tal. Der Lichteinfall veränderte sich, und auf einmal waren wir nur noch als dunkle Umrisse vor der steinernen Felswand zu sehen.

Ich wandte den Blick ab. Auch an den Wohnzimmerwänden hingen keine Tapeten mehr. Alte Farbflecke schauten unter den Resten hervor. »Willst du das Haus abreißen?«, fragte ich.

Mein Dad lächelte. »Ich dachte, ich sollte es vielleicht ein bisschen wohnlicher gestalten, jetzt, wo wir zu zweit hier leben.«

»Zu zweit?«, fragte ich.

Er nickte.

»Heißt das, ich bekomme ein eigenes Zimmer?«

»Wenn du damit ein Zimmer mit einem Bett meinst«, sagte er, »dann ja. Das bekommst du. Und wenn du diese Woche nicht wieder unser Kreditkartenlimit überziehst, kauf ich dir vielleicht sogar einen Schrank.« Er kicherte über seinen eigenen Witz. Dann machte er sich auf den Weg in die Küche, wo das Abendessen bereits auf dem Herd stand.

Ich überlegte, ob ich ihm folgen sollte. Ich hatte noch ein paar Fragen wegen meines Zimmers. Doch ich blieb stattdessen sitzen und schaute mir das Ende des Filmmaterials an.

Wir waren nun so weit unten im Tal, dass Paul uns nicht mehr richtig scharf bekam. Wenn ich die Augen eng zusammenkniff, konnte ich uns drei dort gehen sehen. Wir waren kaum noch zu erkennen. Paul hatte versucht, näher zu zoomen, aber wir waren nicht mehr vom Wasser am Grund der Schlucht zu unterscheiden. Ich wusste, dass ich dort unten gewesen war. Aber alles um mich herum war so groß und blendend hell, dass ich völlig verschwand.

Und vielleicht, dachte ich, war das okay so.

DANK

Lieber Leser,

das Buch, das du soeben gelesen hast, wäre beinahe nie geschrieben worden. Das klingt vielleicht ein bisschen übertrieben, aber eine Zeit lang war ich wirklich der Meinung, ich würde die Geschichte nicht richtig hinkriegen. Es hat Jahre gedauert, die richtige Sprache dafür zu finden, und ohne die Hilfe einiger wunderbarer Menschen hätte ich es vermutlich nie geschafft.

Als Erstes möchte ich Junita Bognanni danken, die vier Mal einen vierhundertsiebzig Seiten langen Entwurf dieses Buchs durchgelesen hat. Vier Mal! Außerdem hat sie mir drei Jahre lang zugehört, wie ich beim Abendessen von Beerdigungsverfahren erzählt habe. Und übrigens auch vielen Dank dafür, dass du mich geheiratet hast. Muss ich noch mehr sagen? Du wirst immer meine erste Leserin sein und diejenige, die mir am meisten bedeutet.

Vielen Dank auch an Kathy Bognanni, die mehr Bücher verschlungen hat als irgendein anderer Mensch. Sie hat dieses Buch mit einem sachlichen Blick gelesen und mit einer klaren Vorstellung davon, wie es aussehen könnte. Danke auch an Cecil Castellucci für ein sehr aufschlussreiches Gespräch über Literatur für junge Erwachsene in einer überfüllten Bar in Minneapolis und für eine Agenturempfehlung, die alles veränderte. Vielen Dank, Kirby Kim, bester Agent der Welt, der dieses Projekt perfekt begleitet hat und mich immer ermutigt hat, es zu beenden. Es ist wunderbar, dich zum Freund und Komplizen zu haben. Danke auch an Brenna English-Loeb, Cecile Barendsma und alle Mitarbeiter bei Janklow & Nesbit.

Ein Riesendank gebührt Namrata Tripathi, meiner wunderbaren Lektorin. Du hast dieses Buch schon bei unserem ersten Telefonat besser verstanden als ich und mich bei jedem Schritt kritisch hinterfragt und unterstützt. Es war mir eine Ehre, mit dir zusammenzuarbeiten. Ich danke auch Lily Yengle, meiner wunderbaren Verlegerin, und allen anderen bei Dial Books for Young Readers.

Die Anfänge des Buchs entstanden an der American Academy in Rom mit dem besten Stipendium, das ein Künstler erhalten kann. Ich danke der Academy und den Lesern, die mir diese Erfahrung ermöglicht haben. Ich bin dort so unglaublich netten Menschen begegnet und durfte in der fleißigsten Sinatra-Coverband diesseits des Gianicolos singen.

Ich danke meinen Kollegen und Studenten am Macalester College, die mich jeden Tag aufs Neue inspirieren. Zu den Lesern, Ratgebern und Amateur-Psychologen dort zählen Tarik Karam, Matt Burgess, Nick Dybek, Ethan Rutherford, Hamlett Dobbins, Peter Livolsi und Alex Albright.

Dank geht an meinen Guru und Vater, Sal Bognanni, und an Mark Bognanni, den klügsten Menschen, den ich kenne. Ich danke außerdem allen Bognannis und der gesamten Rhynas-Crew für ihre Liebe und ihren unerschütterlichen Glauben an mich.

Zum Schluss noch ein paar Worte an Roman Bognanni: Ich habe dieses Buch nach deiner Geburt im Krankenhaus geschrieben und mich, nachdem ich in dein winziges Gesichtchen geblickt hatte, gefragt, wie ich je wieder einen Roman beenden soll. Jetzt weiß ich es: Ich muss nur mich selbst so anschauen, wie du mich anschaust, und mich dann an meinen Computer setzen. Ich kann es kaum erwarten, die Geschichten zu hören, die du erfindest.